Johannes Anyuru (Zweden, 1979) is een veelzijdig schrijver en woordkunstenaar. Hij schreef drie dichtbundels voordat hij in 2010 zijn eerste roman publiceerde. Zijn tweede roman, *Een storm kwam uit het paradijs*, kwam in 2012 in Zweden uit en kreeg juichende kritieken. De roman werd onder meer bekroond met de Svenska Dagbladets Literatuurprijs en de Aftonbladet Literatuurprijs, en leverde hem zijn tweede nominatie op voor de Augustprijs.

Johannes Anyuru

Een storm kwam uit het paradijs

Vertaald uit het Zweeds door
Maydo van Marwijk Kooy

World Editions

Deze uitgave is mede mogelijk gemaakt dankzij een bijdrage
van de Zweedse Cultuurraad te Stockholm

•

De vertaalster ontving voor deze vertaling een werkbeurs
van het Nederlands Letterenfonds

•

Oorspronkelijke titel *En storm kom från paradiset*, verschenen
bij Norstedts
Oorspronkelijke tekst © Johannes Anyuru, 2012
Published by agreement with Norstedts Agency, Stockholm
Nederlandse vertaling © Maydo van Marwijk Kooy en
World Editions BV, Breda 2014
Omslagontwerp en -illustratie © Multitude
ISBN 978 94 6237 036 4
NUR 302

•

Een storm kwam uit het paradijs

Hij doet zijn ogen open. De vloer schokt. Het gevoel dat de kamer zo-even nog gevuld was met stemmen en gelach. Misschien heeft hij het alleen maar gedroomd. Hij ligt tussen twee rijen stoelen. In een raam boven hem bewegen, langzaam, sterren. Hij ligt in een treincoupé. Hij staat op en gaat in een van de stoelen zitten. Zijn lichaam is beurs, zijn gewrichten zijn stijf. Hij kijkt neer op zijn handen, zijn knokkels, zijn magere vingers, hij draait zijn hoofd, probeert in het glas een glimp van zijn spiegelbeeld op te vangen. Hij herinnert zich niet wat hij heeft meegemaakt, wat hij doet in deze trein. De volle maan hangt laag boven de horizon, een grauwe schijf. Hij ziet de kraters, de zandzee. Hij herinnert zich niet wie hij is. De maan doet hem ergens aan denken. Aan wolken. Aan de wind. Hij weet het niet meer. Hij kent het verhaal niet meer.

I

'Waarom ben je teruggegaan?'

Eerst had P met zijn kin op zijn borst gezeten, nu richt hij zijn hoofd op en kijkt terug over de tafel. 'Daar heb ik al antwoord op gegeven', zegt hij. Er zijn geen ramen in de kamer en ondanks het feit dat beide mannen een paar knoopjes van hun overhemd hebben opengedaan, zweten ze overvloedig en hebben ze grote, natte plekken op hun rug en onder hun armen. De man die het verhoor leidt, spreidt zijn vingers en tikt met zijn vingertoppen tegen elkaar.

De verhoorder is in de veertig. Zijn overhemd is olijf-groen, een uniformjasje zonder onderscheidingen. In een fitting boven de tafel hangt een eenzame gloeilamp. 'Vertel ons de waarheid, dan kun je terug naar Lusaka.'

P kijkt weer naar de grond. Het beton ziet er korrelig en verlaten uit, als een foto van het oppervlak van de maan.

'Ik had de toezegging van een aanstelling bij een bedrijf buiten Lusaka.' P begrijpt niet waarom ze hem hier vasthouden, waarom ze hem hier überhaupt naartoe hebben gebracht. 'Ik zou sproeivliegtuigen gaan vliegen.'

'Je zou sproeivliegtuigen gaan vliegen.' De mannen spreken Swahili met elkaar. De hoofdverhoorder bladert door de papieren die op tafel liggen. Hij heeft een fors lichaam, een vlezig en grof gezicht, zijn snor heeft grijze vlekken, hij is bijna kaal. Zijn gezichtsuitdrukking is geamuseerd, wreed, soms gespeeld vriendelijk. 'Een gediplomeerde Oegandese gevechtspiloot reist van Rome naar Zambia om sproeivliegtuigen over fruitplantages te gaan vliegen?'

P veegt het zweet van zijn voorhoofd. Ze hebben hem hier direct van het vliegveld naartoe gebracht en hij heeft de hele dag nog niet gegeten of gedronken. Hij is moe, hij heeft het gevoel een veel te lange droom te dromen, onder water te zwemmen, buiten zijn eigen lichaam te staan. De muren van de kamer zijn blauw. Waar de verf afbladdert, worden plekken kaal cement zichtbaar. Ze zien eruit als continenten op een kaart uit een ander tijdperk, van een andere wereld.

'Stuur me dan maar naar Rome als jullie me niet geloven.'

In de linkerhoek van de kamer, achter P's rug, staat een bewaker, wiens aanwezigheid slechts merkbaar is door het krassen van zijn schoenen over de grond. De man die het verhoor leidt gaat verzitten, laat zijn kin in zijn hand rusten, legt aandachtig zijn wijsvinger tegen zijn lippen. Hij weigert te geloven dat iemand naar dit verscheurde continent zou terugkeren alleen met het doel dat P keer op keer opgeeft: dat hij wilde vliegen, dat hij daartoe alleen de mogelijkheid kreeg bij een klein bedrijfje in de buurt van Lusaka in Zambia, waar hij met propellervliegtuigen uit de koloniale periode fruitplantages zou bespuiten.

P knijpt zijn ogen dicht en voelt de vermoeidheid als wit schuim in zijn hoofd opstijgen. Hij is misselijk.

'Het wordt tijd dat je inziet dat je niet naar je contact in Rome terug zult gaan.'

'Mijn contact?'

De hoofdverhoorder slaat hard met zijn hand op tafel. 'Wie heeft je naar Zambia gestuurd? Voor wie werk je?'

De bewaker achter P's rug beweegt, zijn schoenen krassen over de vloer. 'Oké, hoe zouden we je terug kunnen sturen naar Rome? Officieel ben je al uit Lusaka teruggegaan, toch? Je hebt het afwijzingsbesluit zelf ondertekend. De kale Tanzaniaan wijst op een document, haalt daarna nog een papier tevoorschijn, dat hij op de tafel legt. 'Hier heb je een verklaring ondertekend dat je hiervandaan naar Lusaka bent teruggestuurd.'

P staart voor zich uit, probeert te bedenken wat hij kan zeggen. Hij is niet mishandeld, maar het geweld hangt in de lucht.

'Je moet beter opletten wat je ondertekent. Je bestaat niet meer. Het wordt tijd dat je onze vragen gaat beantwoorden.'

Veel van de papieren die op tafel liggen uitgespreid zijn van P: zijn paspoort, zijn vliegtickets. De man die het verhoor leidt haalt nog een document uit een map, kijkt ernaar, doet alsof hij ergens over nadenkt. Hij legt het op tafel en schuift het naar P, die het oppakt.

P bekijkt de Griekse letters. Zijn naam en rang. Het insigne van de Helleense luchtmacht: een man met vleugels, wit tegen een hemelsblauwe achtergrond. Zijn examenbewijs.

'Je bent opgeleid aan de Helleense luchtmachtacademie in Dekelia, vlak buiten Athene, daarna ben je doorgereisd naar Rome en daarvandaan naar Zambia. Waarom?'

'Omdat ik wilde vliegen.' De zin klinkt zelfs hemzelf als een leugen in de oren. Hij heeft zin om te schreeuwen, om op te staan en de tafel omver te gooien, te schreeuwen dat hij alleen maar wilde vliegen. Hij gaat met zijn vingertoppen over de letters. Hij wilde alleen maar vliegen. Binnen in hem fladderde een beeldfragment voorbij, een herinnering uit wat een ander leven lijkt: hij staat bij een afrastering te kijken naar straalvliegtuigen die uit de lucht omlaagkomen, het is zijn eerste herfst in Griekenland, de bladeren zijn nog niet gevallen, maar de bomen op het schoolplein hebben de kleur van karton gekregen, hij en de andere luchtmachtcadetten uit de derde wereld leren Grieks in nauwe houten banken, repeteren de hele dag werkwoorden en zelfstandig naamwoorden, maar op een middag zijn ze opgehaald met een bus, waarmee ze door het hek van de luchtmachtacademie naar buiten zijn gereden en bij de afrastering van het vliegveld afgezet. Daar staan ze naar de vliegtuigen te kijken die ze zullen leren besturen, later, als de taalcursus met goed gevolg is afgesloten – de slanke moordmachines die in de verte over de landingsbaan rijden, langzaam en zwenkend als meeuwen.

'Wil je een sigaret?'

P haalt zijn schouders op zonder zijn ogen van het document in zijn handen af te wenden. De hoofdverhoorder moet de bewaker een teken hebben gegeven, want deze doet een aantal passen naar voren en houdt hem een pakje sigaretten zonder filter voor. P pakt er een, stopt hem in zijn mondhoek, de bewaker geeft hem een vuurtje, stapt daarna weer terug in de schaduw. P legt zijn examenbewijs neer, wacht op een vraag of op het geweld, of om vrijgelaten te worden, op iets, rookt.

'Wat vind je van Obote?'

'Van Obote?' Hij laat de rook door zijn neusgaten naar buiten kringelen. 'Ik wou dat hij de president van Oeganda was, hij is van mijn stam.'

'Vertel eens wat er gebeurde toen Obote in het voorjaar van 1969 jouw geboorteplaats bezocht.'

'In '69 was ik in Griekenland.' P weet waar de verhoorder het over heeft. John had er in een brief over geschreven.

'Voorjaar negentienhonderdnegenenzestig.' De man spreekt het jaartal langzaam uit, lettergreep voor lettergreep, alsof de kans bestond dat P het niet goed begrepen had. 'Voorjaar negentienhonderdnegenenzestig maakte Milton Obote, jouw president, een rondreis door het land om toespraken te houden. Het was een campagne om het volk te verenigen na het oproer van de Buganda-koninkrijken. Weet je daar iets van?'

'Ik was in Griekenland.'

'Toen hij in jouw geboorteplaats kwam, is hij aangevallen door een menigte die zijn microfoon kapottrok en hem dwong te vluchten.'

'Ik zat in Griekenland.'

'Maar je hebt er toch wel over gehoord van je familie? Jullie waren tegen Obote.' De verhoorder wijst bij die woorden op P, alsof P verantwoordelijk was voor het ongenoegen onder de bevolking over de manier waarop Obote vanuit zijn paleis zijn eigen familie, zijn eigen clan bevoordeelde. P snoof, tipte as op de grond, schudde zijn hoofd.

'De militaire coup heeft mijn leven kapotgemaakt.' Hij wacht op een vraag die niet komt, hij probeert zich te herinneren wat hij wel en niet heeft gezegd, welke leugens, welke leemtes en welke bekentenissen het raamwerk van dit gesprek bepalen. De drie mannen zijn stil, alleen hun ademhaling is hoorbaar, en het doffe suizen van een ventilator, en in de verte, buiten de kamer, zo nu en dan het geluid van voetstappen. Uit een kartonnen doos die op de grond staat haalt de verhoorder een fotoalbum tevoorschijn. P herkent het, ze hebben het net als de documentatie op tafel uit zijn bagage gehaald.

In negentienhonderdnegenenzestig was hij in Griekenland en vloog hij in opleidingstoestellen. In negentienhonderdzevenenzestig was hij in Griekenland en leerde hij Grieks. Hij zag opleidingsvliegtuigen landen en starten en 's avonds kwam de kou opzetten, een kou die hij in Oeganda nooit had gevoeld en die maakte dat hij huiverde en zijn olijfgroene trainingsjack vaster om zich heen trok, en op sommige dagen kwam er van zee een wind opzetten die enorme hoeveelheden zand met zich meevoerde en dat op de smalle straten van Dekelia blies, zand dat zo wit was als parelschilfers, of zo wit als scherven gebroken hemel, zand dat opwoei tegen de stoepranden en tegen de huismuren. In de weekends ging hij soms naar zee, met een bus die in de zomer toeristen vervoerde maar in de herfst, de winter en het voorjaar bijna leeg was. Hij liep eenzaam door de deining met opgerolde broekspijpen en met zijn schoenen in zijn hand, en voelde hoe iets uit zijn jeugd, hoe iets duisters werd opgeslokt door de avond, en misschien door vergiffenis. Soms bedacht hij daar bij de zee dat de mensen die er op dat moment waren op een dag zouden verdwijnen, kalksteen zouden worden op de bodem van een andere zee.

De verhoorder haalt een foto uit een van de plastic mappen en schuift hem over de tafel. Een jonge Afrikaanse man in pilotenuniform staat op een T-37 tegen de grote, grijze staartvleugel geleund, die bijna dubbel zo hoog is als hij.

'Dit ben jij.'

'Nee', zegt hij snel, zonder te weten waarom hij liegt.

'Dat ben jij niet?'

De foto is korrelig en de pilotenhelm werpt een schaduw over zijn gezicht, dat daardoor vaag is. Het zou iemand anders kunnen zijn. De verhouding tussen Tanzania en Oeganda is zeer gespannen. Oegandese militairen schieten granaten over de grens. Amin beweert dat Oegandese guerrillasoldaten die zijn regime omver willen werpen hun basis in Tanzania hebben.

'Het is iemand anders.' Hij had niet moeten liegen, maar hij had gelogen en nu moest hij die leugen volhouden. Hij buigt voorover en trapt de sigarettenpeuk met zijn schoen uit. Er liggen al twee peuken op de grond van eerdere door hem gerookte sigaretten. Hoelang zit hij hier al? 'Het is een van mijn klasgenoten.'

'Je blijft liegen.' De verhoorder schudt zijn hoofd, kijkt teleurgesteld, vouwt zijn handen over zijn buik en leunt in zijn stoel naar achteren. 'Het is niet belangrijk. We beginnen opnieuw. De man op de foto ben jij. Jij maakte deel uit van de tweede generatie Oegandese gevechtspiloten. Jullie werden naar de Helleense luchtmachtacademie in Dekelia buiten Athene gestuurd, waar sinds de vroege jaren zestig voor een aantal Afrikaanse landen gevechtspiloten werden opgeleid.'

De eerste keer dat ze het hierover hadden, had P geweigerd ook maar iets van wat de Tanzanianen zeiden, te bevestigen, maar de irrationele loyaliteit jegens de twee landen die hem zo volkomen in de steek gelaten hadden, verdween met de groeiende vermoeidheid. Hij sluit zijn ogen en knikt langzaam, het klopt dat hij naar Griekenland is gestuurd om opgeleid te worden tot gevechtspiloot en officier in de Oegandese luchtmacht. Hij zit met zijn kin op zijn borst, zijn ogen gesloten.

Hij herinnert zich de steeds koudere herfstdagen en de kreten in het Arabisch en het Frans en het gedrang in de gangen als ze zich allemaal naar de binnenplaats haastten waar ze elkaar aanstoten en opschepten over de militaire opleidingen in hun thuisland en over de vliegtuigen waarin ze tijdens de selectie al gevlogen hadden. Hij herinnert zich die dagen. Hij herinnert zich in het bijzonder de dag dat hij met de bus naar het vliegveld was gegaan, waar hij door de afrastering had staan kijken, hoe zijn ogen zich verwijdden bij het ontsteken van de naverbrander van een T-37 zodat er langzaam lasvlamblauwe komeetstaarten uit de uitlaatgassen groeiden, en hoe het vliegtuig met een ruk naar voren en omhoog schoot, en dat hij op dat ogenblik voelde dat het mogelijk was om opnieuw te beginnen, je verleden achter je te laten, te ontsnappen. Alsof de geschiedenis niet bestond.

Oeganda had zich kortgeleden bevrijd van het Britse bestuur en was begonnen met de opbouw van een nationale luchtmacht door MiG-21's te kopen van Israël. Door Israëlische veiligheidsadviseurs was een eerste generatie Oegandese piloten opgeleid om hierin te vliegen, maar terwijl Israël Oegandese piloten bleef opleiden, begon men kleine groepjes jongemannen naar de Helleense luchtmachtacademie in Griekenland te sturen. Het was de bedoeling dat zij zouden kennismaken met Amerikaanse en Franse gevechtsvliegtuigen en vooral officieren zouden worden die gedrild waren in een militaire levensstijl, gentlemen, leiders. Terwijl de Oegandese piloten die in hun thuisland werden opgeleid maar een training van iets meer dan een half jaar kregen, zouden degenen die naar Griekenland gingen drie jaar aan de luchtmachtacademie studeren, om de ruggengraat en de voorhoede te gaan vormen van de nieuwe luchtmacht.

Ze sliepen in stapelbedden en hadden hun weinige bezittingen in metalen kastjes, zij waren de belofte van hun generatie, de toekomstige hemelgoden. Terwijl zij uit hun studentenhuis naar de taalschool liepen, aten krijsende vogels uit de vuilnisbakken. P zat in een klas die voor het grootste deel bestond uit Libiërs, Egyptenaren en Tunesiërs, maar die ook leerlingen uit Ivoorkust en een jongeman uit Tsjaad bevatte.

Hij kreeg brieven van John, zijn oudste broer, die hij zittend op zijn bed las. Hij verlangde naar het moment dat de taalcursus was afgesloten en hij met zijn militaire opleiding kon beginnen en vervolgens kon leren vliegen. 's Middags ging hij hardlopen, zachtjes, en voelde hoe zijn hart sloeg, zijn longen uitzetten, samentrokken, uitzetten. Hij ging naar de zee, boog zich voorover en spoelde zijn gezicht af met water dat naar zout smaakte, niet zoet zoals het water aan de stranden van het Victoriameer. Niet zoals thuis.

Op de dag dat ze met wijdopen ogen bij de afrastering hadden gestaan, zodat ze de hele hemel in zich konden opnemen, de hemel die binnenkort van hen zou zijn, had het geluid van de vliegtuigmotoren geklonken als de donder, en als de vliegtuigen omlaagkwamen gaven ze de piloten cijfers voor de landing, ze gaven hun toekomstige collega's twee punten op een schaal van tien, of drie punten, of soms één, en natuurlijk schreeuwde een van hen dan nul, om het allerslechtste cijfer te geven, *zero* in het Grieks. Ze hadden met elkaar gestoeid en gelachen. Dat was in het begin. Als kind had hij een vogel willen zijn.

'Wat zei je?'

De verhoorder had iets gezegd wat P niet had verstaan. P steunt met zijn hoofd in zijn hand, ellebogen op tafel. Hij heeft nog steeds zijn ogen dicht. Binnen in hem het beeld en het geluid van honderden vogels die doodstil in de lucht hangen.

'Ik zei dat ik nu ga voorlezen uit een van de eigen documenten van de luchtmachtacademie.' De verhoorder heeft weer een nieuw document in zijn hand, hij vouwt het dicht, vouwt het dan weer open en leest: '"Sinds er in 1912 voor het eerst vliegtuigen zijn gebruikt bij oorlogsoperaties, beschermt de luchtmacht het luchtruim van ons land tegen alle bedreigingen, en wij uiten ons diepe respect voor de offers en heldendaden, die het mogelijk hebben gemaakt dat Griekenland en zijn bevolking nu kunnen genieten van democratie en vrijheid en de vooruitgang van de beschaving."'

P begrijpt niet waar de man heen wil. Hij leest de woorden op een holle toon, waardoor ze leeg en onzinnig klinken. 'Herken je dit? "De vliegeniers van Griekenland nemen na de gedane opofferingen een vooraanstaande positie in onder de bekende en onbekende helden van het land."' De man legt het vel papier op tafel, strijkt het met zijn vlakke hand glad, doet alsof hij in gedachten verzonken is. Hij strijkt met zijn wijsvinger langs zijn snor, kijkt omhoog, trommelt met zijn wijsvinger tegen zijn lip, en zegt dan plompverloren: 'Ben je zelf een fascist?'

De bewaker achter P's rug lacht.

'Ik wil niets met politiek te maken hebben.'

'Je wilt niets met politiek te maken hebben.'

'Ik wil niets met de oorlog te maken hebben.'

'Welke oorlog?'

'Tussen jullie en Amin. Tussen Tanzania en Oeganda.'

'Bedoel je daarmee dat Oeganda met ons in oorlog is? Is dat hoe ze het zien?'

'Wie?'

'Je opdrachtgevers.'

'Laat me teruggaan naar Rome. Ik wilde alleen maar vliegen.'

De man geeft geen antwoord. Hij leest van het papier, gefascineerd, als voor zichzelf, eerst mompelt hij bijna: '"De Helleense luchtmachtacademie onderwijst haar cadetten in de wetenschap van de luchtvaart en ontwikkelt bij hen militaire deugden en militaire discipline; zij vormt de officier tot een man met uitmuntende militaire en vliegtechnische kennis, een grote beschaving, en bovendien met sociaal, cultureel en politiek inzicht en gedrag, en biedt hem een degelijke professionele en wetenschappelijke opleiding." Zou je zeggen dat dat klopt? Hebben je vrienden waargemaakt wat ze hier beloven?'

'Nee.'

'O nee? Heb je geen pilotenopleiding gekregen? Wat heb je dan in Griekenland gedaan?'

'Het waren niet mijn vrienden.'

'En jij bent het niet op de foto?' De verhoorder wijst op de foto waarop P tegen de staartvleugel van zijn opleidingsvliegtuig leunt.

'Ik weet het niet meer.'

'Je blijft liegen. Jij bent het wel op de foto. Jij hebt een opleiding tot gevechtspiloot gekregen aan de luchtmachtacademie en nu beweer je dat je naar Afrika bent teruggekeerd om met je – laat eens kijken wat er precies staat – "uitmuntende militaire en vliegtechnische bewustzijn" en je "grondige professionele en wetenschappelijke opleiding" landbouwsproeivliegtuigen te gaan vliegen?'

Met zijn duim en wijsvinger wrijft P over de huid bij zijn slaap. Hij heeft geleerd wat je moet doen bij een verhoor, hoe je uit gevangenissen moet ontsnappen, hoe je martelingen moet doorstaan. Je moet naar een plaats buiten je lichaam gaan. Je moet naar een andere ruimte gaan.

'Mag ik nog een sigaret?' De kale cementmuren maken de geluiden scherp en blikkerig.

Volgens de magere, tanige man die de cursus over gevangenschap en marteling gaf, en die waarschijnlijk van de Griekse geheime politie was, had je leven geen waarde meer zodra je alles had verteld. Dat was de reden, en niet loyaliteit of nationalisme, waarom je tijdens een verhoor je mond moest houden. De foto was tijdens het laatste jaar van de opleiding genomen. De verhoorder wacht tot hij iets zal zeggen.

Ook al was die altijd als een soort achtergrondruis aanwezig, had hij nooit over de politieke situatie in Griekenland nagedacht, hoewel drie legergeneraals onlangs een militaire coup hadden gepleegd en koning Constantijn het land uit was gevlucht na een mislukte poging om de macht weer in handen te krijgen. Communisten en anarchisten bliezen auto's op in Athene, kranten stonden vol artikelen over de gedegenereerde atheïstische jongerencultuur en over de democratische partijpolitiek die extreem links bijna aan de macht had geholpen. P was er niet in geïnteresseerd geweest.

Het waren woorden in krantenkoppen. Hij kwam er op een gegeven moment achter dat de luchtmacht, net als de vloot maar in tegenstelling tot de landmacht, koningsgezind was en de poging van de koning om eind 1967 de macht te heroveren, had gesteund. Dat werd hem door nerveuze Griekse cadetten toegefluisterd, en hij herinnerde zich van de latere jaren, toen hij de eigenlijke vliegtraining doorliep, hoe hij en zijn klasgenoten als ze hun uniform droegen met diep respect dat grensde aan angst werden behandeld. Hij hield van het leven als militair, van het feit dat het leven voor het eerst overzichtelijk was, dat er regels waren, een systeem. Hij dacht niet na over politiek. Zijn ogen dwaalden heen en weer. De gloeilamp aan het plafond zoemde. Ze zouden het nooit begrijpen. Hij herinnerde zich het witte zomeruniform met korte mouwen van de Griekse luchtmacht. Hij wilde gewoon weer vliegen. Daarom was hij naar Lusaka gegaan.

'Voor je je pilotentraining kreeg, hadden jullie taalles?'

'Ja. We leerden Grieks', zei hij. Hun taalleraar had vooral de Afrikanen steeds proberen mee te slepen naar bordelen, omdat de zwarte Amerikanen van de vliegdekschepen, die soms in Piraeus aanlegden, dat blijkbaar wilden. Hij zei: *Eiste pala kaidia*. 'Jullie zijn goeie jongens.' Ze hadden hem 'de zeemeeuw' genoemd, hij had plukken grijs haar, die hij altijd met zijn linkerhand naar achteren streek.

Ze hadden ook bijnamen voor elkaar. Hoessein, die helikopterpiloot zou worden, was alleen maar aangenomen omdat verschillende familieleden een hoge post in het leger van Oeganda hadden en tegen hem zeiden ze dat hij een mug leerde besturen, een slagroomklopper, en wat nog meer, een libelle, ze stoeiden met elkaar op de grond en lachten.

Toen had P pas één keer gevlogen, namelijk tijdens de selectie in Oeganda. Hij had in een klein propellervliegtuigje gezeten met een Israëlische vlieginstructeur, die zijn geschiktheid om piloot te worden moest beoordelen aangaande evenwichtsgevoel, coördinatie en ruimtelijk oriënteringsvermogen en toen hij het vliegtuig zelf een paar seconden had mogen besturen had hij de knuppel stijf vastgeklemd en was hij door de ene laag licht na de andere gegleden, en het had als vrijheid gevoeld, een transformerende wisseling van werelden. Hij dacht er vaak aan in Griekenland, toen hij daar in het begin werkwoorden verboog en dialogen oefende en met zijn nagel in het gelakte hout van de schoolbank kraste en naar de wolken keek. Aan het moment dat hij weer zou vliegen.

'De taalcursus duurde een jaar?'

'Een half jaar.' Een half jaar lang had hij 's avonds foto's van vliegtuigen uit Griekse en Amerikaanse tijdschriften zitten knippen die eerdere leerlingen in de barak hadden achtergelaten. De F-86-toestellen die de Grieken vlogen, met de luchtinlaat als een open mond onder de neus, de T-37's die in een ruitformatie in het felle zonlicht laag over een kuststrook vlogen – kruisvormige silhouetten op de brekende golven. Zijn verlangen herdefinieerde hem, gaf hem nieuwe contouren. In de weekends wandelde hij met de andere Afrikanen van zijn jaar met de armen over elkaars schouders geslagen van bar naar bar, terwijl hun kreten echoden tussen de huizen, en de ober Griekse drank in een groot glas schonk en er water doorheen mengde zodat die helemaal wit werd, zoals een winterhemel. En het werd winter en het licht boven Dekelia verbleekte. Hij liep met zijn schoolboeken onder zijn arm met zijn gezicht in de wind en zijn toekomst was als het witte licht uit de hemel.

Als hij zijn hand in de wind hield, werd die langzaam opgetild.

'Na de taalcursus verhuisden jullie naar de luchtmachtschool?'

'Ja, naar het gebouw van de luchtmachtacademie.'

'Dus jullie begonnen ergens begin 1968 te vliegen?'

'Nee. Zomer '69.'

'De spraakcursus begon herfst '67 en duurde een half jaar?'

P gaat in gedachten door de jaartallen en data om niet in de war te raken en om niet de indruk te geven dat hij liegt. Hij slikt. Hij zegt: 'De militaire basistraining begon voorjaar '68. Die duurde een jaar. Mei '69 begonnen we te vliegen.'

De verhoorder krijgt een diepe, bezorgde rimpel tussen zijn wenkbrauwen. Tijdens het verhoor heeft hij met een zwarte balpen aantekeningen gemaakt in een klein notitieboekje, waar hij nu doorheen bladert. Hij zegt op vriendelijke, bezorgde toon: 'Had je niet al een militaire basisopleiding doorlopen in Oeganda?'

Dat was allemaal geen geheim, niet iets wat de Tanzanianen nog niet wisten, niets wat het waard was om te verzwijgen.

'Ja.'

'En toch kreeg je nog een militaire basisopleiding in Griekenland? Is dat wat je beweert?'

'Zo is het gegaan.'

'Zo is het gegaan.' Nu citeert de verhoorder opnieuw, in het Engels, uit een van de papieren in de map. '"De militaire opleiding ontwikkelt de militaire competentie van de lucht-machtcadetten door hun uithoudingsvermogen bij lange trainingen en hun vermogen om onder druk te handelen en consequent te redeneren te vergroten. Dit wordt bereikt door hiertoe geëigende training in wapengebruik, overle-vingstechnieken en scholing in militaire organisatie en pro-cedures."'

P vraagt zich af hoe ze aan die documenten zijn gekomen. Hij had ze zelf niet bij zich gehad. Misschien zijn het de of-ficiële beschrijvingen die de academie gebruikte om leerlin-gen uit derdewereldlanden te werven. 'Vertel eens iets over de Griekse cadetten. Waar stonden zij politiek gezien?'

'Politiek?'

'Waren het fascisten zoals de Amerikanen en de Griekse regering?'

Fascisten? Ze waren in september naar de academie ge-komen. Dertig jonge Grieken, geselecteerd uit duizenden. Ze stapten uit een legerbus, ze wierpen hun donkere krul-lende lokken naar achteren en als ze langs de buitenlandse taalstudenten kwamen die voor de barakken zaten, fluister-den ze tegen elkaar. De taalcursus was afgesloten, er vielen lange schaduwen over het kazerneterrein, het was ochtend, de Griekse mannen verdwenen in de gymzaal, P zat met zijn klasgenoten naar hen te kijken, hij rookte, hij herinnerde zich dat de gedachte bij hem opkwam dat hij een van hen had kunnen zijn, dat hij in een heel ander land had kunnen zijn, en een ander lichaam had kunnen hebben, een andere naam, een ander leven, zo vreemd, hij herinnert zich nu dat terwijl hij naar de Griekse cadetten in wording zat te kijken, zijn leven zich in een paar seconden voor hem uitrolde en hij het willekeurige van alles zag, dat hij geboren was in Oeganda als zoon van een vrouw die hem ergens anders naartoe had gestuurd en een man die was gestorven toen hij nog heel jong was, dat hij P heette, dat hij in Griekenland was omdat op een dag zijn vriend slippend op zijn fiets voorbij was gekomen en had gevraagd of hij meeging naar de selectie voor de Oegandese luchtmacht, dat hij mee was gegaan en de testen eerst als een spelletje had gezien maar ze daarna steeds serieuzer was gaan nemen – zijn vriend was afgevallen, maar ze hadden hem gevraagd die nacht te blijven en daarna hadden ze hem naar een basis in Noord-Oeganda gestuurd voor nog meer selectieprocedures. Hij had met zijn gymschoenen lijnen getekend in het gruis.

Hij realiseert zich opeens dat hij de bewegingen met zijn lakschoenen op de cementvloer herhaalt. Hij stopt. Hij sluit zijn ogen.

Na een half uur kwamen de Grieken weer naar buiten, in een rij, in een slecht passend velduniform, allemaal met oneffen, bleke, kaalgeschoren hoofden. Sommigen leken diep geschokt dat hun lange lokken waren afgeknipt, anderen leken totaal apathisch. P en de anderen die zaten te wachten, en die dit al in hun thuisland hadden meegemaakt en toen opnieuw hier in Griekenland, lachten naar hen. Die nacht, toen de Grieken waren ingekwartierd in hun barakken, die dus binnen die omheining stonden waar ze ooit buiten hadden staan kijken, waren ze allemaal wakker gemaakt en in hun onderbroek een gymnastiekzaal in gedreven, waar een groep leerlingen uit het laatste jaar tegen hen aan had geduwd en gespuugd en ze voor 'vissenlarven' had uitgemaakt, *psarades*. Dat was allemaal deel van de traditie, van de omvorming, van de wetenschap van het vliegen.

'Ik was een Griekse cadet', zegt P.

De verhoorder kijkt op van zijn map met een uitdrukking van oprechte verbazing op zijn ronde gezicht. 'Pardon?'

'Je vroeg me waar de Griekse cadetten politiek stonden. We waren allemaal Griekse cadetten.'

'Bedoel je dat je Grieks bent, niet Afrikaans?'

P moet de hele tijd het gevoel onderdrukken dat de muren van de kamer op hem afkomen. De ventilator dreunt.

'Mag ik een glas water?'

'Je mag nog een sigaret.' De verhoorder knikt naar de bewaker, die P nog een sigaret geeft. Die smaakt naar dorst en stress en hij rookt hem nerveus en met een gevoel van hopeloosheid dat in hem oprijst als donker, troebel water. Ze geloven hem zelfs niet als hij de waarheid vertelt.

'Je weet niet of je een Afrikaan of een Griek bent, maar je verwacht van ons dat we je geloven als je beweert dat je met geen ander doel naar Lusaka bent gekomen dan te werken als sproeipiloot?'

'Ja.'

'Je krijgt een glas water als je niet langer probeert te verzwijgen dat je in de tijd dat je zegt dat je een tweede basisopleiding kreeg, cursussen volgde in het verzamelen van inlichtingen, in spionage en sabotage.'

Ze renden het hele voorjaar in de groeiende schaduwen van de middag tot in de avond, die als een golf over de barakken viel. Het enige wat de kortgeknipte cadetten tijdens hun basisopleiding deden was hardlopen. In hun grijze trainingspakken renden ze het kazerneterrein rond en rond. Het gruis knerpte onder hun voeten, ze renden tot de avond viel en de zomer plaatsmaakte voor de herfst en de bladeren weer geel werden en van de bomen vielen, hun tweede Griekse jaar. Ze renden en hoorden hun instructeur schreeuwen: 'Het hoogste doel van de militaire basisopleiding is de vorming van de persoonlijkheid van de luchtmachtcadet. Hij wordt ingewijd in een militaire levensstijl, het militaire plichtsgevoel, en in de gebruiken en tradities van de academie.' Ze renden terwijl hun ademhaling als rook opsteeg uit hun monden en zich vermengde met de nachtlucht en hij struikelde over zijn eigen voeten en recht omhoogkeek naar de sneeuwvlokken die over hen heen dwarrelden. Zo herinnert hij het zich nu. Dat ze een heel jaar renden zonder ooit stil te houden. Hij herinnert zich een dag waarop een groep cadetten uit het tweede jaar in hun kakikleurige winteruniformen over het kazerneterrein liep, dat ze bleven staan en naar de larven wezen die daar altijd hadden gerend, die daar altijd zouden rennen, maar hij weet niet of hij in die herinnering een van degenen is die rennen, of een van de ouderen die toekijken, dat het later in de tijd is. Hij weet het niet meer. Hij houdt zijn sigaret in zijn hand, zijn hand tegen zijn voorhoofd, de verhoorder schuift nog een foto over tafel, hij kijkt ernaar, de verhoorder tikt er hard op.

'Ontken je dat jij dit bent?'

Op de foto staat hij in het zomeruniform van de Griekse luchtmacht. Er hangt een korte sabel aan zijn riem. Hij heeft een pet op.

'Dat ben ik.' Hij pakt de foto op, houdt hem voor zich. 'Dat was ik.'

'Vertel wat jullie tijdens de militaire basisopleiding deden.'

'Hardlopen.'

In de lente was hij op de grond neergestort, had hij op zijn rug op de kloppende aarde gelegen, op het ritselende gruis. Boven hem gleden wolken voorbij en nu hij ze zich voor de geest haalt, denkt hij: *Nimbostratus: regenwolken die samen één deken vormen die diffuus is vanwege de daarin aanwezige neerslag* – ze kregen later naast het vliegen een basiscursus meteorologie, ze leerden over het luchtruim, over de winden, over regen. Hij was onderweg. De foto in zijn hand vangt het licht op van de gloeilamp aan het plafond, een streep grauw licht dat over het gezicht van de jonge cadet glijdt en hij weet dat deze mannen het nooit kunnen begrijpen, dat zij naar deze foto's kijken zonder de kracht van de zon en de lucht te begrijpen die maakten dat hij is teruggegaan, naar deze oorlogen, naar dit gevaar. *Cumulonimbus: regenwolk waarvan het bovenste deel streperig is en afgeplat, die de vorm aanneemt van een aanbeeld met geweldige pluimen.* Hij kijkt een tijdje omhoog naar de verhoorder, daarna weer omlaag naar de foto. Hij leunt naar achteren in de harde houten stoel, houdt de foto nog steeds in zijn hand. *Uit de wolken valt neerslag in de vorm van vallende strepen die nooit doorlopen tot de aarde.*

'We liepen hard', zegt hij nog een keer, en hij lacht even, en snottert door zijn lach heen, en schudt zijn hoofd. Hij zwijgt, kijkt naar de tafel.

Het geluid van een snelle beweging achter zijn rug. Een prikkende, koolzuurachtige verdoving die zich door zijn armen en benen verspreidt, hij voelt hoe hij van zijn stoel glijdt, wat langzaam lijkt te gaan, als in een droom, het is op de een of andere manier al gebeurd terwijl het gebeurt.

Hij ligt op de grond naar de gloeilamp aan het plafond te

kijken. Scherpe pijnscheuten in zijn achterhoofd, die langs zijn ruggengraat omlaagstralen. Zijn schoenen schrapen krachteloos over de cementvloer als hij probeert te gaan zitten.

Donkerte.

De bewaker heeft hem met een hard voorwerp tegen zijn achterhoofd geslagen, waarschijnlijk zijn pistoolkolf.

Hij hoort de verhoorder spreken, maar de woorden hebben geen betekenis, het zijn alleen maar klanken, geluid.

Donkerte.

Zijn hoofd klopt. Zijn lichaam is log, wil hem niet gehoorzamen.

'Ga rechtop zitten.' De verhoorder praat op een toon alsof hij een weinig talentvolle leerling een danspas uitlegt. P blijft liggen, schoenen schuiven. De stoel is omgevallen, ligt naast hem. De bewaker zet de stoel rechtop en P krimpt in elkaar omdat de snelle beweging hem het gevoel geeft nog een klap te zullen krijgen. De bewaker tilt hem aan zijn armen omhoog, onvriendelijk en ruw, en zet hem neer. Zijn tong is opgezwollen. Hij voelt voorzichtig met zijn hand aan zijn achterhoofd en krijgt iets kleverigs aan zijn vingers. Hij kijkt ernaar, gaat even met zijn duim door het bloed rond, in een soort geschokte fascinatie. Hij herinnert zich zijn kindertijd. Hij herinnert zich een man die niet zijn vader was, een man bij wie hij vele jaren bloedde. Hij knijpt zijn ogen dicht. De smaak van ijzer in zijn mond.

'Zullen we doorgaan?' De verhoorder veegt met zijn mouw langs zijn voorhoofd en kijkt zogenaamd bureaucratisch en nadenkend omlaag naar zijn map. 'Doe je schoenen uit', zegt hij. 'Doe je schoenen uit en doe je kleren uit.'

Een zwart-witfoto. Er staat een jonge Afrikaanse man in zwembroek op een strand. Zijn lichaam is op bijna gebeeldhouwde wijze getraind en hij kijkt direct in de camera. De zon bevindt zich recht achter zijn rug, wat het gevoel geeft dat de zomerlucht een tunnel is van grauwe, korrelige materie. Hij staat op een strand, zijn tenen graven kuiltjes in het natte zand.

Een zwart-witfoto. Drie zwarte mannen zitten gehurkt op een halfverhard veld. Hun olijfgroene kleren lijken donkergrijs op de foto. Hun gezichten zijn hard, hun oogwit glanst in hun gezichten.

Nog meer foto's. Griekse luchtmachtcadetten die langs netten klimmen, hardlopen door dennenbossen, over hindernisbanen: op één foto springen ze tussen verspreid neergelegde cementtegels en hun spiegelbeelden in het modderige water zijn vaag zichtbare vlekken grijs licht. Als herinneringen.

Een verbleekte kleurenfoto. Een zwembad, buiten, en een springtoren van kaal beton, acht banen met donkere lijnen aangegeven op de bodem. Naaldbomen op de achtergrond. Water grijs als de lucht.

Geen cadetten op de foto.

Een dunne klamboe woei op, de kamer in. Even kon de jongen de avond daar buiten zien, hoe die zich in de verte uitstrekte, violet, eindeloos. De zon was als een brandende hostie aan de horizon. Hij zat op een matras, hij rustte met zijn kin op zijn knieën. Zijn huid rook naar koeien, droog gras, modder. Hij had zelf de twee spijkers losgemaakt die de onderkant van de klamboe op zijn plaats hielden. Als de man thuiskwam voor hij de spijkers terug had gezet, zou hij zeggen dat het door de wind was gebeurd. Hij wilde de lucht zien, erin verdwijnen. Hij had zijn armen om zijn knieën geslagen.

Midden in de kamer hing een gloeilamp, het snoer was om een balk van het plafond gewikkeld en daarna vastgezet in een stopcontact dat was verbonden met een dieselgenerator die buiten stond. Hij veranderde van houding, probeerde om niet op de blauwe plekken op zijn dijen en zijn stuitje te zitten. Hij zou zeggen dat de wind zo sterk was geweest dat de spijkers waren losgegaan. De hond van de buurman blafte. De deur ging open. De man kwam thuis.

De man hing zijn jasje op. Zijn schoenen waren modderig en groot, plomp eigenlijk, en zijn broek was versleten, maar de vouw was scherp geperst. De jongen ging staan en haalde de aardewerken pot uit de oven, die heet was, hij beschermde zijn handen met een oude lap. Allemaal in een soort herinnering van een herinnering, flikkerende filmbeelden, bleekgewassen door zee en lucht. De man zat aan tafel, hij staarde met vooruitgestoken onderlip en zijn handen voor zich naar de jongen. Zijn aanwezigheid was als gedreun in zijn oren, de muren leken naar binnen te bollen als een trommelvel. Ze praatten niet met elkaar. De jongen had gezwollen plekken op zijn gezicht, hij had ze op school in de wc-spiegel gezien. Hij haalde een aluminium bord bij zijn matras, kreeg een paar lepels eten. Ze aten met hun handen, griesmeelpudding, de jongen had die gemaakt toen hij thuiskwam uit school, net als anders, terwijl de man, die onderwijzer was, naar het café van het dorp was gegaan om zijn flesjes bier en zijn palmwijn te drinken.

Daar zaten ze, net als altijd. Ze aten terwijl de zon onderging, een man en een jongen, twee broers. Hun oudste broer John was achtergebleven in een land dat Birma heette, waar hij had gevochten tegen de Duitsers, en hun vader was aan de malaria gestorven toen de jongen nog heel klein was, zodat de man met de modderige laarzen nu het gezinshoofd was. De jongen hield op met eten toen hij hoorde dat de man opstond. Hij bleef verstijfd met wat pudding in zijn hand zitten en hield zijn ogen strak gericht op het bord tussen zijn voeten. Hij hoorde het geluid van de fles die tegen het tafelblad sloeg, de mok die werd gevuld. Hij keek verstolen naar het raam, naar de duisternis die zo snel kwam opzetten, alsof iemand een grote hand over de hemel legde. Zijn lip was gezwollen en toen hij de pudding in zijn mond stopte, morste hij. Hij graaide het gemorste snel met zijn vingers bij elkaar, likte ze af. Toen hij slikte was het geluid kleverig, nat.

'Kom hier.'

De klamboe bolde op in de wind, hij bleef stil naar de lucht zitten staren. 'Laat je bord staan en kom hier zitten.' Hij wou dat hij een vogel was. De man schopte tegen een stoel zodat die omviel. De jongen schrok van het geluid maar bewoog zich niet. 'Mama heeft je verwend.'

Toen hij op de stoel ging zitten deed de onderkant van zijn dijen pijn op de plaats waar hij eerder was geslagen. Hij schoof naar de zijkant van de stoelzitting, hij wilde huilen, schreeuwen, de deur uit rennen, wegvliegen. De man hield de ijzeren mok voor zijn gezicht en staarde ernaar alsof hij iets zocht op het doffe, grijze oppervlak.

'Waarom kijk je me niet aan? Ik ben je broer.'

De tafel tussen hen in was van grof, donker hout. De nerven lichtten rood op in het vlakke schemerlicht. De jongen kraste met zijn nagel in het tafelblad. Je kunt niet ontsnappen. Dit is het leven, deze eenzaamheid in de afgrond. De man dronk uit zijn mok, zette hem met een klap op tafel, hij zoog de lucht tussen zijn tanden door, een geluid dat betekende: idioot, verwend kind waar zijn familie hem voor dwong te zorgen. De hand van de jongen trilde toen hij de fles optilde, hij keek opnieuw even door het raam, naar de zon die nu als een dunne streep vuur in het hoge gras lag. Hij schonk in. Voorzichtig, hij morste niet. Hij draaide het deksel er weer op.

'Ik heb slecht nieuws', zei de man. De metalen mok leek klein tussen zijn dikke vingers. De jongen voelde hoe de man ergens naar zocht in zijn gezicht. 'John is dood.'

Stilte. De jongen hield van John, hoewel hij hem nooit

ontmoet had, hij hield van de verhalen over John die zijn andere broers verteld hadden. John leek op hun vader, zeiden ze altijd. Als hij terugkwam, zou John hem meenemen daarvandaan. John was soldaat.

'John is dood.' De man dronk een paar slokken. 'John is doodgegaan, papa is doodgegaan.' Hij lachte even en sloeg toen geërgerd met zijn hand in zijn eigen nek – de jongen schrok van al die snelle bewegingen. De man lachte. 'Wij zijn ook dood.' In zijn herinneringen was het zo: ze waren dood, de jongen en de man, het was alsof ze van hout of van steen waren. De man werd stil van zijn eigen opmerking. Hij bleef even met open mond naar de muur staren. 'Je moet niet bang voor me zijn. Ik ben je broer', zei hij. Hij deed zijn stropdas af, knoopte zijn overhemd open, leunde naar achteren. Hij keek naar de klamboe. Die fladderde. Hij krabde in zijn nek, smakte met zijn lippen, zoog een beetje aan zijn tanden. Zijn tong was opgezwollen en roze, als van een dier. 'Ga hier staan', zei hij. Zijn witte overhemd had een bruine zweetrand langs de boord, zijn stem was rustig en gecontroleerd, bijna zacht. 'Kom hier.' Bijna warm, lachend, alsof er toegeeflijkheid, genade, broederschap bestond. De jongen gleed van zijn stoel omlaag. 'Waarom heb je de klamboe losgemaakt?'

Hij keek op. Hij had het niet gedaan. De wind had het gedaan, de wind.

De man sloeg met gebalde vuist, maar precies voordat de vuist de jongen raakte, werd hij glad als metaal of als het afgesleten tafelblad. Hij voelde de slag niet. Zo was het altijd. Toen hij zijn ogen opendeed, lag hij op de grond en voelde zijn hoofd als een stuk vlees, nat en zwaar en zinloos, en de duisternis in zijn hoofd was als het duister in een stuk rauw vlees. Toen hij inademde, snotterde hij bloed en zijn bloed was als het bloed dat komt als je vlees op een snijplank snijdt, waterig en dun, bijna geen bloed meer maar een dun soort vloeistof. Zijn neus voelde verdoofd, hij voelde iets steken. Hij kroop onder de tafel, die de man omverstootte zodat zijn bord, bestek en mok op de grond vielen, de man schopte naar hem en toen de grote, modderige schoenen van de man hem recht in zijn buik raakten, werd alles bijna stil, nog een bewegingloos, leeg moment en toen een flitsend licht, de kamer viel over hem heen en hij vloog tegen de muur.

Hij schraapte met zijn vingers over de aarden vloer. Hij kroop. Hij ontweek een volgende schop, kwam overeind maar was duizelig en viel tegen de tafel, die op zijn kant lag. Hij stootte zijn slaap, opnieuw werd hij helemaal leeg van binnen.

De man was stil, alleen zijn ademhaling was hoorbaar. Hij trok zijn riem uit zijn broek. Het klonk als de wind. Zijn grote schoenen stampten door de kamer, de jongen rolde rond in een regen van bloedstralen, probeerde zich te beschermen tegen de slagen die de wereld deden beven, hij was het niet. Het was de wind. De man kwam achter hem aan, maar hij kroop weer overeind en struikelde tegen de deur, door de deur naar buiten – achter zich hoorde hij hoe de man een stoel omverstootte.

Het gras kietelde zijn blote voetzolen. Hij rende en had de hele tijd het gevoel dat de aarde kantelde, scheefhing, dat hij zou vallen. Hij hoorde de stem van de man achter zich, hoe een stem een naam schreeuwde, een naam die van hem was, maar hij bleef niet staan, hij dacht wat hij altijd dacht, dat als hij de hele nacht zou rennen, dat hij dan misschien bij het dorp zou komen waar zijn moeder woonde, dus rende hij, en rende, maar de hemel, het was alsof ook de hemel kantelde, en roteerde en roteerde, en zijn voeten renden en renden, maar toen hij even achterom keek, kwam het donker terug van de slag in zijn gezicht of van de trap in zijn maag, waardoor hij omviel en door het gras rolde en zijn armen om zich heen sloeg, hij zich opkrulde en wachtte op de klappen.

Hij zit doodstil met zijn hoofd tegen het ijzeren hek geleund. Hij vraagt zich af wie hij is. Hij moet zijn ingeslapen, iets hebben gedroomd. Hij droomde iets. Een rij vuile ramen vlak onder het plafond licht op als er buiten op straat auto's langsrijden. Hij kijkt omlaag naar zijn voeten. De cementvloer is vochtig, koud. De herinneringen aan het afgelopen etmaal komen langzaam terug, sijpelen via zijn slapen naar binnen: dat hij urenlang is verhoord en zich nu in de kelder onder de kamer bevindt waar hij werd verhoord, dat hij hier gevangen wordt gehouden, dat hij nooit uit Rome naar Afrika had moeten teruggaan, dat het een vergissing was.

Hij slaat met zijn slaap tegen de tralies van zijn kooi, één keer, en laat zijn hoofd daar hangen. Een ventilator stuwt smerige, naar urine stinkende lucht rond. Stemmen in het donker om hem heen bidden, schreeuwen vervloekingen, zingen en spreken in een dozijn verschillende talen.

Nadat de bewaker hem zijn schoenen en kleren had afgenomen, ging de verhoorder nog bijna een uur met de ondervraging door. Hij droeg alleen een onderbroek, terwijl ze alle vragen nog eens doornamen. Waarom ben je teruggegaan naar Afrika? Hij wilde vliegen. Was hij tegen Milton Obote? Als hij al ergens tegen was, was dat het regime van Amin. Wat had hij in Griekenland geleerd? Welke technieken van informatieverzameling, welke soorten spionage, sabotage, huurmoord? Toen het verhoor voorbij was, hadden ze hem overgebracht naar deze kelder in wat een soort politiebureau moest zijn. Hij staat vol kooien van aan elkaar gelaste metalen stangen. De kooien zijn lager dan de ruimte zelf en staan opgesteld in twee rijen, zodat ze een lange gang vormen. Hij zit onbeweeglijk met zijn achterhoofd tegen de tralies. Hij dacht dat ze hem zouden loslaten als het verhoor voorbij was, dat ze hem zouden terugsturen naar Rome, of ten minste naar Lusaka in Zambia. Hij begint te huilen zonder geluid te maken. Hij voelt iets over zijn hoofd kruipen, voelt hoe alles door zijn vingers glipt. Hij dacht dat de hemel over hem zou waken. Hij heeft moeite met nadenken. Hij kan geen adem halen. Hij kijkt omhoog en blijft een hele tijd zo zitten snikken, kijkt omhoog naar de ramen, naar het vage licht, en probeert niet te kokhalzen. Misschien zullen ze hem doden. Ze zeggen dat hij papieren heeft ondertekend die maken dat niemand hem kan opsporen, dat hij verdwenen is, dat hij niet bestaat. Hij bidt tot God, een fluisterend gebed in zichzelf. Hij begrijpt niet wat ze willen dat hij zegt. Hij zit stil met een storm van gefluister in zijn hoofd tot hij zich met een schok realiseert waar het kriebelende gevoel op zijn arm door komt en hij schreeuwt, tegen zijn wil. Zijn schreeuw maakt een schel, vogelachtig geluid, hij wil het niet, er glipt iets vreemds uit zijn lichaam. Hij staat zo snel op dat hij zijn hoofd tegen de lage bovenkant van de kooi stoot. De kooi zit vol met luis.

Luizen die al in zijn oksels zitten, in zijn onderbroek, tussen zijn tenen. Luis. Hij boent over zijn dijen, krabt door zijn haar, in zijn kruis, roept de bewaker, grijpt de tralies, schudt, brult.

Verblekende polaroidfoto's. De ruimtes voor krachttraining in de academie. Jongemannen tussen halters en gewichtsschijven. Het plafond loopt af omdat de ruimte onder de tribunes van een arena ligt. Er vallen strepen zonlicht naar binnen door ramen helemaal bovenin, buiten de rechter bovenhoek van de foto.

Zwart-witfoto. Een Afrikaanse jongeman staat voor een tweezits propellervliegtuig met een grote helm onder zijn arm. Achter het vliegtuig zijn stapelwolken zichtbaar, scherp als een olieverfschilderij. Zwart-witcontrast, een radiomast is zichtbaar aan de horizon, de motorkap van het vliegtuig is open, de zilveren cilinders glimmen in het licht. De grote propeller is een wit kruis achter de rug van de piloot.

Herfst negenenzestig. De Piper viel langzaam omhoog, het zonlicht werd weerkaatst in de krassen in het glas waardoor het witte haren leken, een dwalende blindheid, zijn instructeur zat naast hem en trok langzaam de gashendel naar zich toe terwijl hij in de radio sprak, de stem kraakte in P's oren, als uit de verte, hij draaide zijn hoofd, probeerde zich te oriënteren, kreeg een claustrofobisch gevoel door de helm en de geluiden van analoge instrumenten voor zich. Hij voelde zijn armen zwaar worden door de acceleratie. In het oosten was de haven zichtbaar. Alsof iemand een spiegel tot fijn stof had verkruimeld en dat daar beneden op de grond bij elkaar had geveegd. Hij had het gevoel in het hart van alles te zijn.

'Zo meteen krijg jij de controle, cadet.' Het vliegtuig schudde en leek vaart te verliezen. 'Oriënteer je.'

'Ja, sir.' Hij knipperde het zweet uit zijn ogen, hij ademde hard in zodat het zuurstofmasker tegen zijn plakkerige gezicht kleefde.

Een vloeistof of gas dat snel langs een profiel vloeit, oefent minder druk in zijn stroomrichting uit dan dezelfde vloeistof of hetzelfde gas dat langzaam langs hetzelfde profiel vloeit; als hij later omhoogkeek naar de vogels die omhoogscheerden in de schemering boven de stad, of naar de mistwolken die over de landingsbanen en barakken golfden, zag hij de bogen en curven van de lessen aerodynamica voor zich.

Nu was het luchtruim binnen in hem, in zijn hart, het pompte als gas door zijn lichaam. Na het vliegen ging hij douchen. Toen hij zijn uniform aantrok, kwam een van de andere Oegandese cadetten buiten adem in zijn vliegoverall de kleedruimte in. Hij ging op een van de houten banken naast P zitten en zei: 'We hebben het vandaag over gevechtsvluchten gehad.' De kleedruimte rook naar zeep en zweet, de lucht deed P denken aan de gymnastiekzaal van zijn kostschool, een scherpe lucht van jongens, seksualiteit, hiërarchieën, onderdrukt geweld. Hij maakte zijn manchetknopen vast en ging voor de spiegel staan. 'We hebben een manoeuvre geleerd die je gebruikt bij gevechten.' P sloeg zijn boord om, gaf geen antwoord. Hij keek door de spiegel naar de jongen. 'Stel je voor dat er oorlog komt.' De jongen veegde met zijn vlakke hand over zijn glanzend bezwete gezicht, trok de rits van zijn overall omlaag, het geluid was scherp en duidelijk als van een scheurende lap. 'Stel je voor dat er in Oeganda oorlog komt. Dan moeten wij mensen bombarderen. Andere piloten doden. Daar heb ik nooit bij stilgestaan.'

P streek zijn overhemd glad. De jongen achter hem greep krampachtig de houten bank onder zich vast, alsof hij van een bordes dreigde af te vallen, of bezig was omhoog te vallen naar het plafond. P had geen zin om erover te praten. Het was een zinloze discussie. Er kon geen oorlog komen in Oeganda.

'We gaan alleen demonstratievluchten houden. Rolls en loopings maken boven de hoofden van het publiek.'

Op zondag hadden ze vrij. Hij ging met zijn Griekse klasgenoten naar de orthodoxe kerk omdat hij geen katholieke
kerk had gevonden die dicht genoeg bij de academie was. Hij
knielde in de kerkbank en sloot met gevouwen handen zijn
ogen. Hij begon nu in de T-37E te vliegen, een opleidings-
toestel met straalmotor. De seizoenen wisselden elkaar af,
de regen striemde op de kust. Ze vlogen bij het aanbreken
van de dag, in formatie, vleugel aan vleugel. Begin 1967 werd
het familielid van Hoessein bevorderd tot commandant van
de landmacht en de luchtmacht, en Hoessein trakteerde een
avond op sterkedrank in het centrum van Athene. Op de
stoepen vielen ze in de voor de Griekse winters zo typische,
koude motregen over elkaar heen, ze riepen in het Swahili
vrouwen na, ze lachten en staarden omhoog naar de stille
witte veertjes die die nacht plotseling omlaagzweefden in het
licht van de straatlantaarns, de zeldzame Griekse sneeuw.
John stuurde een foto van zijn pasgeboren zoon, die P boven zijn bed hing. 's Nachts voelde hij de horizon onder zijn
voeten schommelen. Als hij van de barakken naar de bus
liep die de cadetten naar het vliegveld bracht, spreidden de
naakte takken van de platanen en de vruchtbomen zich in
licht dat leek op oude, bruine foto's. Dan dacht hij soms aan
de bomen waarin hij als kind had geklommen en gespeeld.
Hij had een vogel willen zijn.

Het droppen van bommen, doel treffen, de acceleratie-
krachten sloten zich als een zwarte tunnel om zijn hoofd,
de kruislijn van zijn vizier kwam aanstormen over het rots-
landschap, de kleine bosjes. Training gevechtsvliegen, de
radarsystemen tastten de hemel af, hij werd heen en weer geslingerd in de riemen van zijn vliegtuigstoel terwijl hij pro-

beerde het vliegtuig van zijn klasgenoot achter zich te zien, trok het vliegtuig in een scherpe bocht om de warmtezoekende raketten af te schudden en ze een andere warmtebron op te laten zoeken, zoals de zon.

Tijdens de lente van het jaar 1967 kreeg hij bezoek van een nicht die in Rome woonde met haar Italiaanse echtgenoot. Hij liet hen Athene zien, ze dronken koffie op terrasjes, de wind deed P's zomeruniform opbollen als een fladderende wolk, hij sprak Engels met ze omdat de man geen Lango en geen Swahili sprak, het gaf hem een afstandelijk en vreemd gevoel. Misschien kwam het ook door iets anders. Door wat hij aan het worden was. Hij dacht aan zijn kindertijd. Hij wilde die achter zich laten, zich ervan ontdoen. Hij zwaaide naar hen toen ze in de haven aan boord van de veerboot gingen.

Vliegen op grote hoogte. Hij zocht de grenzen op en klom omhoog naar die lagen van de hemel waar de lucht die de cockpit vulde een nachtblauwe tint kreeg, hij voelde het metaal schudden, hij voelde meer dan hij hoorde hoe de dubbele straalmotoren hakten, hij ging horizontaal vliegen en het zware metalen lichaam leek even doodstil in de lucht te hangen voor hij omlaagstuurde en weer de diepte in viel.

De liefde voor de Helleense luchtmacht is een beslissend element, de ziel van wat iedere jongeman die cadet wil worden moet bezitten.

Lente negentienhonderdzevenenzestig. Hij zat in de koele aprilnacht voor een open hotelraam op achthoog. Hij had net de eerste prijs hoogspringen gewonnen tijdens een atletiekgala, waarin de luchtmacht had gestreden tegen de landmacht. De prijs, een zilveren beker met een klein gouden figuurtje erop, lag achteloos op het bed. Op de tafel van de hotelkamer stond een open fles champagne. De wind van de Middellandse Zee voerde zout en zand met zich mee. Het lichtblauwe hart van zijn leven. Een avond waarop ze zijn naam hadden gejubeld. Zijn spieren voelden mat na de hoogste sprong, zijn hoofd was leeg na de psychische ont- lading, zijn gedachten zweefden stil, een beetje verdrietig. Het was alsof hij op die avond inzag dat alles zou verdwij- nen. Nee, zo was het ook weer niet. Zijn kin rustte in zijn handen. Naast hem voor het raam zat een Griekse vrouw, die hem met onderzoekende ogen aankeek, haar naam was K en ze dacht waarschijnlijk over hem na, over de Oegan- dese luchtmachtcadet die zo-even gewichtsloos in het licht had gehangen, in de krioelende, brullende ronding van het Olympisch Stadion. Ze dronk van de champagne en kuste hem, extatischer en onbezonnener dan anders als ze elkaar in hotelkamers of parken ontmoetten. Hij bedacht dat de leegte na een overwinning ook een soort wind was, de wind, was alles gewoon de wind geweest? Het was zo'n wonder- lijk stille avond, als na een catastrofe. Hij miste het om met John onder de bomen te lopen. Hij zou binnen een jaar klaar zijn met zijn pilotenopleiding. Hij verloor zich in haar kus- sen, die die nacht, de nacht die volgde, iets verlorens over zich hadden – iets nieuws en kwetsbaars in haar manier van doen. Het was alsof hij langs de rand van iets liep. Daar bui- ten lag het blauwgroene Athene, een stad op de bodem van de zee. Er hing een groot uithangbord met tekst boven een open plek aan de overkant van de straat. *Heel Griekenland is een bouwplaats* – een van de slogans van de militaire junta, en een van de eigenaardigheden van de dictatuur waar hij weleens over nadacht, dat de militairen honderden toeristenhotels in Athene en op de eilanden in de Egeïsche Zee bouwden. Hij glimlachte en tilde de fles uit K's hand. Haar vingers rustten op de zijne. Hij sprak Grieks met haar en voelde zich vele personen in één lichaam. Een jongen die op een avond naar buiten het gras op rent. Een jongeman die vecht op een schoolplein. Het bewonderenswaardige wapen der hemelen. Hij lachte even en toen ze vroeg waaraan hij dacht, zei hij dat hij zijn land miste, maar hij wist niet of het waar was. Hij zei dat hij ooit priester had willen worden en dat is waar, maar ze moet erom lachen en ze gelooft hem niet, want hij is zo overtuigend militair, zo overtuigend piloot, dat ze hem niet als iets anders voor kan stellen, zei ze. Hij blies een rookstreep de nacht in. Hij praatte over zijn jeugd, over zijn vaderland, hij zei dat hij bij zijn oudere broer had gewoond, maar hij kon niet alles vertellen van wat de man gedaan had, hij kon het niet uitspreken. Het was zo'n nacht waarop het leven te diep was, te ver, te groot, een nacht die als een droom was of als een herinnering al op het moment dat hij er daadwerkelijk was. Hij knipperde, wreef in zijn ogen. Toen hij daar had gestaan en zich concentreerde op zijn laatste poging, voor het goud, hadden ze zijn naam geroepen – waarschijnlijk was het een van zijn klasgenoten geweest die tussen het publiek zat en was begonnen te roepen. Maar de roep had zich verspreid en was gegroeid en plotseling had het hele Olympisch Stadion in koor zijn naam geroepen, nog eens en nog eens, terwijl hij een aanloop nam, vaart kreeg, afzette en de lucht in ging.

Altostratus. Blauwe wolkenlagen, streperig. De zon is zichtbaar als door matglas.

Hij liep met zijn helm onder zijn arm over de landingsbaan terwijl het zweet al langs zijn gezicht droop. Hij was
te lang voor de moderne gevechtsvliegtuigen en als hij een
Griek was geweest, zouden ze hem hebben afgewezen, maar
aangezien hij de testen in Oeganda had gedaan, waren de
Grieken er nu pas achter gekomen, in de laatste fase van de
opleiding: bij het doornemen van zijn papieren had iemand
tot zijn schrik bemerkt dat als hij met zijn schietstoel uit het
vliegtuig zou willen ontsnappen, hij zijn knieschijven kapot
zou slaan tegen het instrumentenpaneel. Hij voelde met zijn
handen aan de krammen onder de vleugel. Hij klopte op de
matte aluminiumhuid en luisterde. Hij wist niet waar hij
naar luisterde, maar zo deed hij het altijd. Hij zorgde ervoor
dat er geen bladeren of zand in de luchtinlaat van de straalmotoren lagen. Hij borstelde erlangs met zijn hand, streek
over het gladde oppervlak. Hij klom de cockpit in, maakte
zijn gordel vast, klapte de glazen kap omlaag terwijl hij de
baan op taxiede. Hij gaf meer gas, het vliegtuig beefde van
ingehouden kracht, hij praatte via de radio met de vluchtlei-
ding. Het glas van de onbeweeglijke hemel. Hij gaf gas, loste
de remmen, zijn hoofd werd tegen de neksteun geduwd, het
landschap zonk naar achteren. Alles viel weg. Te zien hoe
de aarde wegzonk. Hoe de wereld wegzonk. De hemel droeg
hem.

*Cumulus. Stapelwolken met scherpe contouren die in de
hoogte groeien, tot heuvels, koepels, glanzend witte torens.
Met een donkere horizontale basis.*

*Formatievliegen. Halfverscholen achter een weerkaatsing
van de zon in het glas van zijn cockpit zag hij de andere T-37's
dwars op een rij, boven bergen.* Hij trok de knuppel naar zich

toe, steeg op uit de storm van zilveren vlokken die knipperden, knipperden.

Hij werd wakker in zijn bed, midden in een diepe adem-
teug. John had in zijn brief geschreven dat hij trots op hem
was. De zon zou bijna opkomen. Hij liet zich uit het stapelbed glijden, voorzichtig om de anderen niet wakker te maken, en ging bij het raam naar de donkere winterlucht staan
kijken. Het was eind negentienhonderdzevenenzestig. Zijn
hoofd was vervuld van het glorieuze vliegen met de straaljagers. De Grieken hadden hem aangeboden om helikopter- of
transportvliegtuigpiloot te worden, maar hij had zijn hakken tegen elkaar geslagen, zijn rug gerecht en luid gezegd –
zowat geschreeuwd tegen de administrateur daar achter zijn
bureau – dat hij gevechtspiloot was, sir. Hij was niet bang in
de kleine kuip van de straaljager, hij was eerder bang om níet
het dodelijke wapen van de hemel te zijn, zoon van de zon,
held van zijn land. Hij stond met zijn voorhoofd tegen het
raam, ademde mist uit. Het was een beetje kil. Hij dacht aan
het gezicht van zijn vader, dat hij zich niet herinnerde – hij
was drie of vier jaar oud geweest toen hij het doodsbericht
had gekregen: een van zijn vele broers, F, had hem op een
dag ter zijde genomen en tegen hem gezegd: 'Jouw en mijn
vader is dood.' Hij had het niet begrepen. Hij herinnerde
zich dat hij honger had gehad en dat hij die avond bij het
eten veel had gekregen omdat niemand anders veel honger
had. Een paar dagen later was hij uit het huis van zijn moeder weggegaan met die broer die zijn jeugd tot een hel zou
maken. Hij ademde, legde zijn hand op het witte, wolkige.
Toen hij hem weghaalde leek de afdruk op gespreide veren,
vleugelpennen.

De Cessna T-37 was een lichtgewicht tweezits opleidings-vliegtuig, ontwikkeld door de Amerikaanse luchtmacht. Het had twee Continental-Teledyne J69-T-9 turbojetmotoren, die in licentie werden gebouwd door het Franse Turbomeca Marboré. Het leeggewicht was twee komma zevenentwintig ton, maximumsnelheid zeshonderdachtentwintig kilometer per uur. De stoelen stonden naast elkaar, zodat de leerling en de instructeur makkelijker konden communiceren dan in een vliegtuig met de stoelen in tandemopstelling. De maximum vlieghoogte was ongeveer vijfentwintigduizend voet.

Altocumulus. Schaapjeswolken. Beschaduwde, grijswitte velden, verblindend zonlicht tussen de wolkenlagen.

De motoren van de T-37 waren extreem lawaaiig, zelfs vergeleken met echte gevechtsvliegtuigmotoren: als de lucht de slanke turbojetmotoren van het vliegtuig in gezogen werd, maakte dat een hoogfrequent, krachtig piepend geluid en het grondpersoneel dat in de nabijheid van startende of landende T-37's werkte, droeg oorbeschermers om niet doof te worden.

Uitgeputte slaap. Hij schoot vooruit door luchten die werden doorkruist door raketbanen, parabolen, curves.

Er was een vliegoefening waarbij de glazen kap van de cockpit aan de binnenkant met zwarte stof werd bedekt en je alleen op de radar en de hoogtemeter vloog. Je schoot vooruit door compacte duisternis.

'Waarom ben je teruggegaan?'

De kleine verhoorruimte is nu vochtig en kil, alsof de nacht in de kale, afgebladderde muren is achtergebleven. P wrijft over zijn blote armen. 'Waarom ben je teruggegaan naar Afrika?' P plukt een paar luizen uit zijn haar, drukt zijn handen tussen zijn knieën om ze te warmen en te laten ophouden met trillen. Zijn lichaam is een holle vorm van droge klei. Hij bijt op zijn nagels. Hij is het niet, dit naakte, jeukende, hoestende, huilende lichaam. Zijn hoofd ruikt naar spiritus. Een bewaker had hem gisteren een natte pluk watten gegeven en gezegd dat hij zich met de vloeistof in moest wrijven om van de luis af te komen. Zijn onderbroek is nat. De bewaker had die ook door de spiritus gehaald. De verhoorder kijkt naar hem en moet lachen. P bedenkt opeens dat dit misschien één groot toneelstuk is van de Tanzanianen, dat de brief waarin hem een baan bij Lusaka werd aangeboden ook een deel is van dat toneelstuk. Hij denkt dat de inlichtingendienst van Zambia of Tanzania misschien een van zijn sollicitatiebrieven heeft gelezen en die heeft beantwoord om hem hiernaartoe te krijgen.

'Voor wie werk je?'

'Ik zou landbouwsproeivliegtuigen gaan vliegen. Jullie hebben de brief zelf gezien.'

'Je was in Europa. In Rome. Je was in Italië, een NAVO-land. Je hebt je militaire opleiding gehad in een ander NAVO-land. Zambia is een socialistische republiek. Je koos ervoor om terug te gaan naar Afrika om plantages te bespuiten.'

'Ja.'

De bewaker, die achter hem staat, legt zijn arm om zijn nek en trekt die aan zodat hij geen adem meer kan halen. P schopt met zijn benen onder de tafel, probeert zich los te trekken, de verhoorder kijkt in zijn papieren.

'We willen dat je ons vertelt voor wie je werkt. Daarna mag je weg.'

Het wordt donker voor P's ogen, hij heeft het gevoel dat zijn luchtpijp verbrijzeld wordt, als een dikke plantensteel die iemand met zijn handen breekt, zijn blote hielen schuren over de cementvloer. De verhoorder geeft een teken aan de bewaker, die hem loslaat en een stap naar achteren doet.

'Wat dacht je toen je hoorde dat Obote was verdreven?'

P leunt over de tafel. Hoest. Hij probeert zich die dagen te herinneren. Nu achteraf begrijpt hij niet dat hij de coup niet had zien aankomen, dat hij zo blind was. Hij herinnert zich een andere dag. K kwam in het straatlicht aanwandelen met haar golvende haren en de lange zwarte rok, die om haar benen fladderde, ze ging naast hem zitten, ze zei zijn naam, ze was twee jaar jonger dan hij, ze studeerde literatuur aan de universiteit en toen ze zijn naam zei was het alsof hij werd opgetild in wolken en zonlicht en in die uren dacht hij soms dat hij bij haar wilde blijven, dat hij niet terug wilde naar Oeganda om vlieginstructeur te worden. Ze zaten op een bank in een park in het centrum van Athene, op het Plein van de Constitutie voor het parlement, het was koud, hij had zijn pilotenjack aan, het olijfgroene met de felgele voering. 'Moet je terug na je examen?' De vogels aten de kruimels van de cafétafels.

Hij probeert het zich te herinneren. De verhoorder kijkt hem aan. Hij herinnert zich hoe hij zich voelde boven de metalen huid van de doodsmachine, boven de uitstekende krammen, hoe hij een beetje zand uit de luchtinlaten borstelde, dat hij altijd een extra ronde deed om alles nog eens te controleren, hier klopte, luisterde, daar klopte. Hij herinnert zich hoe hij na het hardlopen met de smaak van bloed in zijn mond in het grind zat, en dat er tranen kwamen, en het was alsof de afranselingen uit hem wegstroomden, en ook zijn kinderjaren, alles, alsof het universum een en al vergiffenis en genade was. Het was de laatste winter voor hij zou terugkeren naar Oeganda. Op zeven april negentienhonderdeenenzeventig zou hij gediplomeerd gevechtspiloot en officier worden in de luchtmacht van Oeganda.

'Neem een sigaret.' De verhoorder gooit een pakje op tafel. P haalt er een sigaret uit en stopt die in zijn mond. Hij heeft natuurlijk geen aansteker, hij kijkt om zich heen, wil de verhoorder om vuur vragen maar durft niet, vanwege een onbestemde angst. 'Heb je geen manieren?' snauwde de verhoorder tegen de bewaker, 'geef die man een vuurtje', en de bewaker boog vooholver en hield zijn aansteker bij de sigaret. P weet niet of het dezelfde man is als die gisteren bij het verhoor was of een nieuwe, hij heeft nauwelijks gezichten gezien. Hij neemt een paar snelle trekjes.

'Wat dacht je toen je over de coup hoorde?'

Wat hij toen dacht? Hij had achterovergeleund op een

bank voor de hoofdingang van de academie gezeten. Hij had een lange broek en een trui aan, het was een plotseling koude januaridag, nog drie maanden tot het examen, hij staarde in de grijze lucht, liet zijn ademhaling tot rust komen. Hij had zijn handen achter zijn hoofd geknoopt, nadat hij zo'n tien kilometer had hardgelopen. Een Griekse eerstejaars, een larf, kwam aanrennen en bleef voor hem staan.

'Ben jij een van de studenten uit Oeganda?' P gaapte demonstratief voor hij antwoordde. 'Ja larf, dat ben ik.' De supersonische knallen van de F-86's, waar de gediplomeerde Grieken in vlogen, deinden over de vliegbasis.

'Het spijt me dat ik stoor.' De larf stond met zijn handen achter zijn rug, een jongeman met een smal gezicht, een grote kin en een halfopen mond, hij stond te draaien en keek omlaag naar de grond. 'Ik stond vannacht op wacht', zei hij, maar hij werd onderbroken door een groep larven die de hoek om kwam. Het geluid van hun voeten op het gruis zwol aan en stierf weg. *Psarades*. P lag daar nog steeds onbeweeglijk, met zijn ogen op iets in de verte.

'Toen hoorde ik op de radio dat er in Oeganda een coup is gepleegd.' Nu keek P van onder zijn halfgesloten oogleden even naar de jongen, terwijl hij een dof gevoel voelde opkomen in zijn lichaam. Wat hij had gedacht? Hij had helemaal niets gedacht. 'Een militair die Idi Amin heet heeft de macht gegrepen.' Hij dacht helemaal niets, toen, op dat moment. Nog een vliegtuig dreunde voorbij boven hun hoofden.

'Idi Amin?' vroeg hij. Instinctief probeerde hij onverschillig te doen tegenover de larf. 'Hoesseins oom? Amin?' zei hij half in zichzelf en omwille van de larf lachte hij een kort, neerbuigend lachje.

'Ik geloof dat ze dat zeiden. Idi Amin.' De larf kon hem niet in de ogen kijken, hij bleef daar maar met enigszins gebogen hoofd voor hem staan. Plotseling salueerde hij, onhandig en onzeker, draaide zich op zijn hielen om en verdween in looppas over het terrein – zijn gymschoenen knarsten in het grind, het geluid van iedere pas werd apart uit de winterlucht uitgesneden. P stond op, langzaam. Als hij nu, bijna een jaar later, terugdenkt aan die dag, vraagt hij zich af of hij ondanks alles niet toch een politieke verandering in Oeganda had gevoeld, of hij niet zonder zich ervan bewust te zijn, had geweten dat er een militaire coup ophanden was. Een aantal zaken die hij niet had begrepen, vielen nu plotseling op hun plaats: een vreemde toon in Johns brieven van de laatste tijd, een moordpoging op Obote het jaar ervoor, kleine verschuivingen in de gesprekstoon van de Oegandezen onderling en in hun lichaamstaal als ze een arm om de schouder van een ander hadden gelegd en die naar zich toe hadden getrokken, heftig, en iets in hun lach en grappen en in Hoesseins blik als ze zeiden dat hij geen piloot was maar, ja wat eigenlijk, chauffeur, helikopterchauffeur.

P balde en ontspande zijn vuisten terwijl hij de trap van de academie af liep, zijn vingers waren verdoofd, van steen leek het wel, versteend. Hij dacht: Idi Amin, die commandant was van de land- en de luchtmacht, Hoesseins oom? Hij ging de trap af. Hij bleef tegen de leuning staan.

'Ik werd bang.'

De verhoorder heeft zelf een sigaret opgestoken, die hij met korte trekjes oprookt, hij lijkt het niet gewend.

'Jij hebt toch in dezelfde klas gezeten als Hoessein, Amins neef?'

'Ja.'

'Wat zei Hoessein?'

'Dat herinner ik me niet.'

'Ik begrijp niet waarom je blijft liegen. Het zijn jouw mensen die doodgaan in Oeganda. Werk je nog voor de Grieken? Of voor de Amerikanen? Wie heeft je naar Lusaka gestuurd?' De verhoorder draait zijn ronde gezicht van de ene kant naar de andere, alsof hij ergens naar luistert, alsof hij P's gedachten kan horen, die in de rondte tollen, troebel en angstig. 'Werk je voor de Amerikanen?'

'Jullie zijn gek', zegt P terwijl hij zijn mond openspert zodat de rook naar buiten golft.

'Je werkt voor de Amerikanen.'

'Waarom zou ik voor de Amerikanen werken? Laat me teruggaan naar Rome.'

'Je had niet moeten teruggaan naar Afrika.' De man leunt in zijn stoel achterover en wijst met zijn gloeiende sigaret naar P, eerst dreigend, maar vervolgens worden zijn gezichtsuitdrukking en lichaamstaal redelijk en bedachtzaam. 'Ik wil je iets uitleggen. Hier in Tanzania zijn wij socialisten. Net als in Zambia. We vechten tegen de imperialisten. Het is dankzij de imperialisten dat Amin aan de macht is gekomen. Zij hebben hem daar neergezet. Groot-Brittannië, Frankrijk, de vs enzovoort. Jouw vrienden. Griekenland. Ze erkennen zijn regime als legitiem, dat doen wij niet, en onze kameraden in China en de Sovjet-Unie ook niet. Het hinderde de Britten dat Obote een punt maakte van hun wapenleveranties aan Zuid-Afrika, wist je dat?'

'Nee.'

'Natuurlijk niet.'

P tipt zijn as op de grond, noteert dat ze niet eens de peuken van het vorige verhoor hebben opgeveegd.

'Ik heb honger.'

'Vertel waarom je terug bent gegaan naar Afrika.'

'Ik wilde vliegen.'

'Obote dreigde dat Oeganda zich zou terugtrekken uit het Britse Gemenebest als de Britten de wapenverkoop aan Zuid-Afrika zouden hervatten. Dat hebben ze nu gedaan, met Amins instemming.'

De verhoorder zit met open mond stil naar P te kijken. Hij beweegt zijn kaken heen en weer alsof hij herkauwt, de spieren in zijn pezige hals bewegen onder zijn huid. Hij zegt: 'Tijdens de Tweede Wereldoorlog hielden de Britten volkstellingen in Oeganda.' Hij zwijgt. Hij probeert zich misschien het verhaal te herinneren. 'De oorspronkelijke bewoners van de koloniën werden beoordeeld op hun vermogen om als soldaten te dienen in het Britse koloniale leger, met name wat betreft een aantal eigenschappen: aanleg om geweren te richten en af te vuren, aanleg om te leiden of geleid te worden, lichaamsomvang, intelligentie, agressiviteit. Ben jij agressief en ongehoorzaam?'

P kijkt even achterom. De bewaker staat tegen de muur, een schaduw.

'Kijk me aan als ik tegen je spreek.' P draait langzaam zijn hoofd terug. 'Door die volkstellingen gingen jullie bestaan. Waar eerder alleen maar losjes verwante clans en stammen waren geweest, schiepen de Britten volkeren. De Acholi zagen zichzelf überhaupt niet als volk voordat de Britten hen als zodanig gingen administreren. Het waren vooral de Acholi en de Langi die door de imperialisten in hun legers werden opgenomen. Je kunt je afvragen waarom.'

P haalt zijn schouders op.

'Wil je weten waarom?'

Hij krijgt het gevoel dat de bewaker hem met zijn pistoolkolf in zijn nek zal slaan. Er zoemt een vlieg om de gloeilamp
aan het plafond.

'De soldaten werden geselecteerd op hun lengte, alsof jullie vee waren. Dat waren jullie ook en dat zijn jullie gebleven.
Vee dat ze offeren in hun oorlogen. Dat klopt precies met de
strategie en denkwijze van de imperialisten. De West-Nilo-
tische volkeren, waartoe Amin behoort, vielen af omdat ze
over het algemeen minder lang zijn dan Acholi en Langi. Begrijp je wat ik je vertel? Ik leer je iets over je geschiedenis.' P
knippert even met zijn ogen, begrijpt niet waar de verhoorder heen wil. In gedachten hoort hij het gerammel van de
sloten en traliedeuren van de cellen.

'Maar het koninkrijk Boeganda, en een aantal andere
bantoevolkeren, vormde met zijn gecentraliseerde samenle-
vingen een reële bedreiging voor de Britse soevereiniteit en
daarom wilden de Britten hun jongemannen niet scholen in
de oorlogsvoering. Enzovoorts. Acholi en Langi werden wel
als geschikte soldaten gezien en toen Oeganda zelfstandig
werd, erfden jullie een militaire organisatie die doordrenkt
was van stammenrivaliteit en argwaan en die monstrueus
was in vergelijking met de rest van de natie. Jij bent een mon-
ster. In jullie nieuwgevormde leger was bijna de helft van alle
soldaten en officieren Acholi, terwijl die nauwelijks eentwin-
tigste deel van de totale bevolking van het land uitmaken.
Nog een kwart was Lango, zoals jij, en ook Obote.'

Wat de verhoorder zegt komt P bekend voor, maar hij

weet heel weinig van politiek, van geschiedenis, van alles wat niet tot zijn privéleven behoort.

'Dacht je dat je op talent bent geselecteerd voor de pilotenopleiding?' De verhoorder lacht even. 'Je bent een Lango. Meteen toen je op de militaire basis verscheen, hebben je stamgenoten je onder hun hoede genomen. Precies zoals de Britten hen geleerd hebben.'

P kijkt omlaag naar zijn handen, naar de lijnen en rimpels. Veel van de hoge militairen die hij in zijn eerste dagen bij de luchtmacht ontmoette, waren natuurlijk Langi geweest, en veel van de mannen die geselecteerd waren, waren Langi of Acholi. Maar dat was toch omdat ze de beste resultaten hadden in de testen? Hij peutert met zijn duim in zijn handpalm, hij heft zijn hand op, veegt het zweet van zijn voorhoofd. De etnische conflicten die Oeganda nu verscheuren, heeft hij eigenlijk alleen instinctief begrepen, met een overgevoeligheid die hij tijdens zijn jeugd had ontwikkeld, en ook al denkt hij sinds de coup bijna dagelijks aan de explosielijnen van bloed die door zijn vaderland lopen, is het alsof hij zich nu pas realiseert dat hij zelf inderdaad is opgegroeid met grofweg die ideeën over verschillende volkeren als waar de verhoorder het over heeft: hij wist inderdaad dat West-Niloten sluw zijn en heetgebakerd, dat Boegandezen gewiekst zijn en lui.

'Obote.' De verhoorder bekijkt hem aandachtig. 'Nu komen we bij je vijand.'

'Hij is mijn vijand niet.'

'Hij heeft geprobeerd om de verschillende volkeren van Oeganda tot één geheel te smeden. Dat was waar hij mee bezig was toen hij door het land reisde om toespraken te houden. Toen de mensen in jouw dorp zijn spullen kapot-maakten. Jullie Langi zijn reactionair. Wat dat betreft lijken jullie op Amin. Jullie zijn van nature conservatief en reactio-nair, jullie werden voorgetrokken door de Britten, net zoals de Indiërs en de Pakistani die nu alle winkels en textielfa-brieken in Oost-Afrika hebben. Jullie hebben geen politiek inzicht omdat jullie tot een laag van de bevolking behoren voor wie blindheid een voorwaarde is om van jullie privile-ges te kunnen genieten. Jullie zijn parasieten. Jullie planten je voort in het donker. Jullie spannen samen. Jullie ontdoen je van degenen die niet tot jullie stam behoren. Als jullie te-gen Amin zijn, is dat alleen omdat hij jullie werkelijke aard heeft gezien. Jullie haatten Obote omdat hij van jullie eigen stam was maar zich van die blindheid heeft bevrijd en voor de hele natie is gaan werken. Hij was een groot leider. Hij was de Julius Nyerere van jullie land.'

P herkent die naam, Nyerere. De president van Tanzania, die samenwerkte met Obote. Sinds de coup is Obote hier in Tanzania in ballingschap, naar alle waarschijnlijkheid zelfs hier in Dar-es-Salaam. Misschien wel in een hotel op maar een paar kilometer van deze benauwde kamer.

'Ik had niets tegen Obote.'

De verhoorder bladert door zijn map. 'Heb je hem ont-moet?'

'Obote?'

'Amin.'

'Of ik Amin ontmoet heb?'

'Een simpele vraag.'

'Ik heb honger.'

'Wil je iets te eten?'

'Ja.'

'Heb je Amin ontmoet?'

'Nee.'

'Nooit? Ik ook niet.' De verhoorder staart even voor zich uit. P moet hoesten, hij heeft nog steeds pijn in zijn keel na de wurggreep van de bewaker. In negentienhonderdzesenzestig, het jaar voor hij naar Griekenland was gestuurd, had het leger een oproer van een van de primitieve bantoekoninkrijkjes neergeslagen, wat de spanningen tussen de bantoevolkeren aan de ene kant en de Acholi en de Langi aan de andere kant erg had doen oplopen. Daarna veranderde Obote de grondwet van Oeganda zodat de traditionele koninkrijken ophielden te bestaan en alle werkelijke macht verloren. Die macht kwam toen in zijn handen. Nu maakt Amin handig gebruik van de oververtegenwoordiging van Langi en Acholi in het leger, hij zinspeelt erop, net als de verhoorder zo-even deed, dat Obote een samenzwering in gang had gezet om alle niet-Langi of -Acholi uit het leger te verwijderen.

Amins stem heeft, in fragmenten uit zijn toespraken, het hele jaar over de wereld geklonken. De BBC herhaalt graag zijn grap dat niemand sneller kan rennen dan een pistoolkogel, maar zijn toespraken bevatten ook altijd dreigementen aan de Acholi en de Langi, en aan de Pakistani en Indiërs die in het land wonen. P krast met zijn nagels over zijn blote, jeukende borstkas. Hij vindt de politiek een soort labyrint, een huis waarin deuren en ramen van plaats veranderen.

De eerste keer dat hij Amin op de radio hoorde was op de dag dat hij van de Griekse cadet het nieuws over de coup

had gekregen. Hij was naar zijn barak gegaan en was op
zijn bed gaan zitten – een van zijn klasgenoten was er ook,
een Acholi. P had het nieuws aan hem verteld, ze hadden
beiden geprobeerd om via een muntjestelefoon in de gang
hun familie op te bellen, maar ze kregen geen gehoor. Ze
luisterden naar de BBC op Hoesseins transistorradio. Ze
wachtten tot ze iets zouden horen over Oeganda. Ze zaten
zonder een woord te zeggen tegenover elkaar. De droge
stem las cricketuitslagen voor en cultureel nieuws, het was
avond geworden, een stille regen drupte op het zink, andere
cadetten uit hun jaar kwamen in de gang langs, Tunesiërs,
Egyptenaren, Libiërs, enkelen hadden het nieuws over de
coup van Amin gehoord en bleven even in de deuropening
staan om te vragen of ze iets wisten, maar P en zijn klasgenoten schudden het hoofd en stuurden hen weg. Hoessein en de andere Oegandezen die hun slaapzaal deelden,
stonden op wacht. De overige Oegandezen op de academie
lieten zich niet zien. Misschien zaten ze op hun eigen slaapzaal te luisteren. P stond op en ging bij het raam staan, buiten hipten er vogels rond, de spitse punten van hun snavels
pikten in het winterharde gruis. Hij wreef in zijn handen,
zijn vingers waren nog steeds dood en gevoelloos en hij
strekte ze, waardoor ze nieuw en onwennig voelden of misschien als de vingers van een heel oude man. Hij steunde
op de vensterbank. Zijn knieën trilden; hij wilde niet sterven. Hij bedacht dat het nieuws misschien niet klopte, dat
het alleen maar een gerucht was dat vleugels had gekregen.
Hij voelde het bloed door zijn hoofd suizen, als wind. Alles was ver weg. Het kazerneterrein daar buiten, waar hij
een heel jaar had hardgelopen, de barak waar zijn lichaam

voor een raam stond was ver weg. Hij ging weer op het bed zitten.

'Wij hebben hem één keer ontmoet.'

Zijn klasgenoot keek op.

'Wie?'

'Idi Amin.'

'Heb je hem ontmoet?'

'Ik heb aan dezelfde tafel gegeten als hij. Ik kan het me nog precies herinneren. Hij was op bezoek op de basis in Oeganda toen ik daar in dienst zat. Kun je het je niet herinneren? Die zomer? Dat hij op bezoek kwam? Hij wees op me in de mess, in de rij voor het eten, en zei dat ik bij hem moest komen zitten. Omdat ik lang was.'

Zijn klasgenoot lachte nerveus, merkte het en werd stil. Ze konden elkaar niet in de ogen kijken, er had een verschuiving plaatsgevonden, hun blikken waren naakt en zoekend.

'Wat zei hij?'

We zaten recht tegenover elkaar te eten. Er zaten ook anderen aan tafel. Hij wilde laten zien dat hij met de soldaten kon eten. Dat hij een van ons was.'

Ze wachtten. P ging opnieuw bij het raam staan. Toen hij eerder op de dag de trap bij de hoofdingang af was gelopen, had hij besloten dat hij niet zou teruggaan naar Oeganda, maar nu wist hij het niet meer. Hij dacht dat het misschien niet zo erg zou zijn, dat het zijn leven misschien niet zo erg zou raken. Om acht uur kwam er een kort bericht over een uitgaansverbod in de hoofdstad van Oeganda, Kampala. Er waren de hele dag hevige gevechten geweest, en de vorige avond was er een coup gepleegd. De BBC zond een kort fragment van een toespraak uit die Amin voor de Oegandese

66

radio had gehouden, waarin hij in het Engels zei dat hij een soldaat was, geen politicus, en dat hij Obote had afgezet om ervoor te zorgen dat er een einde zou komen aan de corruptie in het land. Er zouden nieuwe verkiezingen gehouden worden. Mensen hadden groene twijgen voor de pantserwagens van het leger gestrooid. Toen de uitzending voorbij was, zette P de radio uit. Zijn klasgenoot, die ooit met hem over de oorlog begonnen was, over het feit dat ze misschien gedwongen zouden worden om te doden, dat dat het doel van hun opleiding was, begroef zijn vingers in zijn haar en zei: 'Ik kan niet terug.'

'Het duurt hoogstens een half jaar', zei P. 'We blijven hier. We wachten.'

Hij vraagt de verhoorder om zijn kleren, en vraagt opnieuw om iets te eten of ten minste iets warms te drinken. Hij wrijft hard over zijn armen, rilt.

'Wat deden jullie de dagen na de coup?' Nu klinkt de verhoorder moe en ongeduldig.

'We vlogen. Alles was normaal. Ik probeerde naar het ziekenhuis te bellen waar John werkte. Mijn oudste broer.'

'Hij is nog in Oeganda.'

'Ja', zegt P. Zijn hele familie is nog in Oeganda, leeft onder de dictatuur, hij heeft niets meer van hen gehoord sinds de dag van de coup, hij weet niet of Amins regime hen heeft vermoord. 'Ik heb ze niet kunnen bereiken', zegt hij, en de woorden voelen bot en zwaar. Als hij zijn ogen sluit, ziet hij een beeld voor zich. Kapotgestampte schedels, bloed dat wordt opgezogen door de aarde.

'Wat zeiden de andere Oegandezen?'

'De meeste zeiden dat ze bang waren om na het examen naar huis te gaan.'

'Hoessein was blij met het nieuws.'

'Dat herinner ik me niet.'

Details van de dagen na de coup, ogenblikken en momenten die duidelijk zijn als foto's maar geen verband lijken te houden met zijn leven, zoals dromen: hij liep over het kazerneterrein en de lucht werd heel snel donker, alsof er een zwartgemaakte glasplaat voor de zon werd geschoven, misschien omdat het ging stormen, misschien omdat het niet werkelijk gebeurde maar alleen binnen in hem. Hij stond op een middag in het weekend op een stoep en er stak een wind op die papieren en bladeren de lucht in blies, alsof ze plotseling gewichtsloos waren geworden. Die dag had de BBC gemeld dat Amin het leger in paraatheid bracht, dat de spanningen tussen Oeganda en Tanzania opliepen, dat Amin Tanzania ervan beschuldigde een aanval voor te bereiden en dat de Oegandese gevechtsvliegtuigen verkenningsvluchten uitvoerden langs de grens.

Een kleine week na de coup vlogen ze in formatie over de zee, in een onweersbui. Toen hij boven het wolkendek kwam, liep het water als tranen over de kap van de cockpit. Hij voelde de horizon schommelen en keek uit over witte ravijnen. De radiogolven knetterden in zijn oren, hij las de instrumenten af, de acceleratie drukte het bloed naar zijn voeten en maakte ze zwaar als ijzer.

'Corrigeer je positie, cadet.'

Hij draaide zijn gezicht omhoog zodat het zuurstofmasker met de grove, geribbelde rubberslang siste. De formatieleider steeg op naar de zon, die glitterde als een bosje messen.

Dat was de laatste keer geweest dat hij vloog. Het heeft een afdruk, een stempel in hem achtergelaten. Dat er toen nog tijd was geweest.

Hij zat in een huis buiten het academieterrein en keek door het raam naar de naakte takken in de tuin, die zich als uitgelopen, Oost-Indische inkt de avond in strekten, en naar de struiken met de door de kou vergeelde bladeren. Het was bijna een week na de coup, hij had die ochtend een brief van John gekregen, die al was opengesneden en daarna weer met plakband dichtgeplakt. Hij haalde zijn handen over zijn gezicht. Een stromend gevoel in zijn borst. In zijn brief klaagde John dat het regende. Maar het was droogtetijd in Oeganda. John had het in zijn brief niet over Amin of over de ongeregeldheden, hoewel de brief volgens het poststempel twee dagen na de coup was verstuurd. Een brief over regen. Toen hij de brief gelezen had, had hij besloten om de Grieken over zijn besluit te informeren, het besluit dat hij meteen na het horen over de coup op de trap voor de academie had genomen. Hij was naar het kantoor gegaan en had tegen de administratie gezegd dat hij na het examen niet terug kon gaan, dat hij gedwongen was om in Athene te blijven. De administrateur had erop gereageerd door iemand van de militaire politie te roepen en P te vragen zijn spullen in te pakken. Eerst dacht P dat ze van plan waren hem op stel en sprong terug te sturen. Hij had bij zijn stapelbed gestaan en met bonkend hart kleren en documenten in zijn oude koffer gestopt die hij op de heenreis had gebruikt, maar het bleek dat de Grieken hem alleen naar een lege villa wilden overbrengen waarover de luchtmacht beschikte. Het was kil in de villa, die de hele winter waarschijnlijk niet verwarmd was geweest. Hij wist niet waarvoor het huis gebruikt was voordat hij er zijn intrek had genomen. De Grieken waren blijkbaar bang dat hij zijn klasgenoten met zijn opvatting zou aansteken. De motregen viel zachtjes op de tuin, hij zag de druppels glinsteren in het licht van de straatlantaarns achter het ijzeren hek. Hij streek met zijn hand over de pijpen van zijn winteruniform. Hij was een hemelgod die schipbreuk had geleden, een potentieel risico voor een diplomatieke crisis. Hij vroeg zich af waarom geen van zijn klasgenoten had gezegd dat hij ook niet naar Oeganda wilde terugkeren. Hij zette de radio aan, die in de boekenkast stond naast oude boeken van Plato, Herodotus en andere schrijvers die hij niet kende. Hij stemde af op de BBC en ging weer voor het raam zitten. Een weerbericht van de andere kant van de aarde sprak over een storm die op kwam zetten uit Nieuw-Zeeland. Hij dacht dat Idi Amin niet meer dan een half jaar aan de macht zou blijven. Hij zou wachten.

Pas na een paar weken, op een avond halverwege de maand februari, kwam er meer nieuws uit Oeganda. Er waren gevechten geweest bij een kleuterschool in een woonwijk in Kampala, waarbij het tot een treffen was gekomen tussen het Oegandese leger en soldaten die trouw waren gebleven aan Obote. Hij luisterde terwijl hij aan de keukentafel zat te eten. Terwijl hij op een taai stukje vlees kauwde, draaide hij aan de knoppen van de radio om te proberen het geruis uit de radiostem te krijgen. 'Terwijl de buurtbewoners zich doodsbang trachtten te verschuilen, beschoten de rebellen en de troepen van het nieuwe regime elkaar met machinegeweren, zonder met de burgerbevolking rekening te houden. Terwijl er gevochten werd, nam Amin officieel alle wetgevende bevoegdheden van Obote over, hij hief het parlement op en benoemde zichzelf tot staatshoofd en bevelhebber van alle strijdkrachten en daarnaast tot minister van Defensie.' De stem verdween in een golf van geknetter, hij roerde met zijn vork in zijn bord. Toen de stem terugkwam, klonk die hol en metalig, beroofd van menselijke nuances. 'Amins regeringstroepen omsingelden het huis waarin de troepen van Obote zich hadden verschanst en staken het in brand.' Hij zette de radio uit. Hij ging weer staan, hij voelde zijn lichaam onbehaaglijk duidelijk, de spieren, de huid, de nagels. Hij bedacht dat Obote een Lango was, net als hijzelf, en dat dat iets betekende, dat dat feit scherpte en gewicht had gekregen door de militaire coup. *Ik ben een Lango.* Hij stond bij de boekenkast en balde zijn vuist, kneep hem samen en opende hem. Hij had een volk.

Soms kwam K 's nachts bij hem. Eerder hadden ze elkaar alleen maar in hotels en restaurants ontmoet. Ze lagen stil naar elkaars ademhaling te luisteren. Ze zei: 'Heb je met je familie gepraat?'

Hij raakte met zijn vingertoppen haar mond aan, ze rolde op haar rug en keek naar het vierkante stukje hemel in het raam. Hij zei: 'Ik kan ze niet bereiken.' Hij had haar familie nog niet ontmoet. Hij was haar geheim. Haar ogen waren troebel. 'Ik heb Idi Amin één keer ontmoet', zei hij. 'Hij kwam een keer naar de basis in Oeganda toen ik daar in dienst zat. Ik heb aan dezelfde tafel gegeten als hij.' Hij lachte en keerde zijn hoofd naar haar toe, bestudeerde haar profiel. Hij begreep dat zijn verlammende angst voelbaar voor haar was, en dat ze ook niet wist wat hij ermee aan moest, wat die betekende.

'Blijf hier', zei ze.

'Heb je andere toestellen gevlogen dan die hier staan vermeld?' De verhoorder heeft het logboek van P's vlieguren tevoorschijn gehaald. Hij zit al een paar minuten door het zeegroene logboek te bladeren, terwijl P over de coup spreekt, over wat hij toen dacht. Nu legt de man het boek tussen hen in op tafel, drukt zijn handpalmen tegen elkaar, houdt ze tegen zijn lippen, een priesterlijk gebaar, alsof hij over een mysterie peinst, ergens op wacht.

P draait het boek zodat hij erin kan lezen. Hij bladert erdoorheen, kijkt naar de kolommen met typen vliegtuigen, tijdstippen, wie die vliegoefening leidde. Hij is zelf degene die de kleine vakjes na iedere vlucht heeft ingevuld, met keurige Griekse letters.

'Heb je geen militaire toestellen gevlogen?'

'De opleidingsvliegtuigen zíjn militaire toestellen.' Hij glijdt met zijn vingertoppen langs de noteringen in inkt. 'T-42. T-37.'

De verhoorder wuift afwijzend met zijn hand. 'Je beweert dat de Grieken je geïsoleerd hebben?'

'Ze wilden niet dat ik met mijn klasgenoten zou praten.'

'Omdat je tegen Amin was?'

P sluit het logboek en schuift het terug over de tafel.

'Omdat ik niet terug wilde.' Hij blaast in zijn handen om

ze warm te krijgen, hij kijkt naar de muur achter de verhoorder, naar de afbladderende blauwe verf. Hij vraagt zich af of de kale plekken zijn ontstaan toen er blote lichamen zoals het zijne tegenaan gegooid werden. Toen er botten braken, huid barstte.

'Het was moedig van je om te zeggen dat je niet terug wilde naar het Oeganda van Amin.'

'Mag ik mijn kleren terug?'

De verhoorder opent het logboek opnieuw, bladert er doorheen, probeert de Griekse letters te ontcijferen, alsof er een of andere geheime code in verborgen is.

'Mag ik mijn kleren? Ik heb het koud.'

'Je kleren zitten vol luis. Jij bent een luis. Je bent een fascist. Je liegt. Wat zeiden de Grieken dat er in Oeganda gebeurd was?'

'Niets.'

'De laatste keer dat je hebt gevlogen was begin februari? Klopt dat? Lees ik dat goed?'

'Ik mocht niet meer vliegen nadat ik gezegd had dat ik niet terug wilde.'

Iedere ochtend liep hij hard, hij rende rondjes over de parkeerplaats bij het huis. Soms rende hij uren. Het was de eerste keer in zijn leven dat hij niets had om zijn dagen mee te vullen. Het natte grind knarste onder zijn gymnastiekschoenen, de zon glinsterde vreemd en wit tussen de dunne takken, hij rende door een dikke, dichte stilte, een geluidloosheid en traagheid die zijn dravende voeten en zijn adem omsloot als glycerine. Toen hij op een dag na het hardlopen op de veranda zat, voelde hij hoe de paniek, die soms verdween in de totale uitputting, weer binnen in hem op kwam zetten, als een bruisende, doffe toon in zijn hoofd. Hij had er geen controle over, hij kon er niet mee omgaan, wist niet wat hij moest doen. Hij wilde praten met zijn Oegandese klasgenoten, hij wilde weten waarover ze het op de academie hadden, wat er in Oeganda gebeurde. Hij stopte zijn T-shirt in zijn trainingsbroek. De coup was inmiddels meer dan twee weken geleden. Hij zag iemand over de straat achter de tuin aankomen, het hek opendoen en het grindpad op lopen. Het was een van zijn vlieginstructeurs, een Griekse piloot, hij stond op en salueerde, bleef in de houding staan.

'Op de plaats rust.' De man keek P vaderlijk teleurgesteld aan. 'Waar ben je mee bezig?'

P keek naar zijn voeten, fronste zijn voorhoofd, zei een hele tijd niets en toen: 'Wat bedoelt u, sir?'

'Je hebt een contract ondertekend waarin je belooft om oorlogsvliegtuigen te vliegen voor de luchtmacht van Oeganda. Daarom ben je in Griekenland.'

P wist niet wat hij moest zeggen, hij was kwaad, nerveus, hij voelde hoe het zweet langs de koele huid van zijn ruggengraat liep. 'Na wat je gedaan hebt, mag je blij zijn als je werk krijgt als schoonmaker op een vliegveld aan de andere kant van de wereld.' P stond versteld van de vanzelfsprekendheid waarmee de man, die hem ooit had leren vliegen, zijn besluit afkeurde. Het examen was over twee maanden. Begrepen ze niet dat hij niet terug kón gaan, dat geen van de Oegandezen terug kon gaan?

'Heb je stilgestaan bij de diplomatieke verhoudingen tussen Griekenland en Oeganda?'

'Ja, sir.' Hij zei het zachtjes. Hij keek op, staarde over het hoofd van de man heen naar de korrelige lucht, de wolken, het licht. Op een bepaalde manier klopte het wat de instructeur zei. P was soldaat, geen politicus. Hij was erin getraind te gehoorzamen, niet om eigen beslissingen te nemen. Zijn instructeur stond daar nog steeds met zijn handen op zijn rug. Hij zei, heel formeel en met die nieuwe, harde afstand in zijn stem en houding, dat P geïsoleerd zou blijven tot de Grieken hadden besloten wat ze met hem zouden doen, en dat de Oegandese autoriteiten nog niet van zijn besluit op de hoogte waren.

'Je praat erover alsof het iemand anders betreft.' De verhoorder kauwt op zijn bovenlip, zuigt hem in zijn mond, met zijn ogen zijn strak op P gericht. 'Je praat erover alsof je het niet zelf bent die het heeft beleefd.'

'We waren erin getraind onze gevoelens te onderdrukken. We waren gevechtspiloten.'

P durft de verhoorder niet aan te kijken uit angst dat de man een schuldgevoel in zijn vermoeide ogen of in zijn nerveuze, trekkende gezicht zal lezen.

'Misschien werden een paar van je klasgenoten geïsoleerd, maar niet jij.' De stem van de verhoorder is nu onderzoekend en beslist tegelijk, alsof iedere zin een voorwerp is dat hij even tegen het licht houdt en dan uitstalt op de tafel. P heeft geprobeerd zo eerlijk mogelijk op de vragen te antwoorden, maar het is moeilijk omdat hij de hele tijd moet controleren wat hij vertelt, omdat hij bezorgd is dat iets wat voor hem een onbelangrijk detail lijkt, gebruikt kan worden als bewijs van zijn schuld. 'Je bent nooit geïsoleerd omdat je de opleiding nooit hebt meegedeeld dat je niet voor Amin wilde werken, omdat dat niet zo is. Je vertelt allemaal leugens. Je steunde Amins coup en je steunt hem nu. Je was op de terugweg naar Oeganda toen we je in Zambia hebben onderschept. Klopt dat?'

'Nee.'

De verhoorder gebaart met zijn hand dat hij zijn mond moet houden, dat het niet de bedoeling is dat de beschuldigde de verklaring met leugens onderbreekt. P's blik dwaalt rond, vindt geen houvast in de kale ruimte. De verhoorder sluit zijn ogen, zijn gezicht is moe en als het ware afgesloten van de dingen om hem heen, en als hij opnieuw spreekt is het alsof hij alleen maar feiten opsomt waarover iedereen in de kamer het al eens is. 'Je was op weg om je weer aan te sluiten bij de Oegandese luchtmacht. Dat is duidelijk. Het enige wat we niet begrijpen is waarom je niet direct naar Kampala bent gevlogen. Wat moest je in Zambia? Wat wilde Amin dat je in Zambia zou doen?' P drukt zijn handen in elkaar, die koud zijn en mager voelen, breekbaar, als droog stro. Dat hij op weg terug zou zijn naar Oeganda, van alle plekken op aarde, dat was een heel nieuw gezichtspunt. Als de verhoorder in zijn stoel naar voren leunt, werpt diens voorhoofd diepe schaduwen op zijn gezicht, alsof het donker eroverheen bloedt.

'Vertel de waarheid.'

P vraagt zich opeens af of een van zijn voormalige klasgenoten soms naar Tanzania is overgelopen en deze informatie heeft gegeven om zijn eigen hachje te redden. Hij houdt zijn hand voor zijn mond, voelt dat hij moet kokhalzen. Er kan in deze kamer iemand anders gezeten hebben, die op dezelfde manier is verhoord en zijn naam heeft genoemd, over hem heeft verteld. Dit is een krankzinnige plek, daarom is het een plek waar verhalen ontstaan, in deze stoel waarop je gedwongen wordt je dingen te herinneren.

'Als je de waarheid vertelt, krijg je je kleren.' De verhoorder strekt zijn hoofd op zijn pezige nek naar voren, probeert P's blik op te vangen. Hij zegt met een milde, bijna medelijdende stem: 'Toen je in Griekenland was, had je contact met Amins regime. Je had contact met ze in Griekenland en daarna ben je naar Rome gegaan om een opdracht uit te voeren, of om de mensen die je eventueel zouden verdenken op een dwaalspoor te brengen. Je bent Amins man. Wat wil Amin in Zambia?'

Een zwijgende, drukkende stilte vult de kamer. P's spieren staan strak van de inspanning en het wachten. Weten ze dat hij in Griekenland vertegenwoordigers van Amins regime heeft ontmoet? Kan iemand die zomer foto's van hem hebben genomen? Hoeveel weten ze? P kijkt nog eens verdekt over zijn schouder, de bewaker kijkt terug, zijn ogen zijn als twee uit blik geknipte gaten.

Een windvlaag blies dorre bladeren van het vorige jaar over het grindpad langs de barakken. Drie weken na de coup was zijn isolement even plotseling verbroken als het was ingevoerd: de Grieken hadden blijkbaar besloten om te doen alsof er niets aan de hand was en om Amins volgende zet af te wachten. Hij mocht nog steeds niet vliegen. Hij rookte sigaretten met zijn klasgenoten, ze praatten over een gerucht dat ze hadden gehoord toen hij geïsoleerd had gezeten: er werd gezegd dat Amin een verkeersvliegtuig Europa rond stuurde om Oegandese studenten, vooral militairen, op te halen.

'Het vliegtuig is al in Engeland geweest', zei een Oegandese eerstejaars, een West-Niloot zoals Amin en Hoessein maar in tegenstelling tot hen geen voorstander van de coup, misschien omdat hij uit een hooggeplaatste familie kwam die zakelijke banden had met Obote. Hij zat met een aansteker te spelen, spatte vonken de bewolkte middag in. 'Mijn broer heeft civiele techniek gestudeerd in Londen en ze belden hem uit Oeganda en bedreigden onze ouders. Ze zeiden dat ze onze moeder zouden vermoorden als hij niet mee terugging.' Iemand opende zijn mond tot een 'O', en ze lachten hem uit. 'Het vliegtuig is helemaal zwart, zonder herkenningstekens, zonder naam.'

P probeerde keer op keer naar het ziekenhuis van de stad Gulu te bellen, waar John werkte. Hij zat met de hoorn in zijn handen naar de continue fluittoon te luisteren. Geen verbinding. De examendag kwam naderbij. Er begonnen uniformen binnen te komen die de buitenlandse studenten uit hun thuisland kregen opgestuurd. Vanuit het officiële Oeganda: stilte.

Hij zag andere Oegandezen van het vliegveld terugkomen nadat ze gevlogen hadden. Soms ging hij bij de landingsbaan staan kijken naar het opstijgen en landen, net als in het begin. *Stratocumulus. Wolken met wolkenflarden langs de randen.* De BBC rapporteerde gevechtshandelingen langs de grenzen tussen Oeganda en Soedan. De troepen die Obote trouw waren gebleven, hadden blijkbaar in Soedan hun kamp opgeslagen.

Op een nacht werd hij door zijn klasgenoten wakker gemaakt. Kwam bovendrijven uit een nachtmerrie, opgejaagd door iets vaags, wat hij niet kon benoemen. Hij gooide zijn deken van zich af. De deur naar hun kamer was open, mensen liepen door de gang, gedempt en zachtjes. Hoessein zei tegen hem dat alle Oegandese luchtmachtcadetten hun koffers moesten pakken en naar de aula moesten komen, en verdween vervolgens met een koffer in zijn hand onder de tl-buizen. P trok zijn broek en het overhemd van zijn uniform aan, gooide zijn kleren en papieren in een koffer – de tweede keer dat hij sinds de coup zijn koffer pakte.

De intensieve kou van de lentenacht prikte als spelden in zijn gezicht en zijn blote onderarmen en handen. Er liepen cadetten uit alle studiejaren over de binnenplaats, net wakker en gedesoriënteerd, ruim een dozijn schaduwen in het groene schijnsel van de paar lampen die er waren. Allemaal droegen ze koffers en plunjezakken, een paar rookten snel een sigaret, anderen bliezen in hun handen. Eén jongen had nog steeds alleen een onderhemd aan en probeerde onder het lopen zijn kakioverhemd met korte mouwen aan te trekken – grauwe, fladderende vleugelslagen in de nacht.

Ze liepen naar de aula, gingen zitten. Een Griekse officier stond bij het podium, zijn ogen waren rood en zijn gezicht was gezwollen en slaapdronken. Hij kuchte en wachtte tot de jongemannen zouden gaan zitten en stil waren, en vertelde hun toen op de redelijke en bureaucratische toon die de Grieken sinds de coup steeds vaker gebruikten tegen de Oegandezen, dat Amins regering al haar luchtmachtcadetten uit Griekenland terugriep en dat er die nacht een vliegtuig onderweg was om hen op te halen. Het vliegtuig zou over drie kwartier landen en wat ze zelf ook van de kwestie vonden, ze dienden allemaal aan boord te gaan. P keek omhoog en sloot zijn ogen tegen het licht van de tl-lampen, dat het bloed in zijn oogleden roze kleurde. Hij had iets gedroomd, kon zich niet herinneren wat. Als er bloed naartoe werd gepompt, werden zijn oogleden roodzwart en ontstond er een nachthemel die vervolgens weer verdween. Er fladderde een klamboe. Hij gaapte. De officier vooraan bij het podium sprak nog steeds.

'Het gaat helaas om een officieel verzoek van de Oegandese staat en we kunnen niet weigeren zonder de diplomatieke verhoudingen schade toe te brengen.' De cadetten hadden vaak gefluisterd dat deze man een topgun was geweest in de oorlog met Cyprus, dat hij tijdens zijn hele carrière nog geen gesimuleerd luchtgevecht had verloren. 'Jullie moeten hier wachten tot het vliegtuig landt.' De officier bleef even staan terwijl hij zwijgend zijn blik over de gezichten van de jongens liet glijden, knikte toen enigszins spijtig en verliet de aula. Een agent van de Griekse militaire politie ging bij de deur staan.

De angst in de ruimte was rauw, dierlijk, als iets tastbaars in de lucht, een hormoon met smaak en geur, concreet, alsof er een gas door de ventilatieschachten werd gepompt. P veegde zijn bezwete handpalmen aan zijn broek af. Hij zou willen weten of Amins regime wist dat hij van plan was geweest om te weigeren terug te gaan na zijn examen, of een van zijn voormalig klasgenoten er iets over zou zeggen als ze terug waren. Hij keek om zich heen en zocht in de gezichten van de anderen naar een geruststellende blik, een belofte van loyaliteit. Een jonge jongen, een eerstejaars cadet, snikte stil en werd door een kameraad getroost.

Na bijna een half uur kwam de Griekse officier terug, hij stond in de deuropening en zei luid dat ze weer naar bed konden gaan, dat de Griekse staat besloten had ze niet aan Amin uit te leveren, dat er een kleine diplomatieke crisis door was ontstaan maar dat ze veilig waren.

Nu gingen er weken voorbij zonder dat er iets aan hun toestand veranderde. De vruchtbomen kwamen uit, roze slierten die als gewichtsloze geesten boven het gras leken te zweven. *Cirrostratus. Wolken zonder schaduw.* In de weekends zag hij K, ze slenterden door de warme sinaasappellucht van de Griekse lenteavonden, praatten met elkaar, nergens over, de toekomst was leeg, hij mocht nog steeds niet vliegen, op weekdagen liep hij hard en trainde hij in de gymzaal of zat in de barak naar de radio te luisteren. Hij kocht een kleine bandrecorder en luisterde soms naar Harry Belafonte. Het bleef onmogelijk om zijn familie te bereiken, maar van andere cadetten hoorde hij geruchten dat de stemming in het land nog agressiever was geworden jegens Acholi en Langi dan de sporadische uitzendingen van de BBC deden vermoeden. Bovendien waren er bijna dagelijks gevechten tussen Oegandese troepen en rebellen die hun kamp hadden opgeslagen in Soedan. Je kon bijna spreken van een open oorlog. De vliegtuigen dreunden boven de academie en verdwenen richting de Middellandse Zee. Op 7 april deden ze examen. Omdat de Oegandese cadetten vanwege de chaos in het militaire apparaat van hun vaderland geen militaire uniformen hadden gekregen, droegen ze tijdens de ceremonie hun Griekse, witte zomeruniform, met gouden manchetten en kleine, van hun riem omlaaghangende sabels. Ze kregen hun examenbewijs van een hoge militair, ze salueerden, ze gingen weer in het gelid staan. P bekeek zijn collega's terwijl ze de rituelen uitvoerden en was vervuld van jaloezie, of misschien was het alleen maar klaarheid; met hun witte petten op leken het allemaal net kleine jongens. Hij dacht aan John en aan de spellen van hun jeugd. Toen hij een vogel wilde zijn. De Griekse militairen stonden langs de muren van de zaal, versierd met oorkondes en medailles.

Een paar Oegandezen gingen na hun examen naar huis. De meesten kozen ervoor om in Griekenland te blijven. Ze konden na hun examen niet meer in het academiegebouw wonen, daarom bracht de luchtmacht hen onder in verschillende hotels in het centrum van Athene. Ze slenterden over straat. Ze zaten op terrassen en knipperden tegen de zon als verblinde jonge vogels. Alle cadetten hadden uit hun thuisland salaris gekregen, maar Oeganda had geen loon uitbetaald, waarschijnlijk vanwege dezelfde bureaucratische chaos als waardoor ze geen uniform hadden gekregen. Hun spaargeld begon op te raken. Een paar weken lang spraken ze er alleen maar over hoe ze aan geld konden komen, maar daarna regelde de luchtmacht werk voor hen in het toerisme en de horeca, misschien uit bezorgdheid dat de werkloze piloten militaire geheimen zouden gaan verkopen als ze geen geld kregen.

P werd ondanks zijn koppigheid en eigenwijsheid benoemd tot chef van het restaurant in het hotel waar ze allemaal logeerden en waar twee landgenoten als kelner gingen werken. Hij zat het grootste deel van de tijd in een kantoortje in de verte achter de receptiebalie en administreerde tot diep in de nacht enorme sommen geld. Hij werd dronken met zijn landgenoten en de andere werknemers van het hotel. Zo nu en dan kwam K bij hem langs en lag hij onrustig naast haar te draaien en te dromen, viel hij door eindeloze wolkenbanken of zwom hij door de hemel. 's Ochtends zat hij met zijn twee landgenoten in de uitlaatgassen van de taxi's en de warmtenevel voor het hotel te praten. Ze kaartten om geld, lachten laconiek en krachteloos, en als het restaurant opende voor de lunch trokken ze hun jasje en witte overhemd aan. Ze waren vliegeniers zonder land. Hij bladerde door dikke stapels bankbiljetten, deed er elastiek omheen en legde ze in een kluis. In de vroege zomer van dat jaar begon hij Amins mannen te ontmoeten.

Na de coup had Amin meer dan de helft van alle ambassadeurs in het buitenland ontslagen net als veel ander ambassadepersoneel, en nu zond hij zijn eigen mannen uit, in verreweg de meeste gevallen hoge militairen, om hun plaatsen in te nemen. Deze vervangers kwamen ook naar Griekenland en de Griekse krijgsmacht vroeg P of hij als gids en tolk voor hen wilde dienen. Ze vroegen het vriendelijk. Hij salueerde toen hij de mannen afhaalde van het vliegveld. Ze lachten toen ze door de aankomsthal liepen en hun salueringen leken nergens naar, alsof de militaire traditie een grap was. Ze hadden gezichten als rubberen maskers, uitdrukkingsloos en elastisch, en zonnebrillen die de lucht weerspiegelden. P wees hun de weg naar de limousine en zat met hen op de achterbank. Hij droeg zijn Griekse uniform, dat hij sinds het examen verder niet had mogen dragen, hij beantwoordde de banale vragen van de mannen beleefd en probeerde geen minachting te tonen, geen onrust of boosheid. Hij had het gevoel een onbetekenend pluisje te zijn tussen geweldige kaken. Ja, hij had leren vliegen, ja, hij had leren vluchten uit gevangeniskampen. Achter de getinte ruiten zweefde de stad voorbij, verduisterd als door een donderwolk. Flatgebouwen, klapperende parasols, palmen. Ja, hij had geleerd martelingen te verdragen, een geweer af te vuren. De mannen wisselden blikken uit en lachten. Hij kon hen niet peilen, wist niet of hun vragen betekenden dat ze werkelijk gefascineerd waren door zijn buitenlandse officiersopleiding of dat ze hem belachelijk maakten.

De mannen logeerden altijd in hetzelfde hotel als hijzelf en hij zorgde ervoor dat ze de beste suites op de bovenste verdieping kregen. 's Avonds ging hij met hen uit eten, hielp hen met de bediening te praten, met passerende vrouwen. Ja, hij sprak vloeiend Grieks. Een legergeneraal die na de coup tot die positie bevorderd was, leunde naar voren over het witte tafellinnen.

'Heb je gehoord over het schandaal rond Amins bezoek aan Groot-Brittannië?'

'Nee', zei hij terwijl hij een slokje wijn nam. Hij vroeg zich af of de Oegandezen begrepen waarom hij nog hier was, of ze zich realiseerden dat hij niet terug had willen gaan. Ze spraken een bantoetaal met elkaar, lachten met elkaar en hij lachte mee, onwillekeurig. Naast onbehagen voelde hij iets klef verleidelijks in de macht van de mannen, in de ceremonieën op het vliegveld met slaande hakken en getrokken sabels.

Het was eind juni en de derde keer dat hij voor dit werk gevraagd was, waarvan hij niet wist of hij het steeds meer haatte of begon te accepteren als een deel van zijn leven hier.

'Amin was op audiëntie bij de koningin. Hij hield een toespraak voor haar en haar staf. Weet je hoe hij haar noemde?' P schudde zijn hoofd. Blijkbaar was dit een verhaal dat ze allemaal al eerder hadden verteld, want de overige Oegandezen grinnikten vol verwachting. P leunde voorover en voelde iets slaapwandelaarachtigs in zijn lichaam, in zijn gezicht, iets kruiperigs en gelatens en wreeds. Hij was een beetje aangeschoten. Hij lachte, knikte dat hij het begreep.

'Hij noemde haar "Zijne majesteit".'

P liet zijn lach breder worden, Zijne Majesteit, dat was vrij grappig als je bedacht dat Oeganda tot een jaar of tien geleden nog een Britse kolonie was geweest. 'Willen jullie een dessert?' Hij leunde in zijn stoel naar achteren en ving de blik op van de kelner. Hij dacht aan John, die hij nog steeds niet te pakken kreeg, en hij vroeg zich af of deze mannen betrokken waren bij de moord op iemand in zijn familie. Misschien hadden ze tot dan toe alleen anderen vermoord. De insignes op het uniform van de generaal blonken in de lichtstralen van de kroonluchter. P dacht aan de brief over regen. Hij voelde dat zijn ingewanden werden gegrepen en samengedrukt door iets kouds.

'Mag ik een glas water?' Hij wou dat hij kon gaan liggen, hij wil niet meer praten, zich niets meer herinneren. Zijn armen hangen slap omlaag langs zijn lichaam, als hij zijn ogen dichtdoet, voelt hij de duizelingen als vleugelslagen door zijn voorhoofd wieken. Het moet midden op de dag zijn, misschien nog later.

'Waarom ben je naar Rome gegaan?'

'Ik was met vakantie.' Hij probeert rechtop te zitten maar zakt de hele tijd op de stoel in elkaar. Hij wil absoluut niet over zijn oppervlakkige omgang met Amins gezanten vertellen omdat hij bang is dat ze die zullen zien als vrijwillige samenwerking met Amins regime. Hij wrijft over zijn oogleden, die pijnlijk en opgezwollen zijn door slaapgebrek.

'Ik was met vakantie', herhaalt hij. 'Ik heb al verteld dat ik daar een nicht heb.'

'En terwijl je met vakantie was, kreeg je een baan aangeboden in Zambia?'

P laat zijn gezicht in zijn handen rusten, zijn mond smaakt naar maagzuur en nicotine. 'Je kreeg een baan aangeboden op het adres van je nicht in Rome?' vroeg de verhoorder. 'Is dat niet een beetje vreemd?' Ergens achter de bruisende schermen van vermoeidheid realiseert hij zich dat hij in zijn leugens verstrikt raakt, dat hij in gevaar is, dat hij na moet denken, zich concentreren.

Athene. Hij zat voor het raam van de hotelkamer omlaag te kijken naar de bladeren die vijf verdiepingen onder hem heen en weer wuifden. Het was begin augustus eenenzeventig en juist die avond voelde hij het gemis van het vliegen als een lichamelijke pijn. Hij schonk een glas whisky in en terwijl hij het leegdronk voelde hij iets in zich groeien, langzaam maar onverbiddelijk zoals het opkomende getij. Iets beslissends. Hij zette het glas op de vensterbank, keek op zijn horloge. Hij moest weer een Oegandese militair van het vliegveld ophalen en hij was al tien minuten te laat. Hij had nog niet eens zijn overhemd aangetrokken. Het lag op het bed naast hem. Het witte overhemd met korte mouwen en zijn rangordes, dat lag daar. Zijn lakschoenen stonden naast het bed, ze weerspiegelden het licht van de ondergaande zon dat door het raam van de hotelkamer scheen. Een van zijn eerdere klasgenoten die net als hij Lango was, had verteld dat verscheidene familieleden in Oeganda waren verdwenen en dat ze allemaal, hoewel op verschillende tijdstippen opgepakt, hun schoenen hadden moeten uitdoen voor ze in de auto's stapten die hen kwamen ophalen. Men had de schoenen naderhand langs de kant van de weg gevonden, netjes neergezet. De schoenen van de doden. Een van de vele merkwaardigheden in het Oeganda van de noodtoestand. Hij keek weer op zijn horloge. Door het open raam golfde de drukkende zomeravond naar binnen. Het rook naar uitlaatgassen en hij voelde dat hij de Grieken haatte omdat ze hem dwongen dit werk te doen en dat hij zichzelf haatte omdat hij geen nee durfde te zeggen. Hij dacht aan God, hij herinnerde zich de gebeden die hij vroeger op kostschool had geleerd, 'Wees gegroet Maria, vol van genade', hij ging staan en trok het overhemd van zijn uniform aan, knoopte het zorgvuldig en langzaam dicht. Het was een avond, een zomer in limbo.

K bleef steeds vaker op zijn hotelkamer slapen. Ze lag met haar haardos uitgespreid over het witte hotelbeddegoed en praatte met haar hese, fluisterende stem over een leven in Griekenland. Hij dacht over haar na, over de Griekse die literatuurwetenschap studeerde en zijn bestaan geheimhield voor haar ouders.

Aan het einde van de maand begon een van zijn andere klasgenoten, een van de kelners, over een bloedbad dat zou zijn aangericht in Noord-Oeganda, maar het klonk niet logisch. Toch hield de man vol, hij begon er een paar keer over: dat honderd of meer jonge soldaten, met name Acholi's, in barakken waren geduwd en daar met machetes en schopslagen waren gedood.

'Foto's.' De stem van de verhoorder maakt P wakker, die half in slaap in zijn stoel zit. De man heeft opnieuw P's fotoalbum tevoorschijn gehaald, pakt er foto's uit en legt die op tafel, een voor een.

Daar is een foto van P die in de cockpit van zijn T-37 zit, de fotograaf kijkt over zijn schouder, P draait zich om en lacht naar de lens. Die moet uit het tweede jaar op de academie zijn.

'Die foto doet me denken aan de dag des oordeels', zegt de verhoorder, die een klassefoto over de tafel schuift. P zoekt naar zijn eigen gezicht op de foto, maar kan het niet vinden hoewel hij weet dat hij een van de cadetten is.

'Ben je katholiek?'

'Ja.'

'Geloof je in de dag des oordeels? Het laatste oordeel, als de doden uit de graven herrijzen?' De bewaker in de hoek beweegt zich onrustig. 'Ja', zegt P.

De verhoorder slaat het fotoalbum snel dicht. 'Wij zijn socialisten', zegt hij alsof daarmee alles is gezegd, wat misschien ook zo is, P weet het niet, de vragen hebben hem uitgeput, zijn handen trillen van de honger en het slaapgebrek, hij kan niet helder zien. 'Vertel wie je uit Griekenland naar Rome heeft gestuurd. Ik wil niet zien dat je slecht behandeld wordt door de Tanzaniaanse autoriteiten. Vertel me nu de waarheid.'

De stilte in de kamer legt zich als een tafelzeil over de drie lichamen, P haalt een paar keer met horten en stoten adem, kruipt in elkaar en wacht op de slagen. Ze komen niet. In plaats daarvan helpt de bewaker hem opstaan en leidt hem terug naar de kelder. In zijn kooi stort hij in elkaar, ligt op zijn rug terwijl het slot rammelt en de stappen van de bewaker verdwijnen in de gang. Het geluid van het verkeer buiten is boven het gejammer en gemompel van de andere gevangenen hoorbaar. Een bijtende lucht van oplosmiddel en urine vult zijn mondholte en neus. P gaat langzaam overeind zitten en kruipt naar een kleine verhoging in het cement die op een stoel lijkt en leunt tegen de tralies. Hij probeert te slapen. Zijn hoofd bonst. Hij onderdrukt de neiging om te braken, krabt met zijn handen over zijn gezicht, hij probeert te denken. Misschien moest hij vertellen dat hij als gids voor Amins mannen heeft gewerkt, dat hij daartoe gedwongen werd? Misschien weten ze dat al en houden ze hem alleen maar hier omdat hij erover liegt? Hij denkt aan wat de verhoorder over de foto's zei, dat die lijken op de dag des oordeels – troebele, verwarde gedachten, hij zit stil in het donker voor zich uit te kijken. Er komen steeds minder auto's langs de kleine ramen daar boven, de avond is al in aantocht. *Als je boven vijandig gebied wordt neergehaald, moet je nooit een kind om hulp vragen, want kinderen zullen vroeg of laat aan volwassenen vertellen wat ze hebben gezien.* Hij knippert met zijn dikke oogleden, hij valt bijna in slaap, maar kijkt op als hij een plassend geluid hoort: de man in de kooi tegenover die van hem is gaan staan, heeft zijn geslacht door de tralies gestoken en pist nu de gang in. P kijkt weg als de pis in zijn kooi loopt. *De informatie in je hoofd is het enige wat je leven iets waard maakt.* Hij gaat met zijn hand door zijn haar, grijpt een handvol krullen en trekt eraan om iets echts te voelen, om überhaupt iets te voelen. De knipperende lichten langs het plafond worden weerspiegeld in de urine die over de grond loopt, hij denkt dat het eruitziet als een nachtlucht die zich uitstrekt voor zijn voeten. Hij blaast in zijn handen om ze te warmen. Hij is piloot. Hij moet weer vliegen. Hij moet vliegen.

Mijn knipperende mobiele telefoon. *Papa* op het schermpje. Ik doe mijn ogen dicht, er vliegen schaduwen van roofvogels over de grond. Het was november toen ik hem voor het laatst zag. Hij was met een taxi uit het ziekenhuis gekomen en stond in het korrelige, blauwe licht onder aan de trap. Hij had een zuurstoffles aan zijn rollator, hij keek me een hele tijd aan en schudde toen zijn hoofd, draaide zich om en ging weg. Hij is stervende zolang ik me kan herinneren. Ik neem niet op.

Ik heb die winter over de geschiedenis van de Langi gelezen. Volgens de geschiedschrijving vormen zij de buitenste uitlopers van een migratiestroom die startte in het Abessijnse rijk van de zeventiende eeuw: de Acholi in Noord-Oeganda en de Luo in Kenia, beide taalkundig met de Langi verwant, zouden deel hebben uitgemaakt van dezelfde volksverhuizing, overblijfselen van een vergeten exodus. Andere verhalen zijn hier niet mee te verenigen. Eén versie van de geschiedenis beweert dat de Langi herders uit de Soedan waren die zich al in de veertiende eeuw in de meer gecentraliseerde en hiërarchisch georganiseerde bantoekoninkrijken rond het Victoriameer vestigden en zich daar een plaats in de rigide maatschappelijke structuur verwierven door te beweren dat zij de controle hadden over regen en vruchtbaarheid, en bovennatuurlijke krachten bezaten. Mijn vader weet eigenlijk maar één ding over de oorsprong van zijn volk: dat hij en zijn familie zichzelf Niloten noemden, wat betekende dat ze ooit de bronnen van de Nijl in Oost-Soedan waren overgestoken.

Ik sta bij een oversteekplaats in een stad die niet mijn geboortestad is en denk na over de mensen die ooit vertrokken waren, de nomaden uit Abessinië of Soedan, bedenk dat dat een oorsprong is die even goed is als een andere: zij die voor ons kwamen, reisden. Ik geloof niet in oorsprongen. Ik ga naar mijn hotel, het is een voorjaarsavond, het wordt lichter, straten glimmen in de regen, geen auto's buiten. Ik ben niet het materiaal van de geschiedenis, als ik al uit de geschiedenis kom, kom ik er elk moment opnieuw uit, zoals wanneer je uit de branding komt lopen en de kou van je afschudt, de zee, het zout.

Toen Idi Amin naar Oeganda keek, zag hij een los samenhangende federatie van stammen en koninkrijken. Voor hem was de geschiedenis de toekomst. Voor Obote was, net als voor de Tanzaniaanse president Julius Nyerere en andere Afrikaanse socialisten die actief waren in de jaren zestig en zeventig, de natie vooral een cirkel die van de mensen die binnen de grenzen ervan leefden één volk moest maken, met een gemeenschappelijk streven, met hetzelfde bloed dat door hun aderen stroomde, een gemeenschappelijke oorsprong.

Er rent een jongen door het hoge gras. Hij rent van een plaats weg. Zo zal hij altijd met die plaats verbonden blijven.

Ik ga op de stoeprand zitten. Ik pak een boek uit mijn rugzak en blader erin: Frantz Fanons *De verworpenen der aarde*.

Ik was zestien toen ik het in de schoolbibliotheek vond en meepikte. Toen ik het zittend op een elektriciteitskast in Araby in Växjö las. Fanon was psychiater, filosoof, geboren op Martinique, maar werd mettertijd spreekbuis voor de Algerijnse bevrijdingsbeweging FLN. Schreef prachtige boeken over een zwarte huid en over witte maskers, over het geven van je leven om je te bevrijden van de geschiedenis. Die combinatie van nationalisme en socialisme haalde Tanzania, net als Zambia en verschillende andere landen, uit Fanons gedachtewereld. Het boek gaf me het gevoel dat ik op het leven kon vertrouwen, dat de geschiedenis mij ergens naartoe zou dragen. Ik houd het in het licht van de lamp bij de ingang van het hotel, blader erin, herinner me hoe ik op een wintermiddag de letters langs de hemel boven de provincieplaats naar me toe zag komen drijven, met zwarte mutsen op en schreeuwend als zeevogels.

In mijn hotelkamer blader ik door een document dat jaren oud is, een tekst die mijn vader een keer in de herfst heeft geschreven. Hij wilde opschrijven wat hij zich van zijn leven herinnerde. Hij zat 's nachts herinneringen op te halen, wat hem verdrietig maakte, zei hij, maar hij zei ook dat het noodzakelijk voor hem was, dat hij voor het eerst begon te begrijpen wat hij had meegemaakt, hoe vreemd en heftig het was geweest. *Ik keek voor me uit de donkere Afrikaanse nacht in en vroeg me af wie ik was.* Ik denk aan zijn handen, die deze woorden opschreven op een computer in een flat. Ik zit voor het raam van de hotelkamer, de gordijnen bollen op, ik rook.

Julius Nyerere droomde ervan Afrika terug te voeren naar een paradijselijke staat van collectiviteit en gelijkheid, zoals die, naar hij dacht, had geheerst voor de Europese nacht. Zelfs voor hem was de geschiedenis de toekomst. Nyerere hield van poëzie, vertaalde Shakespeare in het Swahili. Met Amins coup leek de golf van socialistische, Afrikaanse staten gebroken en zich terug te trekken. *Ujamaa,* het Swahili-woord dat hij als naam voor die Afrikaanse vorm van socialisme gebruikte, betekent 'familie', dat is de beste vertaling die ik kan vinden.

Ik reis tussen plaatsen waarvan ik een natie probeer te maken. In de dagen na mijn terugkomst bel ik een paar keer aan bij mijn vader, maar hij doet niet open. Na enige tijd hoor ik van een van mijn broers dat hij weer in het ziekenhuis ligt, dat hij geopereerd zal worden. Op het Järntorget bloeit een Japanse kers. Ik ben rusteloos, ik probeer hem niet meer te bereiken en als hij weer begint te bellen, neem ik niet op. Ik voel me een boom waarvan de wortels uit de grond zijn getrokken. Ik lees opnieuw de tekst die hij die herfst schreef en ik realiseer me voor het eerst dat meer dan eenderde of misschien wel de helft ervan bestaat uit herinneringen aan het halve jaar dat hij in dienst zat in Oeganda voor hij naar Athene werd gestuurd: langdradige beschrijvingen van hoe je moet marcheren, lijsten bijnamen voor de officieren, beschrijvingen van de procedures in de barakken en de tactische oefeningen. Al die concrete details bezitten een merkwaardig gewicht, een gewicht dat te maken heeft met de dood, met het lichaam dat de voorwerpen aanraakt, met de hand die schrijft. Ik zie opnieuw de beelden van verschopt worden, de diaspora, bladeren die wegwaaien, kroonbladeren die de hemel vullen. Ik ben een haas, ik ren door de opstuivende sneeuw. Op een van de eerste zomerdagen staat hij voor mijn deur. Hij heeft een wit maskertje voor zijn gezicht, de drukkende warmte maakt dat het trappenhuis naar afval stinkt. Hij zegt dat hij een longtransplantatie heeft ondergaan in de tijd dat we elkaar niet gesproken hebben. Hij durft me niet te omhelzen omdat hij medicijnen krijgt die zijn weerstand verlagen. Ik heb het gevoel dat er op een dag een wind is gekomen die zijn leven heeft weggeblazen. Hij trekt het witte maskertje omlaag, ik zie zijn gezicht.

P zit onbeweeglijk naar het licht en de schaduwen te kijken. Zijn ledematen doen pijn. Toen de slaap eindelijk kwam vannacht, vlak voor de dageraad, droomde hij dat hij tegen een hekwerk viel, zich stootte aan de tralies en weer verder door het donker viel, op hetzelfde hekwerk neerkwam, zich weer stootte. Hij werd wakker van het schoppen van zijn benen. Hij gaapt, het is ochtend daar buiten, smalle stroken zonneschijn in het donker, de pis die zijn kooi in was gelopen was verdampt of door de cementvloer opgezogen. Na een tijdje komt er een bewaker die de kooi openmaakt en zegt dat hij mee moet komen naar de wc's. Hij mag zich wassen met het koude water uit een kraan maar hij krijgt zijn kleren niet. Hij wordt naar een lege binnenplaats gebracht, hij loopt rondjes, de wind draagt roest, rook, koolmonoxide met zich mee, hij voelt dat het leven te groot is, te heftig, te grenzeloos, dat hij geen houvast heeft. Hij ziet een vogel langsvliegen tussen de muren, zijn vleugelpennen gloeien in de zon en doven daarna en het beeld wordt op zijn netvlies gebrand. Hij sluit zijn ogen. Een vogel tegen de lucht. Die hangt op de wind, slaat met zijn vleugels, daalt. De bewaker geeft hem een schaal gekookte bruine bonen, die hij tegen de muur geleund naar binnen lepelt. De koelte van de muur tegen zijn blote rug.

De metalen lepel schraapt langs zijn tanden. De moeheid stroomt als grijze stroom door zijn lichaam, door zijn leven. De bewaker trekt het bord uit zijn handen.

Als hij terugkomt bij zijn kooi zit er een andere man in, diep weggedoken in de schaduw. Eerst denkt hij dat hij daar zelf zit: dat hij nog steeds in zijn kooi zit terwijl hij tegelijkertijd buiten zichzelf staat. De bewaker geeft hem een duw in zijn rug. Nu zit hij gehurkt in de kooi, kijkt naar de man die net als hijzelf op zijn onderbroek na bloot is. Toen hij zich met het ijskoude water gewassen had en daarna op de binnenplaats stond, was er een kilte in zijn botten gekropen die nu uitstraalde naar zijn vlees. Hij hoest. De bewaker heeft de deur al op slot gedaan en is in de gang verdwenen. De man in de schaduw strekt zijn hand uit, hij heeft dunne armen, zijn gezicht is vogelachtig, gladgeschoren, P schudt de hand en zegt zijn naam. De man zegt zijn naam. 'Ik ben journalist. Uit Zaïre. Verdacht van spionage. Ik ben hier al drie dagen.'

'Ik kom uit Oeganda.'

'Hoe ben jij hier terechtgekomen?' Ze spreken Swahili. P laat zich op de grond zakken en zet zijn ellebogen op zijn knieën.

'Ik ben gevechtspiloot, opgeleid aan de Helleense luchtmachtacademie in Athene.'

'Ik heb familie in Zaïre. Vrouw, twee kinderen. Jij?'

'Ik heb familie in Oeganda. Broers.'

'Een Oegandese gevechtspiloot op een politiebureau in Dar-es-Salaam?'

Het voelt zo bevrijdend om een gesprek te voeren dat geen deel uitmaakt van een verhoor, om te kunnen praten zonder dat er de hele tijd aan je wordt getwijfeld, je wordt gewantrouwd, en P vertelt kort over zijn tijd in Athene, over zijn opleiding, over de coup. Fluisterend vertelt hij ook over wat hij tijdens het verhoor geheim heeft gehouden: over zijn contact die zomer met de mannen van Amin, over zijn schuldgevoelens, zijn twijfel. 'Ik nam het besluit om niet meer voor de Grieken te werken', zei hij en hij zwijgt. Denkt na over het besluit, over het leven, de rare bochten die het neemt. Hij herinnert zich een avond waarop hij onder de douche stond en net shampoo in zijn haar had gedaan, hoe hij met dichte ogen en zijn handen tegen de tegels eerst een beetje verstrooid en verbaasd en vervolgens met absolute klaarheid en zekerheid had gemerkt dat zijn vingers aan elkaar kleefden, dat het douchewater dik was en plakkerig. Het was het einde van de zomer. Het was een tijd dat niet alleen de Oegandese piloten in ballingschap maar ook de buitenlandse persbureaus vertelden over vijandelijkheden tussen de verschillende bevolkingsgroepen in het leger, over moorden en verdwijningen. Hij tastte naar de kraan, draaide hem dicht. Toen hij zijn ogen opendeed, schreeuwde hij het uit. Er was bloed uit de douche gekomen, hij was ermee bedekt, hij ging een tijdje met zijn handen over zijn lichaam, als in paniek, verward, in een poging de warme, plakkerige vloeistof van zijn huid en handpalmen af te krijgen. Het was niet zo. Het kon niet zo zijn. Hij zou die avond een Oegandese ambtenaar van het ministerie van Defensie afhalen. Hij bleef met gesloten ogen staan, terwijl de laatste druppels uit de douchekop met een plakkerig, zuigend geluid op de grond vielen.

Hij zat op de rand van zijn bed, buiten adem en in paniek. Hij keek naar zijn voetsporen op de vloerbedekking. Die waren rood.

De journalist trekt aan het elastiek in zijn onderbroek alsof hij de riem goed doet van de broek van een mooi pak. P voelt zich leeg en verlaten. Ze zwijgen. Na een tijdje lacht de journalist opeens, hijgend, nerveus, en zegt: 'Het was prettig om iemands stem te horen.' P legt zijn hand in zijn eigen nek, masseert die, voelt daar binnen een hoogfrequent geluid. Het verhoor heeft iets met zijn woorden gedaan, ze kapotgeslagen en naakt als stenen uitgestald.

'Ik had geen zusters', mompelt hij terwijl hij zijn blik weer op de schaduw richt die tegenover hem in de kooi zit. 'Alleen broers.' Het gezicht tegenover hem lacht even om zijn merkwaardige reactie, een witte rij tanden in het donker. 'Broers die in het gras stonden te schreeuwen.'

'Je hoeft het niet te vertellen.'

Maar hij wil het vertellen. Hij moet het verhaal aan iemand vertellen.

De telefoon was een paar keer gegaan. Hij zat al een paar uur op het bed naar de bloedsporen op de vloerbedekking te staren tot ze opeens, terwijl hij even met zijn ogen knipperde, verdwenen. Hij dronk zijn whisky in drie slokken op. Hij had de Oegandese ambtenaar uren geleden van het vliegveld moeten afhalen. Het raam stond open, je hoorde de geluiden van de straat, zwak en ver weg als in een droom zoals alles die zomer, een boze droom. Het was nu te laat om naar het vliegveld te gaan, hij nam nog een grote slok whisky uit de fles, stond op en keek omlaag naar de hotelgasten die door de glazen deuren het hotel in en uit stroomden. Hij vroeg zich af of John nog leefde. Waarom schreef niemand hem meer? Taxi's wierpen hun lichtkegels over de straten. Hij kón niet

terug naar Oeganda. Amin had die week nog een guerrillakamp in Tanzania door gevechtsvliegtuigen laten bombarderen en als hij terugging, zouden ze hem in het beste geval
dwingen zulke overvallen uit te voeren en in het slechtste geval zouden ze hem doden. Hij kon niet terug, maar hij kon
ook niet meer in de limousine met de Oegandese militairen
en ministers zitten converseren, want iedere minuut die hij
in hun gezelschap doorbracht, vroeg hij zich af of ze zijn familie hadden vermoord, zijn vrienden. Er werd op de deur
geklopt. Hij wankelde even toen hij opstond, leunde tegen
de muur. Hij was een beetje dronken.

Zijn vlieginstructeur stond in de hotelgang. Ze stonden
even zwijgend tegenover elkaar, namen elkaar met hun ogen
op, twee mannen die ooit deel hadden uitgemaakt van één
systeem, één orde.

Er wachtte een militaire limousine voor de ingang van het
hotel. In de zwarte lak zag P zijn eigen spiegelbeeld, een uit-
gerekte en spookachtige verschijning.

Ze reden Athene uit, richting zee. Ze kwamen langs flatgebouwen, buitenwijken, boerderijen, dorpen, ze stapten uit,
liepen naar de zee, de chauffeur bleef bij de auto staan, een
silhouet tegen de zomernacht.

'We hebben geprobeerd je te helpen.' De vlieginstructeur
streek met zijn duim en wijsvinger over zijn keurig bijgehou-
den snor. Ze wandelden naast elkaar langs de vloedlijn. 'We
houden je hier, we geven je werk, en is dit je dank? Dat je niet
komt opdagen?'

Er was niets wat P kon zeggen, hij liep met gebogen hoofd,
hij moest luisteren en daarna zou het misschien voorbij zijn
en zou hij ander werk krijgen. Zijn lakschoenen zonken weg

in het zand, de zee raasde, het leek op het geluid van een jetmotor. 'Waarom ben je zo onredelijk?' Het was nu meer dan een half jaar geleden dat P gevlogen had, en nu, juist op dit moment, miste hij het weer, met de brandende intensiteit van die allereerste dagen dat hij in de villa gezeten had en had gedacht dat zijn vliegverbod maar een paar dagen zou duren. Hij miste het om omlaag te duiken. De doorschijnende golven likten over het strand. De instructeur werd bijna door de branding overstemd. 'Veel mensen hebben genoeg van je.'

P bleef staan, hij boog voorover en raapte een steen op, gooide hem in het water.

'Waar was je vandaag?'

P borstelde nat zand van zijn handpalmen. Ooit hadden ze zijn naam geroepen. Het hele Olympisch Stadion had zijn naam geroepen. 'Je moet in de realiteit gaan leven.' Ze stonden naast elkaar met hun blik op het niets gericht. P was niemand nu, niets. Boven de zee waren sterren zichtbaar. 'Als je op een dag zou verdwijnen, zomaar verdwijnen, wie zou je dan missen? Amins regering? Ik zal je iets vertellen. Ze hebben het erover dat ze je terug willen sturen naar Oeganda. Om je te dwingen terug te gaan.'

Het slot aan het eind van de gang rammelt. De bewaker komt eraan, hij haalt zijn gummiknuppel over de tralies, P draait zijn gezicht weg van het rinkelende, rammelende geluid. De journalist kruipt weg in de hoek van de kooi, houdt zijn armen over zijn oren en kermt even, een ellendig, dierlijk geluid. Bang voor slaag, P herkent het uit zijn kindertijd. De bewaker haalt iemand uit een andere kooi, ze verdwijnen. De ogen van de journalist glanzen.

'Toen ben je naar Rome gegaan?' Stilte. Opeens schreeuwt er een stem in het donker. 'Toen de Grieken je bedreigd hadden, ben je toch naar Rome gegaan? Je zei dat je uit Rome naar Zambia bent gegaan.'

P bijt op zijn onderlip, geeft geen antwoord. Het wordt alweer avond, het zonlicht door het raam is waterig geworden, het cementstof dat uit de scheuren in het plafond lostrilt als er buiten op straat auto's langskomen, glanst een beetje rood, als droge, stoffige aarde.

'Heb ik gezegd dat ik naar Rome ben gegaan?'

'Je zei dat je uit Athene naar Rome bent gegaan en van Rome naar Zambia.'

P weet niet meer wat hij precies aan de journalist heeft verteld en wat bij het verhoor hoort, hij heeft een beangstigend gevoel van verwarring, werelden die zich met elkaar vermengen.

'Ik ben naar Rome gegaan omdat ik daar een nicht heb.' De tralies van het hekwerk waren koud en hard tegen zijn schouderbladen. Hij draait zijn hoofd en bekijkt de journalist, die nog steeds in elkaar gedoken in zijn hoek zit. 'Ik ben ook katholiek, toen ik klein was heb ik op een kostschool gezeten die door Italiaanse priesters werd geleid, en we hebben geen visum nodig als we naar Italië willen.' Hij maakt een gebaar met zijn hand, hij had ook naar Duitsland of Libië kunnen gaan, of nog een ander land. 'Ik wilde gewoon weg uit Griekenland.'

Op een middag begin september wandelde hij met K door het centrum van Athene. De cipressen en de moerbeibomen zwaaiden in de wind, de kalksteenmuren lichtten op als doffe witte lampen. Ze kwamen langs een oude kerk, ze bleven op het plein staan, tussen de duiven.

'Er bestaan Oegandese heiligen', zei P. Ze kroop onder zijn arm, hield zijn vingers in haar vingers, speelde ermee. 'Wist je dat?' Ze schudde haar hoofd. 'Martelaren. In de negentiende eeuw zijn een paar van de eerste Oegandese katholieken tot de brandstapel veroordeeld. Ze zijn een jaar geleden door de paus heilig verklaard.'

Ze hield zijn hand vast, vlocht haar vingers door de zijne. Hij keek omhoog naar de oude kerk, naar de lucht, de eindeloze, golvende zomerlucht, hij had het gevoel dat dit het leven was, al deze uren.

'Ik denk erover dit weekend op bezoek te gaan bij mijn nicht. Een paar dagen naar Rome, even ertussenuit. Wil je iets voor me doen?'

'Wat?'

'Het kaartje voor me kopen? Ik geef je het geld.' De duiven klommen op tegen de bleke hemel. 'Als de militairen te weten komen dat ik een kaartje heb gekocht, denken ze misschien dat ik wil vluchten en houden ze me tegen. Het is zo'n vreemde tijd.'

Er was een veerdienst tussen de haven van Piraeus ten westen van Athene, en Brindisi aan de Italiaanse zuidkust. Rijke Grieken namen hem vaak in het weekend. Toen hij aan boord ging, stond K op de kade te wuiven. Hij had haar gevraagd een retourtje te kopen. De wind kwam van de eilanden, een zoute wind, hij had zijn witte uniform aan, hoewel hij het eigenlijk alleen nog maar bij officiële opdrachten mocht dragen. Het was een gewone middag. Het was een dinsdag. De metalen romp van de veerboot deinde onder zijn voeten, een man vroeg hem om zijn identiteitspapieren, hij toonde zijn ID-kaart van de academie en zijn Oegandese pas. Hij had geen visum nodig, dat wist hij. Hij draaide zich voor een laatste keer om. Haar haar was als een donkere vlam in de wind, ze draaide zich om, verdween de stad in.

Hij nam een tafel in de eetzaal en at terwijl de veerboot de haven verliet. De kade gleed weg achter het raam, hij prikte met zijn vork in de vis, dacht aan zijn broers, aan zijn moeder, die hem ooit had weggestuurd. Hij schoof het bord van zich af, hij staarde naar de golven. Om hen heen waren mensen die dansten, langzaam en een beetje onhandig, op pianomuziek uit een luidspreker. Als kind had hij een vriendje gehad met wie hij samen viste. Ze stonden graag aan de oever van het Victoriameer te hengelen. Op een dag, toen hij naar zijn vriendje vroeg, was hij dood. Hij was die nacht aan een soort koorts overleden. P liet zijn kin in zijn handen rusten, zat met zijn ellebogen op het witte, enigszins vettige tafellaken na te denken en vroeg zich af waarom hij daaraan dacht. Hij at een stukje vis, dat naar papier smaakte. Zouden de Grieken hem werkelijk terug willen sturen naar Oeganda? Hij voelde zich naakt tegenover de messen. Tegenover de geschiedenis, tegenover de oorlog. Hij ging naar de wc en verkleedde zich, gooide zijn uniform en zijn identiteitskaart overboord. Aan de reling zag hij hoe de witte kledingbundel zich als een kwal uitvouwde terwijl die de zwarte diepte in zonk. Hij droeg zijn groene pilotenjack, een spijkerbroek, een grijs T-shirt. Het was einde zomer negentieneenenzeventig. Hij dacht daaraan, het tijdstip en het jaartal, als een markering. Achter de veerpont was de kust al verdwenen.

Hij dacht aan K, dat hij van plan was geweest haar op het laatste ogenblik de waarheid te vertellen, voor hij aan boord van de veerboot ging. Het zoute water spatte in zijn gezicht. Hij ging terug naar de eetzaal en bleef in de deuropening staan kijken naar de mensen die zaten te eten of dansten. Er waren mannen in nette pakken en Griekse vrouwen in lange jurken die zachtjes ronddraaiden. Een Griek was al aan het tafeltje bij het raam gaan zitten waar hij zelf zojuist nog in zijn witte uniform gezeten had. Hij nam de bus van Brindisi naar Rome. Hij sliep een groot deel van de reis en werd pas wakker toen de bus onder het blauwachtige licht van de straatlantaarns door reed in de zuidelijkste buitenwijken van Rome. Hij keek naar het verdorde gras voor de koplampen van de bus, hij dacht aan God als een storm van kapot gras en afgerukte vleugelpennen, hij bedacht dat hij wilde biechten, het was al een tijd geleden. Hier en daar zag hij figuren in jurken langs de snelweg staan, en dan achter de bus verdwijnen. Hij bedacht dat dit Europa was, dat wat hij nu zag Europeser was dan Griekenland, op een manier die hij zelf niet goed begreep. Tegemoetkomend verkeer, afgebladderde muren van flatgebouwen, pleinen waar kleine groepjes mensen stonden, open bars. Hij controleerde of zijn pas nog in de binnenzak van zijn pilotenjack zat, hij stapte uit op het centraal station en liep de grote hal in. Zijn voetstappen echoden, voor de kaartjesloketten en de winkels waren metalen rolgordijnen neergelaten, het grootste deel van de lampen was uit. Hoge borden vertelden over de vertrekkende en aankomende bussen en treinen. Met een zacht, automatisch geritsel verschenen de namen van bestemmingen, ze weerkaatsten ondersteboven tegen de vieze marmeren vloerzee. Hij bleef daar even staan met zijn twee koffers in zijn handen. Hij bedacht dat hij nu overal naartoe kon gaan, waarheen hij maar wilde. Behalve naar huis. Hij ging op een bankje zitten, viel op een gegeven moment in slaap. Toen hij wakker werd haastte zich een onafgebroken stroom reizigers voorbij. Op een wc friste hij zich op, wisselde geld, belde via een munttelefoon zijn nicht. Ze gaf hem haar adres. Hij pakte zijn koffers en liep de straat op, er hupten duiven voor zijn voeten opzij, hij bleef staan in de mensenmassa. Hij wist niet of hij blij of verdrietig was. De mensen die zich langs hem heen wrongen, vloekten in het Italiaans. In lires was hij miljonair. Hij dacht eraan om terug te gaan naar de stations-hal, K te bellen via de munttelefoon en de waarheid te vertellen. Haar te vragen om te komen. Hij was een vlieger zonder vleugels. Toen hij in een taxi stapte en de chauffeur het adres gaf, doken er vanuit het niets een massa andere taxi's op die alle straten versperden. Honderden auto's toeterden allemaal tegelijk en mensen schreeuwden door de open autoraam-pjes. De taxi reed achteruit, toen weer een halve meter voor-uit, stond stil. Een ravijn van lawaai, de chauffeur draaide zich om en zei in slecht Engels dat er net een taxistaking was uitgebroken, maakte een verontschuldigend gebaar en scha-kelde de motor uit. P hing door het omlaaggedraaide ach-terraampje, hij kneep zijn ogen dicht, zijn hoofd vulde zich met de grijze wespenzwerm van het verkeer. Algauw zou-den de Grieken merken dat hij niet op zijn werk was, op een gegeven moment zouden ze contact opnemen met K om te vragen waar hij was. Ze zou zeggen dat hij met vakantie was naar zijn nicht. Ze zou rustig zijn, zeggen dat hij over een week terug zou komen. Maar het zou haar verbazen dat alleen zij ervan wist, en langzaam maar zeker zou het tot haar doordringen dat hij niet terug zou komen. Claxons toeterden, motoren gierden, toen het lawaai te oorverdovend werd deed hij zijn ogen open, als om het met zijn blik te dempen. Scherp licht werd weerkaatst door de grote ruiten van het centraal station.

Zijn nicht installeerde hem in een logeerkamer in de grote villa waarin zij en haar man woonden. P douchte, liet het water lang over zijn gezicht spoelen. Hij lachte even toen hij eraan dacht dat hij ontsnapt was, hoe makkelijk het was geweest. Hij zou K bellen als hij zich zekerder voelde en wist wat hij ging doen. Hij dacht het, hij wist niet of het waar was. Toen hij eraan dacht hoe ze daar aan de kade had staan zwaaien, wilde hij huilen, schreeuwen, met zijn vuist tegen de tegels slaan. Ze aten in een duur restaurant. De man van zijn nicht was architect, had een eigen bureau, hij was bijna twee keer zo oud als P, had een ronde bril en begon kaal te worden. Hij leunde over de tafel en zei dat het ongelooflijk was, wat er in Oeganda gebeurd was, maar dat Amin het niet lang vol zou houden. Dat zei iedereen. P dronk wijn. Een deel van hem wilde al terugkeren naar Athene, hij zou tegen de Grieken zeggen dat hij een weekend weg nodig had gehad, zich verontschuldigen, zeggen dat hij ergens doorheen had gemoeten, maar dat hij er nu uit was en bereid was het werk te doen dat ze van hem wilden. De man van zijn nicht zette zijn bril af en poetste de glazen met het linnen servet. 'Je kunt leerling worden op mijn bureau. Dat zou een goed leven zijn.'

'Ik weet het nog niet.'

'Wat wil je doen?' vroeg zijn nicht.

Hij haalde zijn schouders op.

'Werk zoeken als piloot.'

Hij voelde verwachting als voor een sprong. De dagen gingen voorbij. Hij wandelde over de brede stoepen, zat op bankjes, soms dacht hij dat hij K een straat zag oversteken en naar hem toe komen, maar als ze dichterbij kwam was het altijd iemand anders. Zijn nicht kocht meer dan een dozijn dure Italiaanse overhemden voor hem. Hij ging naar een kerk, knielde voor Christus, het stille, anonieme gezicht van het houten beeld keek op hem neer. Hij herinnerde zich zijn kostschool, hij was koorknaap geweest. Hij herinnerde zich de priestergewaden die fladderden in de wind. Het eenvoudige altaar en het kruis waarbij ze hadden geknield om de hostie te ontvangen. Hij dacht na over God, over het grote, gezichtsloze dat ademde. Hij keek op naar Christus. *Waarom roept U niet tot Uw vader?* Er kwam een groep toeristen de kerk in, het geluid van hun hakken op de gladde stenen vloer echode, ze spraken luid in een of andere harde, gutturale Europese taal die hij niet herkende. Hij bleef even geknield zitten met zijn blik omhoog naar de afbeeldingen van wolken en stralende engelen die op het gewelfde vlak waren geschilderd. Er moet iets geweest zijn vóór al het andere, vóór de geschiedenis. Hij liep naar buiten de gloeiend hete nazomer in. Hij had sollicitatiebrieven gestuurd naar Air France, British Airways, Pakistan Air, Air India en een hele hoop andere maatschappijen over de hele wereld, maar nog geen antwoord gekregen. Hij zat met zijn nicht onder een flapperende parasol koffie te drinken. In haar gezichtsuitdrukking zag hij zijn moeders lach. Ze had een briefkaart van haar zuster in Oeganda gekregen, maar er stond niets in over de politieke situatie. Waarschijnlijk werd de post gecensureerd. Ze zeiden niet veel. Hij dacht aan zijn moeder, dat ze zo weinig had geglimlacht. Hij dacht aan het vliegen, dat het had gevoeld alsof je in de zon viel, hij keek op zijn horloge, maar bedacht toen dat hij nergens hoefde te zijn, dat hij niet langer op weg was. Hij bestelde een pakje sigaretten, dat de kelner op een zilveren blaadje bracht. Hij keek omhoog en de wolk was als een trage regen van roze vogelveertjes tegen de avondlucht.

Hij werd wakker, ging voor het raam staan en keek uit over de miljoenen lichtjes van de nacht. Er waren een paar dagen voorbijgegaan en hij had op een van zijn sollicitatiebrieven antwoord gekregen. Een claxon scheurde de nacht open, zonk weer weg. Hij hield zijn armen recht opzij, als een kruis, steunde met zijn handen tegen het raamkozijn, de stad daar buiten glinsterde. Hij zou hier in Rome kunnen blijven. Hij zou architect kunnen worden. Dat zou een goed leven zijn. Hij voelde een groot verdriet, tragisch en zwaar, en zijn hart was als een vlinder van zwart fluweel die in het bloedrode duister zat verstopt en zijn vleugels uitvouwde, samenvouwde, uitvouwde. Hij herinnerde zich dat het anders was om 's nachts te vliegen. Om over de afgrond aan te komen glijden. Idi Amin zou snel ten val worden gebracht. Dat zou binnenkort gebeuren.

De laatste dag dat hij in Rome was, gingen ze naar het restaurant van het Hilton. De taxi gleed langs de waterpluimen van de fontein, hij zocht verkoeling door zijn hand uit het omlaaggedraaide raampje te steken, voelde hoe zijn hand door de wind gevangen werd en opgetild. De baan in Zambia die hij aangeboden had gekregen, was niet waar hij van gedroomd had, maar het was een baan en hij zou weer mogen vliegen. Hij dacht dat hij nu aan K kon schrijven om haar te vragen naar Zambia te komen, maar hij bedacht zich en nam zich voor haar vanuit Zambia te bellen, later, als hij wat geld had gespaard of een betere baan had gekregen. Zijn nicht zei: 'Ga niet weg.' Haar man, die voorin in de taxi zat, draaide zich om en de koplampen van het tegemoetkomende verkeer gleden over zijn gezicht, een paar snelle vleugelslagen. 'Word leerling op mijn bureau.'

'Ik ben piloot. Ik moet vliegen.'

'Wou je zeggen dat je vrijwillig naar Afrika bent teruggegaan?'

P probeert zijn teleurstelling te verbergen dat ook deze man zijn besluit om naar Afrika terug te gaan onmiddellijk als een grap ziet, als waanzin. De journalist lacht, houdt zijn hoofd scheef en knikt voor zichzelf. 'Nu begrijp ik hoe je hier terecht bent gekomen.' De zon is weer ondergegaan op de planeet daarbuiten, koplampen passeren het raam, de schaduwen die de kooien maken, worden uitgerekt over de smerige vloer. 'Zambia wordt geregeerd door Kenneth Kaunda, die de communistische vrijheidsbeweging in Zuid-Afrika steunt. Hij geeft geld en wapens aan de Unita in Angola, de ZAPU in Zimbabwe, het ANC in Zuid-Afrika. Hij heeft nauwe banden met de Sovjet-Unie, met China.' De journalist haalt zijn duim langs de binnenkant van het elastiek van zijn onderbroek, krabt zich. 'En met Tanzania.'

P wist dat Zambia een socialistische republiek was, dat Obote met Kaunda had samengewerkt, maar hij had dat nooit in verband gebracht met zichzelf. Hij had in zijn vliegtuigstoel op weg naar Lusaka gezeten. Hij had alleen maar gespannen verwachtingen over zijn nieuwe leven gevoeld. Donkerblauwe wolken stroomden langs zijn raampje. Hij durfde te hopen dat zijn familie de coup en de naweeën ervan had overleefd, en dat Amin snel ten val zou worden gebracht of uit zichzelf af zou treden, zodat hij terug kon naar huis en de gevechtsvliegtuigen kon gaan vliegen waarvoor hij was opgeleid. Hij sliep een paar uur, een lichte slaap gevuld met vliegtuiggeluiden, stemmen en licht. Toen hij wakker werd, zag hij de regenwouden rond de evenaar als eilanden van lommerrijk groen waar de hoge regenwolken uit elkaar dreven. Hij bevond zich voor het eerst sinds drie jaar in Afrika.

Een half uur voor het vliegtuig landde, deelde de stewardess formulieren uit waarop de reizigers gegevens over hun nationaliteit moesten invullen, hoeveel buitenlandse valuta ze bij zich hadden, met welk doel ze naar Zambia gingen en hoelang ze van plan waren in het land te blijven. Hij beantwoordde de vragen eerlijk. Hij zou gaan vliegen, hij was een gediplomeerd piloot. Als Amin in het nieuwe jaar nog steeds aan de macht was, zou hij beter werk zoeken, liefst bij een van de grote, internationale vliegtuigmaatschappijen. Hij vroeg zich af met wat voor toestel het bedrijf vloog. Met een Cessna, net zoals bij de selectie in Oeganda? Een Piper misschien? Het vliegtuig waar ze nu in zaten was een vrij oud Russisch model. Toen het vliegtuig door de wolken zonk, kletterde de regen op het metaal. De piloot had waarschijnlijk nooit bij een hek gestaan om landingen cijfers te geven – ze stuiterden over de landingsbaan, een paar passagiers schreeuwden, kleine geschrokken kreten die P aan het lachen maakten. Toen hij over de landingsbaan liep, verkoelde de regen zijn gezicht. Het was ochtend, de zon was een ovale, rode mistbol tussen de wolken boven de palmen, ze werden met bussen naar het luchthavengebouw gebracht, bladeren zwaar van de regen bewogen in de wind, ze leken op de handen van een slapende die onhandig ergens naar grepen. De bus stopte, een douanebeambte liet zijn ogen langs de passagiers gaan, kwam naar P en vroeg hem zijn naam. Het gaf P een ongemakkelijk gevoel dat juist hij uit de hele groep leek te zijn gekozen, maar hij antwoordde en begon zijn pas tevoorschijn te halen. De douanebeambte vroeg hem te wachten, P stopte zijn pas weer weg, vouwde de krant uit die hij uit het vliegtuig had meegenomen en hield die boven zijn hoofd. De regendruppels spatten op het dunne papier.

Zijn medepassagiers stroomden het verlichte luchthavengebouw in. De douanier droeg een groen uniform met een pet die uit China leek te komen. De bewolkte lucht en het vuilwitte luchthavengebouw werden weerspiegeld in de natte landingsbaan, waarvan het glanzende oppervlak door de regen werd verbrokkeld. P bedacht dat het bedrijf waar hij ging werken misschien met de regering samenwerkte en dat hij er door de douanebeambte direct naartoe zou worden gebracht of misschien had hij aan boord iets verkeerd ingevuld op het formulier. Toen alle andere passagiers waren verdwenen, nam de douanebeambte hem mee naar de aankomsthal, waar P werd verzocht op een bank naast een gesloten deur te wachten. De man verdween. P's schoenen waren nat, het water dat eruit liep vormde een plasje op de grond. Hij dacht aan de schoenen die in Oeganda langs de kant van de weg stonden. Door de glazen deuren liepen mensen in en uit, de fijne warme regen in om een taxi of een bus naar het centrum van Lusaka te nemen. Langs de muren stonden verscheidene militairen, ze praatten zachtjes en droegen nonchalant hun automatische wapens en geweren over hun schouder. Iedere keer dat P hun blik ontmoette, kreeg hij het gevoel dat hij moest opstaan en salueren. Hij was er niet aan gewend dat bewapende militairen zich op zo normale wijze onder de burgerbevolking mengden. Hij knipperde, zijn hoofd voelde alsof het gevuld was met watten, hij legde zijn benen op de bank en rolde zijn jasje op tot een kussen. Hij moest er zichzelf de hele tijd aan herinneren dat hij geen militair was. De helft van de tl-buizen in de aankomsthal was kapot, ze knipperden en suisden boven zijn hoofd, hij deed zijn ogen dicht, luisterde naar de roezemoezende stemmen, het geluid van schoenen en koffers in beweging. Hij viel in slaap, droomde dat hij door hoog gras rende, droomde van de nachtlucht boven zich, van een stem die zijn naam riep. Hij werd wakker. De deur schuin achter hem was opengegaan. Slaperig keek hij om naar wie er door naar binnen of naar buiten was gegaan, maar voor hij iets kon zien, greep een hand hem in zijn kraag en werd hij met een ruk van de bank af getrokken. Iemand sleurde hem achteruit de deur door, zijn ene schoen ging uit toen hij over de drempel werd getrokken, een geüniformeerde man raapte hem op, gooide de deur dicht en boog zich over hem heen.

De man reikte hem de hand waarmee hij net nog van de bank was getrokken, nu om hem te begroeten en overeind te helpen. 'Goedendag, sir. Ik ben van de immigratiedienst.' P moest lachen om de merkwaardige situatie, om de snelle overgang van geweld naar vriendelijkheid. Hij ging staan, deed een stap naar achteren en botste tegen de gesloten deur.

'Ga zitten, u zult moe zijn, sir. Gaat u alstublieft zitten.' De man, die lang en mager was, met vrijwel volkomen wit haar, wees op een stoel.

Ze zaten in een kleine kamer die eruitzag als een lege kast. Twee stoelen tegen de muren, geen ramen, een kale gloeilamp in een fitting op de muur. De man haalde pen en papier uit de binnenzak van zijn uniformjasje.

'U bent helaas niet welkom in Zambia.' Hij las vluchtig het papier. P borstelde zijn broek af, bleef met zijn rug tegen de deur staan. Hij vroeg zich af of die op slot was gegaan toen hij werd dichtgesmeten of dat hij hem open kon doen en naar buiten kon rennen.

'Ik ga hier in Zambia werken. De aanstellingsbrief zit in mijn bagage.' Hij keek de kamer rond alsof die een donkere hoek kon bevatten waarin zijn koffers verborgen lagen. Aarde en vuil langs de plinten. 'Waar is mijn bagage?'

'U wordt uitgewezen en teruggestuurd naar Italië.' De man sprak heel formeel, alsof het een doodnormale procedure was om een reiziger van een bank te trekken en hem een hok in te slepen. 'Bij dezen is het uitwijzingsbesluit aan u meegedeeld. Wilt u alstublieft tekenen op de stippellijn?' Hij hield hem het papier en de pen voor, de muren leken van positie te veranderen, kwamen dichterbij, P nam het papier en de pen aan, hield het papier tegen de muur en zette zijn handtekening. Hij stond een hele tijd onbeweeglijk met de punt van de pen op het papier. Hij had in Rome moeten blijven. Hij herinnerde zich het uitzicht uit zijn kamer in de villa, alle lichten van de straat. De ambtenaar trok het papier uit zijn handen, vouwde het een aantal keer in de lengte en stopte het terug in de zak van zijn uniformjasje, en als op commando kwam er nog een geüniformeerde man het kleine kamertje binnen. Hij deed de deur hard achter zich dicht. Hij had P's bagage bij zich, beide koffers waren opengesneden en vervolgens weer met tape dichtgeplakt. Op de tape stond met zwarte letters: *Zambiaanse douane-autoriteiten*. De bewaker had een pistool in zijn holster, hij ging in de houding tegen de muur staan. Er zat een kleine roodmetalen ster op de olijfgroene stof van zijn pet. De witharige, magere man zei: 'Het volgende vliegtuig naar Italië gaat vannacht om half twee. U kunt zolang hier binnen wachten. Ik zal zorgen dat u iets te eten krijgt.' De man die met de koffers was gekomen, bleef achter toen de witharige man, die zijn meerdere moest zijn, naar buiten ging. Na een tijdje kwam de witharige man terug met een metalen bord met een mengsel van rijst en bruine bonen, waarna hij weer wegging. P stond tegen de muur recht tegenover de bewaker, hij hield het metalen bord in zijn ene hand en nam een paar happen. Hij zou sproeivliegtuigen gaan vliegen. De bewaker verplaatste zijn gewicht van de ene op de andere voet, het leer van zijn laarzen kraakte, P was blij dat ze hem uitwezen, hij wilde niet in dit land blijven, of op dit continent. Hij haalde een pakje Italiaanse sigaretten tevoorschijn, bood er een aan de bewaker aan en de twee mannen rookten in stilte. De kamer was slecht geventileerd en stond al gauw vol rook, en toen de eerste beambte op een gegeven moment terugkwam, kreeg hij een hoestaanval. De bewaker maakte zijn sigaret gauw uit, trapte op de gloeiende as en salueerde, wat de ander met een snelle handbeweging beantwoordde. De bewaker hoestte ook, gekunsteld. 'Ga mee.' De witharige man deed de deur open.

De centrale hal van het vliegveld baadde in een warm na-middaglicht en de bekraste, stoffige klok die aan de wand hing, stond op half vijf. 'Gaat het vliegtuig eerder?' De man beantwoordde P's vraag niet, maar nam hem bij zijn mouw en leidde hem verder.

Een eindje verder stond een groep reizigers met bagage, er zaten een paar Europeanen bij en P overwoog iets te roepen – in een reflex bedacht hij dat Europa zijn rechten zou bescher-men, zijn leven, maar toen dacht hij aan Griekenland, hoe hij daar was behandeld. De douanebeambte trok hem met zich mee de deur uit. Het was opgehouden met regenen, achter de langzaam uit elkaar glijdende wolken leek de lucht te bestaan uit vloeibaar goud. De douanebeambte hield P vast aan zijn mouw, trok hem mee, P stribbelde met weinig overtuiging tegen, ze liepen over de landingsbaan, tussen bagagetrucks en containers. Een soort doorgang. In zijn handen droeg P zijn twee in elkaar getapete koffers. 'Zou het vliegtuig niet pas vannacht gaan?' Hij kreeg geen antwoord.

Een militaire DC-3 stond startklaar op de landingsbaan. De propellers roteerden, perfecte geometrische cirkels die rondstormden in de verder zo onbeweeglijke en drukkende lucht. Het geluid van de motoren was scherp en gierend. De douanebeambte duwde P voor zich uit de metalen trap op en toen hij de leuning vastpakte en harder tegenstribbelde, voelde hij iets zwaars boven de bomen aankomen en als een vloedgolf over de landingsbaan aan komen rollen, en hij rea-liseerde zich hoe kwetsbaar zijn lichaam was, hoe dun de botjes in zijn handen die zich aan de leuning vastklampten, hoe gemakkelijk het was geweest om hem in een kast te trekken en de deur op slot te doen, en hem vervolgens naar dit vliegtuig te brengen.

'Lopen, lopen.'

Hij stond halverwege de trap, hij draaide zich om en keek in de ogen van de douanebeambte, onverzoenlijk en kil onder de klep van zijn uniform.

'Ga het vliegtuig in.'

De wind rukte aan de natte palmbladeren die op het natte asfalt aan de zijkant van de landingsbaan lagen. P had het gevoel dat zijn slapen van schoolbordkrijt waren, of als dunne muren van klei, alsof hij bezig was kapot te gaan. Hij ging het vliegtuig in. Het zat vol Chinezen in grijs uniform die op banken langs de wanden zaten. Midden in de cabine stonden een paar houten kratten met Chinese tekens erop. Het rook naar kerosine, olie, aarde. Een van de Chinezen maakte met een kalasjnikov een lui gebaar in zijn richting en zei iets in het Chinees. De douanebeambte verdween de trap weer af, P staarde hem na terwijl hij over de landingsbaan wegliep. Iemand duwde een geweerloop in zijn rug, maakte duidelijk dat hij op een van de stoelen moest gaan zitten. Hij gehoorzaamde en net als toen hij een half jaar geleden het nieuws over de coup in Oeganda had gehoord, had hij het gevoel dat hetgeen er gebeurde al een herinnering was, dat het heel lang geleden was gebeurd, en dat hij het nu alleen maar herleefde. Nachtmerrieachtige automatische bewegingen, dingen die zomaar gebeurden. Hij ging zitten en maakte zijn veiligheidsgordel vast, zijn vingers trilden, het voelde alsof hij buiten zijn eigen lichaam was. Een van de Chinezen zei met een sterk accent in het Swahili dat hij niet door het vliegtuig mocht lopen zonder eerst toestemming te vragen, een derde soldaat ging staan en sloot de deur, P zocht in hun gezichten naar een verklaring, een antwoord, maar ze waren uitdrukkingsloos, ongeïnteresseerd. Het was alsof hij niet bestond. Het vliegtuig startte, de jungle bewoog in de ronde raampjes.

Een gevangene ergens in het donker zingt iets wat klinkt als een kinderliedje in een of andere bantoetaal, afgehakte, lis-pelende lettergrepen.

'Hebben ze je hiernaartoe gevlogen?' vraagt de journalist en P knikt, ja, ze hebben hem hiernaartoe gevlogen, naar Dar-es-Salaam, waar een politieauto hem naar dit poli-tiebureau heeft gebracht. P gaat staan en pist door de tra-lies. Iemand in de schaduw en de kou vloekt. De journalist achter zijn rug zegt: 'De geschiedenis balanceert nu op het scherp van de snede. Met de militaire coup van Idi Amin is de beweging van socialistische regeringen in Afrika gebro-ken. Obote leeft in ballingschap in Dar-es-Salaam en leidt hiervandaan een guerrillabeweging, en zowel Tanzania als Zambia hopen dat hij de macht weer kan opeisen. Ze heb-ben hem geholpen met soldaten, wapens en ... inlichtingen.' P veegt zijn handen aan de tralies af, gaat zitten. De journa-list maakt drukke handgebaren: 'Je bent gewoon gevangen in een ... spanningsveld.'

'Ik zou een moord doen voor een glas water.'

'Zodra ik word vrijgelaten ga ik naar de vluchtelingen-commissie van de VN. Als je wilt, kan ik ze jouw gegevens geven en vertellen dat je hier gevangen wordt gehouden. Misschien kunnen zij contact opnemen met je familie en vertellen waar je bent, of je in ieder geval als legale vluchteling registreren.'

'Legale vluchteling?'

De journalist stopt zijn hand in zijn onderbroek en haalt een potloodstompje en een stuk papier tevoorschijn, dat hij daar verborgen had. 'Als je bij de Verenigde Naties als vluchteling staat geregistreerd, heb je bepaalde rechten. Dan heb je het recht om asiel aan te vragen, dan kun je niet meer weggevoerd of gedood worden zonder dat iemand het weet.'

P geeft de journalist zijn volledige naam en geboorteplaats, en ook Johns naam en de naam van het ziekenhuis waar John werkte toen hij voor het laatst van hem gehoord had. De journalist krabbelt alles neer, nerveus, terwijl P op de uitkijk staat voor de bewaker, daarna leunen ze achterover tegen het traliewerk en blijven ze praten, de journalist vraagt P naar details van zijn verhaal, P vult in, vertelt opnieuw. De journalist vertelt over de krant in Zaïre waar hij werkt en over zijn vrouw, zijn twee kinderen. Het geeft nog steeds een goed gevoel om met iemand te praten die je niet wantrouwt en beide mannen lachen, raken met hun handen elkaars knieën aan, kijken elkaar in de ogen. Na een paar uur komt de bewaker de journalist halen, die minder paniekerig lijkt dan de keren daarvoor dat er voetstappen van de bewaker klonken. Als hij opstaat en door de kooi loopt, ligt er iets medelijdends in zijn blik, iets berustends. De deur slaat dicht, P zit weer alleen in zijn kooi, een eenzaamheid als ijzer. Het eten wordt gebracht, dezelfde bruine bonen als ze voor hun ontbijt hadden gekregen, erna voelt P zich misselijk en gaat hij op het cement liggen. Hij trekt zich niets meer van het vuil aan, de urine, de luizen die weer over hem heen kruipen. Hij vraagt zich af of de journalist is vrijgelaten of alleen maar wordt verhoord, hij ligt een hele tijd alleen maar omhoog te kijken, terwijl hij bedenkt dat daarboven de lucht is, dat de journalist daar misschien nu ergens loopt, onder de boombladeren en de sterren, op weg naar de vluchtelingenorganisatie van de VN. Het spelletje van Tanzania en Zambia om hem te laten verdwijnen, zal mislukken. Zijn moeder en John komen te weten waar hij is. Dat hij leeft. Alles komt goed. Hij is moe, hij gaapt, krabt over zijn hele lichaam, kruipt als een foetus in elkaar, probeert warm te worden, sluit zijn ogen. Hij merkt dat hij de journalist aardig vond, niet alleen omdat ze naar elkaar luisterden, maar ook omdat de man verzorgd was en lekker rook, en schone voeten had en P eraan herinnerde dat er daar buiten een wereld was. Blijkbaar hadden ze hem zeep laten gebruiken in de wasruimte. Hij gaat rechtop zitten, snel, zijn blik schiet heen en weer, hij raakt met zijn ene hand zijn voorhoofd aan, langzaam alsof hij onder water is. Langzaam begrijpt hij het. Hoe zou een van spionage verdachte journalist pen en papier in zijn onderbroek mee kunnen smokkelen? Hij drukt zijn nagels in zijn hoofdhuid, iets in hem brult, maar het komt als een soort gejammer naar buiten. Als de man hier al drie dagen zat, waarom had hij dan geen stoppels? Hij trekt aan zijn haar, wiegt van voor naar achteren, volslagen in paniek. De man was geen journalist. Ze hebben hem bedrogen. Zodat hij alles zou vertellen.

De verhoorkamer, een paar uur na het aanbreken van de dag. De Tanzaniaanse verhoorder zit met zijn armen over elkaar aan tafel. Achter hem staat een man in burger, die P denkt te herkennen, maar die hij niet kan plaatsen. Het verhoor is al een kwartier aan de gang, misschien een half uur. De man in burger heeft tot nu toe niets gezegd. Hij draagt een donkere broek, een wit overhemd. P zweet overvloedig. De verhoorder heeft P weer naar zijn tijd in Griekenland gevraagd, het doel van zijn reis naar Zambia, zijn mening over Idi Amin. Er is iets in zijn toon veranderd. Ze weten wat hij die zomer heeft gedaan. Ze weten dat hij naar Rome moest omdat hij niet als tolk en gids voor Amins mannen wilde werken. Toch blijft P het ontkennen.

'Waarom ben je uit Europa weggegaan?' snauwt de man in burger. Met een schok realiseert P zich dat de man Lango spreekt en hij herinnert zich waar hij hem eerder heeft gezien: het was een van de Oegandese officieren met wie hij tijdens de selectie voor de luchtmacht had gesproken. De man is een jaar of tien, vijftien ouder dan P, nette haren, keurig geschoren. 'Kun je niet praten?' Rondom zijn mond en ogen een trek die P herkende van andere gewelddadige mannen. Waarschijnlijk was hij uit Amins leger gedeserteerd. Net als P is hij Lango.

'Wat doe jij hier?' vraagt P, maar de Oegandees snuift alleen ten antwoord en herhaalt zijn vraag. P antwoordt in het Lango: hij wilde vliegen.

'Je wilde vliegen? Je wilde sproeivliegtuigen vliegen?'

'Ik ben piloot. Net als jij.'

De Tanzaniaan kijkt in zijn papieren. P zoekt in de blik van de Oegandees, zoekt naar een antwoord op een vraag die hij niet eens kan formuleren, maar de man doet zijn boord goed, zijn gezicht blijft hard, onbewogen, een stenen beeld. De Tanzaniaan legt zijn papieren op tafel en zegt in het Swahili: 'Vraag je hier asiel aan? Wil je vluchteling worden in Tanzania?'

'Ja,' zegt P, 'ik wil vluchteling worden.' Hij denkt dat een vluchtelingenkamp beter moet zijn dan de kooien in de kelder. De Tanzaniaan maakt een aantekening in zijn papieren.

'Dan stuur ik je naar Tabora', zegt de Oegandees. 'Over drie uur gaat er een trein.'

Zowel de verhoorder als de Oegandees gaat de kamer uit, alleen de bewaker blijft achter en na een tijdje komt er een andere bewaker met zijn koffers, waar ze zijn bezittingen kris kras door elkaar in hebben gegooid. Hij haalt er een broek en een overhemd uit, trekt ze aan. Hij knoopt zijn overhemd scheef dicht, doet het opnieuw, hij is nerveus, kan zich moeilijk concentreren. Misschien had de Tanzaniaan de hele tijd al door dat hij iets verborgen hield en was hij pas gerustgesteld toen de 'journalist' precies had onthuld wat. Misschien was er in plaats daarvan iets heel anders gebeurd, iets wat hij niet begreep en wat te maken had met de plotselinge aanwezigheid van de Oegandese man. P laat zijn schoenen in de koffer en trekt in plaats daarvan een paar leren sandalen aan, die zijn nicht voor hem gekocht had in Rome. Hij wordt in een civiele politieauto naar het station gereden. Ochtend, nog slierten nevel boven de straat, wit licht door de bomen. Er gaat een bewaker met hem mee aan boord van de trein en die zit naast hem als de trein het station uit rijdt. P zit bij het raam, kijkt uit over Dar-es-Salaam, een stad waar hij nu al meer dan drie dagen is. Woonhuizen en fabrieken, flatgebouwen en lanen met vruchtbomen, krotten van golfplaten. Hij denkt aan een lange reis die hij als kind ooit maakte, toen hij met zijn broer en diens vrouw in een oude, gammele overladen auto naar het dorp was gereden waar ze zouden gaan wonen. Hij had tussen de bundels kleren en gordijnen op de achterbank gezeten zonder te begrijpen waarom hij met zijn broer mee moest. Hij wilde bij zijn moeder en zijn andere broers blijven. Misschien werd hij meegestuurd vanwege het gebrek aan geld, of omdat er een ziekte heerste? Niemand had het hem verteld. Zijn broer had hem en de rest van de familie al een paar jaar mishandeld en iedereen wist dat P iedere dag geslagen zou worden. Toch hadden ze hem mee weggestuurd. Hij zit stil, zijn blik glijdt over het landschap, zoekt naar houvast in het dorre gras, in de lege hemel. De trein dendert maar voort. Hij heeft het nooit begrepen. Soms denkt hij dat hij een offer of een betaling was, zodat de man die de hele familie terroriseerde, weg zou gaan.

De bewaker, die naast hem zit, draagt een uniform en heeft een oud geweer dat er bijna antiek uitziet, en hij leest in een klein rood boekje. Als de trein ruim een uur onderweg is, vraagt P of hij naar de wc mag en de bewaker gebaart verstrooid dat het goed is. P staat op en loopt de trein door. Er zitten veel andere passagiers in zijn wagon en de meeste zijn in burger. Er zijn er maar een paar die een uniform dragen. Hij doet de deur naar de wc open, maar in plaats van naar binnen te gaan, kruipt hij er stiekem achterlangs de gang in. Hij strekt zijn arm uit en doet de wc-deur dicht. Hij doet voorzichtig de schuifdeuren open die toegang geven tot het platform tussen de twee wagons. Er wordt droge aarde in zijn gezicht geblazen. Het gestamp van de oude stoomlocomotief is oorverdovend. Hij werpt een blik over zijn schouder. Wacht. Niets. Hij stapt op een grof, beroet metalen rooster en doet de schuifdeur achter zich dicht.

Er tekenen zich enkele bomen af tegen de kale middaglucht, klein als bloedvaten. Hij kijkt naar de grond die wegschiet. Hij wordt gegrepen door het plotselinge gevoel dat hij geen grond onder zijn voeten heeft. Hij grijpt een hangende ketting vast om zijn evenwicht niet te verliezen. Er vliegen gele palmbladeren voorbij als de trein door een bosje rijdt. Als hij naar de horizon kijkt, lijkt het alsof de wereld stilstaat, alsof de trein een gebouw is dat op de savanne is neergegooid. Weer over open terrein. Aarde stuift door de lucht. De trein rijdt naar het noorden. De grond schiet weg. Het kan niet lang meer duren voordat de bewaker doorheeft dat hij niet op de wc zit. De trein bevindt zich bijna aan het einde van een lange helling omlaag en als de grond vlak wordt, zal hij vaart minderen. Dan zal hij springen en meteen het gras in rennen. Hij gaat vliegen. Hij klemt de ketting vast.

'Wat doe je?' Zonder dat P het had gemerkt, is door de deur van de wagon tegenover hem een soldaat gekomen, die langzaam met een machinegeweer zwaait. P heeft geen idee hoeveel de andere Tanzaniaanse militairen aan boord van de trein over hem weten, of ze überhaupt weten dat hij een gevangene is.

'Ik ben op weg naar de wc.'

'De wc is hier binnen.' De soldaat knikt naar de wagen waar P vandaan gekomen is en gebaart hem met het wapen op zijn buik gericht achteruit. Als P de wc in gaat, zegt hij: 'Ik wacht voor de deur.' Hij is heel jong, waarschijnlijk nog een tiener.

Door het wc-raam wordt het landschap opgebroken in wazige vlekken, vage aanduidingen van hemel en aarde, P staat met zijn armen tegen het raamkozijn geleund en kijkt met zijn gezicht vlak bij het glas naar het veranderende licht. Hij probeert te begrijpen wat ze van hem willen, waarom hij nu naar een stad wordt gestuurd die Tabora heet, in plaats van terug te mogen keren naar Europa. Hij wast zijn handen in een klein koperen fonteintje omdat hij bang is dat de bewaker luistert naar wat hij op de wc doet. Was zijn sollicitatiebrief door het Zambiaanse leger beantwoord? Door iemand in Tanzania? Hij staart naar zijn eigen ogen in de spiegel. Hij kon niet van de trein springen, de trein ging te hard. Hij durfde niet.

De soldaat brengt hem naar zijn plaats en zegt in een stamtaal een paar woorden tegen zijn collega die verdiept was in zijn kleine, rode boekje en hij gebaart dat P moet gaan zitten. De trein klimt omhoog in het zachtglooiende landschap. De beide mannen zitten stil tegenover elkaar. Er vliegen opnieuw bomen voorbij, takken en grote bladeren schuren langs de zijkanten van de trein. P kijkt uit over dorpen, heeft de smaak van bloed en dieren in zijn mond. Hij leunt met zijn hoofd tegen het raam, sluit zijn ogen. Hij is het silhouet van een man uitgeknipt uit een foto van de lucht. Doet zijn ogen open, kijkt tersluiks naar de bewaker, die weer verdiept is in zijn rode boekje. P is slaperig zoals zo vaak sinds hij Rome heeft verlaten en in een leven van middernachtelijke verhoren en koude cementvloeren terecht is gekomen. Een sterk gevoel dat hij op weg is naar een afgrond, naar dieper wordende schaduwen. Hij slaapt slecht, als een bidsprinkhaan opgevouwen in een stoel.

Er worden koffers in en uit de trein getild, de stoomlocomotief puft. Het is een heel warme avond en als P ademhaalt vullen zijn mond en neus zich met vocht en een zoetige, bijna rottende smaak. Hij is net wakker, hij wankelt. De bewaker klimt achter hem omlaag. Een handjevol mensen wacht op het perron voor een stationsgebouw van gebarsten baksteen. Aan het eind van het perron staat een man in een witte broek, een blauw overhemd met korte mouwen en met een witte hoed op tegen een vrachtwagen geleund. De bewaker en hij wisselen in het Swahili een paar beleefdheden uit, ze schudden elkaar de hand en daarna wendt de man zich tot P.

'Ik ben de opziener van het kamp buiten de stad.' Terwijl P zijn koffers in de laadbak van de vrachtauto gooit, gaat de opzichter uitvoerig in op de historische betekenis van deze stad, alsof P een toerist is die ervan overtuigd moet worden dat zijn reis niet vergeefs is geweest. P luistert zonder enthousiasme. 'Tabora vormt een belangrijk knooppunt in de spoorlijn die Tanzania doorkruist; het is het administratieve centrum van de regio. Honderden jaren oude mangobomen flankeren hier de straten.' De bewaker gebaart met zijn geweer dat P in de laadbak moet. P gehoorzaamt, de opziener praat door. 'Je ziet ze daar in de verte. Ze zijn geplant door

Arabische kooplui en slavenhandelaars die de stad in het midden van de negentiende eeuw hebben gesticht. In zijn vroegste geschiedenis was de stad een lokaal centrum voor de slavenhandel en nog bijna anderhalve eeuw nadat de rest van Oost-Afrika was opgedeeld in Europese koloniën en protectoraten, werden de stad en de omgeving beschreven als een wetteloze streek.' Als een windvlaag over het treinspoor en de lege straten blaast, houdt de opziener zijn hoed vast. 'Terra incognita. Niemandsland.' De bewaker gaat niet mee als ze Tabora uit rijden. P zit met zijn koffers in de laadbak, hij overweegt om te vluchten, maar voelt zich plotseling krachteloos en bang. Hij weet niet eens waar hij is, en nog minder met wie hij contact zou moeten opnemen of hoe hij terug zou kunnen komen naar Europa, naar Rome. Hij zit met zijn armen om zijn knieën geslagen.

De omgeving wordt gedomineerd door fruitkwekerijen: ananas- en meloenplantages, citrus- en perzikboomgaarden, op het oog eindeloze rijen wit en roze. Boeren die aan het werk zijn op de akkers kijken op als de vrachtwagen langskomt, hun gezichten zijn als houtspaanders, klein en scherp. Na een half uur rijden houden de plantages op en komt er steeds dichter wordende jungle voor in de plaats. Er fladderen vogels op uit het gebladerte. Het is avond als ze bij het kamp aankomen. De opziener laat P in zijn kantoortje en schenkt thee in die een bediende warm heeft gehouden. De bediende, een oudere dikke man in sjofele kleren, zet een aardewerken schaal met margarine en boterhammen voor hem neer. P smeert er een dikke laag op en begint te eten. Uitgehongerd. Propt alles naar binnen, houdt zich in, wordt rustiger. Buiten het raam zijn lange rijen hutten zichtbaar.

Wuivende bladeren tekenen zich af tegen het gloeiend rode licht van de schemering. De stilte is niet van deze wereld. P staat voor het raam. Hij drinkt een beetje thee die is verdund, bijna zonder smaak. Nog maar een paar dagen geleden had hij in schone kleren in het Hilton Hotel in Rome gezeten. Nu is hij hier. Nergens. De opziener zegt iets, maar P luistert niet, het gaat toch alleen maar om de spullen die hij meekrijgt als hij het kamp in gaat. De bediende rammelt met dingen, de opziener zegt: 'Je krijgt een weekrantsoen van gedroogde bruine bonen, zout, bakolie en meel.' De situatie voelt onwennig voor P, hij staart door het raam, drinkt een beetje thee, kijkt even naar de twee mannen die bezig zijn met zijn nieuwe eigendommen, kijkt weer naar buiten. De hutten maken schaduwen als lange rivieren. 'Je krijgt een emmer, een waskom, twee borden, een kroes en een kookkom, allemaal van aluminium. Je krijgt een machete, een petroleumlamp, een fles petroleum, een doosje lucifers, twee dekens, twee lege jutezakken.' Hij denkt de hele tijd dat hij zou moeten vluchten. Hij zou terug moeten rennen naar Tagora en daarvandaan de trein nemen. Naar een of andere plaats. Maar er is geen plaats meer. De opziener en de bediende helpen hem zijn nieuwe spullen van de heuvel af te dragen waarop het kantoortje ligt, dat blijkbaar ook dienstdoet als woonhuis voor de opziener.

'Kies maar een lege hut', zegt de opziener, die met zijn witte hoed naar de rijen hutten gebaart voordat hij en zijn bediende weer de heuvel op lopen.

P staat met zijn koffers in zijn handen en zijn andere spullen in bergjes naast zich. *De civiele schemering treedt in als de zon achter de horizon is verdwenen en het land in de schaduw ligt terwijl de atmosfeer nog is verlicht.* Hij kijkt omhoog naar de hemel, bedenkt dat die op dit uur van de dag een soort gloeiende bel rond de aarde is. Een stralenkrans. Zwermen insecten dalen en stijgen in het laatste licht, hun vleugels ritselen langs elkaar. Als hij zijn blik laat zakken ziet hij overal vluchtelingen, ze maken zich los uit het landschap, zittend in groepjes, zachtjes pratend. Sommigen eten iets grauws en plakkerigs uit een aluminium kom. Hij loopt verder het kamp in. Soms lacht hij naar de vluchtelingen, knikt hij ten groet. Er zijn er weinig die reageren. Vaak heeft hij het gevoel dat als hij hun blik vangt, hij recht bij hen naar binnen kan kijken, als in een lege, opengebroken schil. Het is griezelig, heftig. Alle lege hutten hebben ofwel grote open gaten in het dak of vloeren die vermolmd zijn en overgroeid met onkruid omdat de grond te lang onbetreden is geweest. Hij staat in een van die onbruikbare hutten door het kapotte dak omhoog te kijken, naar de aankomende nacht. De eerste sterren. Twee weken geleden zat hij nog in Athene. Minder dan een half jaar geleden was hij nog gevechtspiloot. Hij herinnert zich het verhaal, voelt hoe het pijn doet, schrijnt. Alles wat hij gewonnen had, wat zijn leven uitmaakte. Hij denkt dat God een lege ruimte moet zijn, zoals een mus diep binnen in een marmerberg, en dat hij een rechter en een redder is, en een vader en een zoon. Daarna denkt hij andere gedachten zonder betekenis, zonder troost, die voorbijdrijven. Het is langgeleden dat hij gebiecht heeft. Hij knijpt hard in het handvat van zijn ene koffer en de nagels van zijn lege hand graven in zijn handpalm. Als hij ergens kwam, werd er voor hem gesalueerd. Was dat heus zo? Hij zou terug willen naar Oeganda om de man te doden bij wie hij gewoond had, de broer die hem sloeg. Hij kan niet denken. Hij gaat de hut uit en blijft naar een lege hut in redelijke staat zoeken. Na meer dan een half uur rondgelopen te hebben, komt hij langs een groep vluchtelingen die Lango spreken. Hij blijft staan en stelt zich voor en twee van hen bieden aan hun hut met hem te delen, maar hij bedankt. Hij wil alleen zijn. Hij zal vluchten. Morgen of uiterlijk overmorgen zal hij vluchten.

Hij vindt ten slotte een hut die ver weg van de andere bewoonde hutten ligt, hij zit op de aarden vloer, met zijn rug tegen de muur van gevlochten hout en gedroogd leem. Hij heeft iets van een tijdloos gevoel in zijn hoofd, een gevoel van eeuwigheid dat met deze plaats te maken heeft. Hij zou nu kunnen opstaan en langs de weg kunnen terugrennen naar Tabora. Niemandsland. Hij denkt aan K en heeft er spijt van dat hij haar niet vanuit Rome heeft opgebeld om te vertellen waar hij naartoe ging. Misschien had ze inmiddels naar hem gezocht, met iemand contact opgenomen. Een langwerpig insect kruipt langs zijn onderarm omhoog, zijn schild glanst, de lange antennes zoeken trillend zijn huid af, hij kijkt er een tijdje naar, verwonderd, dan wuift hij het weg. Legt zijn hoofd in zijn handen. Hij krabt in zijn haren, hij vraagt zich af of John nog leeft, hij heeft een van zijn hysterische, sinds de coup steeds terugkerende gedachten: dat John misschien wel gedood is door de mannen met wie hij deze zomer in Athene gegeten en gelachen heeft. Enkele ogenblikken voelt hij God dichterbij dan zijn eigen kloppende halsslagader, en daarna weer niet. Hij staat op en loopt naar zijn landgenoten. Ze vragen hem bij hen te komen eten. Ze zitten rondom het vuur en praten over Idi Amin. Vonken van de vuurplaats vliegen in de dikke rook omhoog, dansen een tijdje voor de sterrenhemel, rode sprietjes en vlekken, gaan dan uit. P krijgt verhalen te horen over de staat van beleg, over het Oegandese platteland dat wordt overstroomd door militairen. Een man vertelt op hese, fluisterende toon dat hij werd gedwongen zwavelzuur uit een autoaccu te drinken en toen voor dood op een provinciale weg werd achtergelaten. Hij heeft het overleefd omdat een Engelsman hem opraapte, in zijn kofferbak verstopte en helemaal van Tororo, een stad in Oeganda, naar een ziekenhuis in Nairobi heeft gebracht. In Kenia kreeg hij bezoek van een Keniaanse militair die hem samen met een groep andere Oegandezen in een vrachtauto hiernaartoe had meegenomen. P slurpt het eten op van de metalen lepel, het is een soort pap van griesmeel en melkpoeder. Het vertellen heeft iets van een ritueel, magie. Een jonge jongen wiens ene oog een ontstoken bult is met een lang litteken eroverheen, vertelt dat Amins troepen hem hebben gedwongen om mee te doen aan een bizar gladiatorenspel waarbij de gevangenen elk hun machete kregen en naar een donkere ruimte werden gebracht waar ze mochten kiezen of ze elkaar te lijf zouden gaan of dood worden geschoten. Degenen die overleefden moesten hun offers op een vrachtwagen gooien en werden daarna vrijgelaten. Deze jongen had asiel aangevraagd in Tanzania en was toen hiernaartoe gebracht. P realiseert zich dat er geen vrouwen zijn in het kamp en vraagt zich af waarom al deze Oegandese mannen hier bijeen zijn gebracht. Als hij het gevoel heeft dat het zijn beurt is, vertelt hij over zijn vlucht uit Griekenland en de gebeurtenissen in Lusaka. Hij voelt een soort vage schaamte omdat hij de enige is die vanuit Europa vrijwillig naar Afrika is teruggekeerd. Hij kijkt tersluiks naar de maalstroom van vragende ogen in de gloed van het vuur, zet zijn bord weg. De laatste dagen of misschien zelfs de laatste weken of de laatste maanden voelen als een droom waaruit hij bezig is te ontwaken, op deze plaats. Als de vluchtelingen aanstalten maken om weg te gaan en te gaan slapen, begrijpt hij waarom veel hutten grote gaten in hun daken hebben – de vluchtelingen hebben het stro in zakken gestopt om een soort matrassen te maken. P staat in de deuropening van zijn hut. Hij is zo uitgeput dat hij overal zou kunnen slapen, maar toch haalt hij een beetje stro uit het dak van een lege hut om zijn slaapplaats in orde te maken. Hij ligt meer dan een uur in het stro te draaien. Als hij zijn ogen sluit ziet hij nog steeds Griekenland voor zich: de cipressen in de tuin van de academie, K die aan komt lopen, de straaljagers die afdalen uit de lucht boven de Middellandse Zee. Een droom. De geschiedenis is niets dan een droom. Ten slotte valt hij ondanks alles in slaap en als hij lang na middernacht op een gegeven moment wakker wordt, angstig bezweet en dorstig, hoort hij in de verte gerommel en vraagt hij zich af wat het is, maar valt weer in slaap.

In die droom rent hij door banen maanlicht, tast met zijn handen in de lucht voor zich, duwt bladeren en takken opzij. Hij is een haas die door het hoge gras rent. *Gisteren rapporteerde een militair zegsman dat gevechtsvliegtuigen van de Oegandese luchtmacht vannacht een Tanzaniaans trainingskamp bij de grens tussen de twee landen hebben weggevaagd* – het was een nieuwsuitzending die hij in Griekenland gehoord had, hij hoort het kraken nog in zijn oor, en opeens barsten er vurige pijnscheuten los in zijn hoofd. Hij denkt

dat het kamp gebombardeerd moet zijn, dat zijn trommel-
vlies gebarsten is door een ontploffing. Hij struikelt naar
voren door het hoge gras, hij hoort vliegtuigen boven de
bomen, hij valt over wortels en afgewaaide takken. De hele
tijd voelt hij de barstende pijn in zijn oor. De vliegtuigen komen in golven over hem heen, zo laag dat het gebrul van de
straalmotoren bladeren losschudt van de takken, die door de
maneschijn omlaagdwarrelen en die hij eruit vindt zien als
de sneeuw die hij 's winters soms in Griekenland zag vallen
in het licht van de straatlantaarns. De geweldige schaduwen
van de vliegtuigen jagen over de grond.

Hij steekt zijn petroleumlamp aan. Hij graaft met een vinger
in zijn oor. Het stro prikt in zijn huid. Hij kijkt gedesoriënteerd om zich heen. Zijn koffer en de spullen die hij van de
opziener heeft gekregen staan in de ene hoek van de hut, ze
zien er griezelig uit, alsof ze hem aanstaren. De pijn bonkt
nog steeds in zijn hoofd en hij hoort een geluid dat klinkt
als het geknetter van radio-uitzendingen maar dan harder,
veel harder nu, oorverdovend – hij trekt de lege zak die hij
als deken had gebruikt van zich af. Gaat rechtop zitten. Hij
is nu klaarwakker, maar de pijn in zijn oor verdwijnt niet,
overweldigt hem, rommelend als verre explosies of gedreun
van motoren, en als hij gaat staan is er iets mis met zijn evenwichtsgevoel en zijn benen vouwen zich onder hem dubbel. Hij valt tegen een muur van de hut. Wat gebeurt er? Hij
kruipt over de koele, vochtige grond, hij rolt rond en klauwt
met zijn vingers in het donker, krabt met zijn vingers aan
zijn oor. Hij begrijpt niet hoe het gebeurd kan zijn, maar in
het bombardement van zijn droom moet zijn oor getrof-

fen zijn door een granaatscherf die is meegekomen toen hij wakker werd. Hij hyperventileert, hij komt onhandig overeind en rent verward de nacht in.

In het maanlicht zien de hutten eruit als grote dieren met ruige, grijze vachten. Hij rent, hij denkt dat hij schreeuwt, slaat met zijn vlakke hand tegen zijn slaap, spert zijn mond open en dicht. Hij vindt de hut van de vluchtelingen met wie hij heeft gegeten en gaat meteen naar binnen. Een van de slapende mannen vliegt op en kijkt door de deuropening naar de lege nachthemel. De man zegt iets, wendt zijn gezicht vertrokken tot een radeloos masker naar P, maar door het gerommel in zijn hoofd hoort P alleen maar onsamenhangende, lage geluiden, en het kost hem een paar seconden voordat hij van deze geluiden een zin kan maken, een vraag: 'Komen er bommenwerpers?'

Iemand doet een petroleumlamp aan en een vluchteling legt een hand op P's schouder en probeert hem te kalmeren. P maakt een onbeholpen gebaar naar de zijkant van zijn hoofd en schreeuwt dat er iets in zit, in zijn oor. Hij zinkt neer op de grond, hij voelt dat iets zich als een roterende tunnel om zijn bewustzijn heen sluit. Hij moet nog dromen. Dit is een droom die hij droomt in de barakken in Athene. De pijn in zijn oor is als een gloeiende pen die iemand in zijn hoofd steekt. Hij peutert met een strootje in zijn oor, draait het rond, het moet een droom zijn. Ten slotte krijgt hij een paar dunne, zwarte borstelharen uit zijn oor. Hij kijkt ernaar in de maneschijn. Ze zijn gebogen als wimpers en hebben weerhaakjes en terwijl hij ernaar kijkt hoort hij, als een schaduw aan de rand van zijn bewustzijn, een stem die fluistert: *Je moet niet bang voor me zijn. Ik ben je broer.* Hij zit daar met een paar vreemde borstelharen in zijn hand en realiseert zich dat hij nu iets zou kunnen loslaten en laten vallen, en dat hij dan nooit meer zou hoeven denken of rennen. Dit inzicht maakt hem bang en hij vliegt weer overeind, hij gooit een stapel metalen kommen om, hij vindt een emmer met waswater en schept het op met zijn handen. Hij giet het in zijn oor, schudt heen en weer, probeert zijn hele hoofd in de emmer te stoppen. Ten slotte lukt het hem om nog een stuk nachtmerrie uit zijn oor te spoelen: het achterste deel van een termiet, druifvormig en glibberig van het bloed en het water. Hij gaat door, hij krijgt er twee schaarvormige, scherpe kaken uit en het grote, ingewikkelde hoofd met een demonengezicht zo groot als een speldenknop. Hij zit stil, hij haalt adem, er loopt bloed over zijn handen, zijn pols davert in zijn hoofd, de pijn is een beetje afgenomen en opeens snijdt er een heldere gedachte als een mes door de afnemende paniek heen: als zijn gehoor permanent beschadigd is, zal hij nooit meer als piloot kunnen werken. Onrustige stemmen om hem heen, blikkerig en verwrongen. Als de situatie een beetje gekalmeerd is en P uitlegt wat er is gebeurd, en zijn stem ook hemzelf hol en toonloos in de oren klinkt, stellen de andere vluchtelingen voor dat hij bij hen in de hut komt slapen. Maar hij wil nog steeds alleen zijn. Als hij wankelend terugloopt naar zijn eigen slaapplaats, hoort hij ze achter zijn rug fluisteren. Hij wilde beschermd worden door de nacht, door de sterren. Hij wilde beschut worden. Met trillende handen construeert hij een soort provisorisch bed van een paar grove takken uit het dak van de hut en bouwt daarnaast een stelling om zijn koffers op te leggen. Hij wil niet dat de termieten zijn kleren uit Rome kapotmaken. Hij is verbaasd dat hij zo kan denken, zo praktisch en logisch. Hij zit op zijn stromatras en wrijft een hele tijd over zijn oor, misschien wel een uur, twee uur. Hij gaat liggen, zijn oor bonst, zijn gedachten draaien in cirkels rond, kleiner en kleiner. Hij herinnert zich de lichtblauwe lucht boven Dekelia. De wolk die door de wind over de dakpannen van de barakken werd geblazen als veren over een vloer.

Hij doet zijn ogen open, staart naar de muur van de hut. Het ochtendlicht gloort tussen de gevlochten takken. Hij ligt met zijn gewonde oor voorzichtig tegen zijn matras gedrukt en hoort de rivierdelta van bloed die in de diepte ruist, onder de aarde.

Ik herinner me hoe hij in mijn kindertijd voor een raam met daarachter vallende sneeuw stond. Hij heeft dan nog steeds regelmatig nachtmerries, dat hij nog in het kamp zit. Dan wordt hij buiten adem wakker. Hij weet niet waar hij is. Hij verlaat de vrouw die naast hem ligt en sluipt over de gekraste parketvloer: gaat voor het raam van de zitkamer staan, staat daar lang naar de nacht te kijken, naar de sneeuw. Hij blijft er niet lang. Er valt geen sneeuw in Afrika. Hij zal zich nooit geborgen voelen.

Het is eind februari. Auto's vliegen de avond in, uitdrukkingsloze gezichten achter voorruiten. Ik heb hem gisteren gezien. Weer trof me het beeld dat hij vaderloos is. Het beeld kwam zomaar bij me op, midden in een handgebaar dat hij maakte. Het zit ook in zijn ogen. Mijn vader. Op een ijskoude dag in Borås had hij een klein stoffen insigne op zijn spijkerjack gelijmd: zijn vleugels uit Athene. Hij had het insigne gekregen toen hij voor het eerst een solovlucht had gemaakt. Hij loopt over de binnenplaats met een grote, zilverkleurige cassettespeler op zijn schouder, in een spijkerjack met afgeknipte mouwen en kleine in gouddraad geborduurde vleugels op zijn borst.

Natte sneeuw, bewolkte lucht waar het licht doorheen valt,

ik sta voor mijn raam naar het verkeer te kijken. Ik lees Nyereres toespraken en manifesten en herinner me hoe ik als tiener *Het communistische manifest* en Che Guevara's dagboeken las, hoe de visioenen mij in hun greep kregen en me veranderden. Hoe de geschiedenis ons aanraakt met haar ruisende vleugels des doods. In de Arusha-verklaring, die Nyerere vlak na het winnen van de eerste en enige vrije presidentsverkiezingen uitsprak, maande hij zijn medeburgers hard te werken en op te houden met dansen, drinken, roddelen. Ze moesten putten graven en irrigatiekanalen, dammen aanleggen. Ze moesten een nieuwe wereld scheppen. Nieuwe zeeën, nieuwe hemel.

Toen ik die ochtend op weg was naar de moskee, kwam mijn buurman door de gesmolten sneeuw met zijn rollator aanlopen. Hij vroeg of ik een pilsje wilde, hij had ze in de mand van zijn rollator. Hij en mijn vader hadden in de jaren tachtig samen in de haven gewerkt. Het is schemerig. De dagen verdwijnen, ze glippen door mijn vingers.

In de moskee was er een korte preek over het leven van de profeet, moge Gods vrede met hem zijn. De profeet werd op de eerste dag van de lente geboren. Hij was trouwens ook vaderloos, en moederloos. Het is alsof mijn vader voortkomt uit het niets. Uit een enorme eenzaamheid die de hemel is. In de zonneschijn wervelen vlak voor het raam zachtjes sneeuwkristallen rond. De man in de moskee vraagt naar mijn vader, ze vragen zich af hoe het met zijn gezondheid is. Ik haal mijn schouders op en zeg: *Insjallah* wordt hij beter, *insjallah*, bid voor hem. Maar misschien is hij nu eindelijk stervende. Toen ik gisteren bij hem op bezoek kwam, zat hij in zijn flat door een berg brieven van de overheid en van banken te bladeren. Hij verscheurde een brief over een oude studieschuld en gooide die in de prullenbak. De stranden des doods worden overspoeld met acceptgiro's. 'Het gaat niet meer zo lang duren', zei hij, over zijn leven. Zijn harde leven. Hij slikt veel pijnstillers, en andere medicijnen. We weten niet of de getransplanteerde long wordt afgestoten.

's Nachts, in een terugkerende droom, houd ik een vogel in mijn handen, stevig, de fladderende vleugels tegen zijn kleine lichaampje gedrukt. Heel mijn leven die eenzaamheid en dat gevoel van onontkoombaarheid.

Ik lees over de relatie tussen China en Tanzania, zoek naar antwoorden, inzicht. De Chinezen begonnen al aan het eind van de negentiende eeuw naar Oost-Afrika te gaan, om net als de Indiërs en Pakistanen voor de Britten te werken, die spoorwegen aanlegden. Eind jaren zestig van de twintigste eeuw kwam er een tweede golf Chinese immigranten naar Tanzania, toen Mao mensen stuurde om een nieuwe spoorweg aan te leggen. Het is moeilijker om officiële verklaringen te vinden voor de aanwezigheid van Chinese militairen. Het is vooral Amin die Tanzaniaanse troepen ervan beschuldigt na negentientweeënzeventig de grens over te zijn gegaan en onder aanvoering van de Chinezen te vechten.

Ik vroeg hem of ik zijn foto's nog eens mocht bekijken. Hij haalde een koffer uit de kast. Er waren voornamelijk foto's over die mijn moeder genomen had. Ik lachte om de broeken met wijde pijpen. Hij zei dat mijn moeder die broeken uit Europa had meegebracht, dat ze dat toen droegen, dat het in de mode was. Er is een heel mooie foto waarop hij helemaal in het wit wijdbeens in een tuin staat. Die foto is als het gelukkige einde dat ik me had gewenst. Voor ons.

Voor mij. Er is een vlieglogboek: een turquoise notitieboek met een zachte kaft, waarvan de bladzijden zijn ingedeeld in kolommen. Een foto van John en hem. John heeft een arm om hem heen geslagen en ze zitten onder een boog met rode klimrozen. De fotograaf moet een soort filter hebben gebruikt, want de foto is wazig, als de liefdesscènes in oude technicolorfilms. Ik vroeg hem of de koffer uit Afrika kwam, maar hij vertelde dat hij hem had gekocht toen hij een paar jaar aan Chalmers studeerde, de Technische Universiteit van Gotenburg. De koffer waarmee hij uit Afrika was gekomen, was van karton, zei hij.

Hij vraagt me soms hoe het met het boek gaat. Toen ik een hele tijd geleden een keer in het ziekenhuis bij hem op bezoek was, las ik een stukje voor. Het ging over vliegen en hij verbeterde een technisch detail dat te maken had met aerodynamica en dat *stall* heet in het Engels: als het vliegtuig als een steen omlaagvalt omdat het te langzaam vliegt en je snel omlaag moet duiken om weer voldoende snelheid te krijgen om stijgvermogen op te bouwen. Zoiets. Hij liet met zijn handen zien hoe je het vliegtuig opzij laat kantelen en omlaag laat storten.

Ik ben geboren in Borås. Toen ik zes of zeven was ben ik met mijn moeder en broers naar Växjö verhuisd. Mijn vader verhuisde naar Gotenburg, en mijn broers en ik hadden daarna heel weinig contact met hem. Ik vocht op speelplaatsen, ik slenterde in mijn eentje langs de kant van de weg naar huis. Mijn jeugd was zoals die van alle anderen. Bevolkt met reuzen. Er is geen einde omdat er geen begin is. Ik heb twee broers, een zus.

Mijn moeder heeft weleens gezegd dat mijn vader een aantal zusters had over wie hij nooit sprak, die hij ontkende als zij ernaar vroeg. Misschien heeft het te maken met de manier waarop ze verwantschap zien bij de Langi, dat vrouwen eerder gerekend worden tot de familie waarin ze trouwen dan tot de familie waar ze vandaan komen. Alles aan hem is zo vormeloos, alles glipt weg als je ernaar reikt, alles is schaduw, verhalen die veranderen. Alles is geschiedenis.

Het is nacht geworden. Het is weer begonnen te regenen, grijze potloodstrepen tussen de gebouwen, en ik leun door het raam en sluit mijn ogen en voel de regen op mijn huid vallen, op mijn oogleden, mijn lippen. Alles bestaat uit plaatsen waar mijn vader tijdens zijn vlucht wel of niet geweest is. Mijn vader zei altijd dat ik erop voorbereid moest zijn uit mijn land weg te vluchten, dat ik een internationale opleiding moest doen, dat ik op welk moment dan ook moest kunnen opbreken en alles achterlaten. De herinneringen. Scherven. De ontmoetingen. Opvattingen over het lot, dat sommige dingen nog vóór de geschiedenis, vóór de tijd in een boek zijn opgeschreven.

Als ik zestien ben, lees ik *De verworpenen der aarde* zittend op een elektriciteitskast. Nyerere leest hetzelfde boek en gebruikt dezelfde ideeën om op de meest gewelddadige wijze Tanzania te hervormen. Nyerere studeert in de jaren vijftig politieke wetenschappen aan de universiteit van Tabora. In de jaren zeventig gaat mijn vader via Tabora naar het vluchtelingenkamp.

Ver terug in de tijd speelt een jongetje op een kostschool de rol van Cassius in *Julius Caesar* en Nyerere is degene die het stuk naar het Swahili heeft vertaald. De jongen kent nog steeds, een halve eeuw later, hele stukken van zijn rol uit zijn hoofd. Hij zegt: 'Laat mij je spiegel zijn.'

's Nachts zie ik boeken die uit elkaar vallen zoals mijn sigaretten uit elkaar vallen in de regen die de stad schoonwast. Boeken die uit elkaar vallen als landen, als beelden van zwaar, nat zand, boeken die uit elkaar spatten zoals golven uit elkaar spatten.

Er lopen voeten over het stukje grond voor de hut. Hij ligt op de met hooi gevulde jutezak. Hij spert zijn mond open en dicht. Hij is nu een maand in het kamp, maar zijn oor is nog steeds opgezwollen en pijnlijk en als hij stil is hoort hij van binnen een dof, piepend geluid. Gebarsten, knokige voeten die voorbijkomen, voorbijkomen.

Hij vraagt zich af of zijn vroegere klasgenoten weleens aan hem denken als ze hoog over de wereld vliegen, bezweet en geconcentreerd in het zonlicht, in het hart van de hemel. In zijn hart. Het zonlicht valt door de deur, een beetje aarde en vuil wervelt grillig in het licht rond, er komt buiten nog een man langs. Soms ligt hij de hele dag zo, verzonken in iets wat niet eens gedachten zijn, een soort lege maalstromen die door zijn lichaam spoelen. Op andere dagen zit hij een paar uur tegen een hut of tegen een boom geleund naar de lucht te kijken die tussen het gebladerte zichtbaar is, verschietend van kleur en intensiteit. 's Avonds warmen ze hun maïspap boven het vuur. De gezichten om hem heen gaan elke dag meer op brokken aarde en hout lijken. Hij port met een stok in het vuur. Waarom zijn er hier alleen maar mannen, wat gebeurt er met de Oegandese vrouwen die naar Tanzania vluchten, waarom is hij hiernaartoe gebracht? De takken spreiden zich uit en reiken naar de nachthemel. 'Goedenacht, piloot', zegt een stem uit het donker. Hij loopt het hoge gras in om te pissen. Als hij zijn hoofd in zijn nek legt, voelt het alsof hij omhoogvalt in het donker, weg. Hij wordt duizelig, sluit zijn ogen. Hij hoort het bruisende geluid in zijn hoofd. Hij hoort het geluid van de vogels, de kreten van de vluchtelingen in hun hutten uitgestrooid over de aarde. Als hij terugkomt bij het vuur is alleen de voormalige politieagent er nog, een witharige man die zelfgerolde sigaretten rookt met het gloeiende eind achterstevoren in zijn mond.

'Niet moe?' De man steekt het gloeiende eind tussen zijn lippen door en blaast zijn wangen op als ballonnen, rook bolt door zijn mondhoeken en neusgaten naar buiten. Het ziet er akelig uit. Hij is gekleed in een kapot stuk jute dat hij om zijn middel heeft geknoopt.

P gaat op de boomstam zitten en houdt zijn handen voor de knetterende vlammen.

'Wil je een broek?' vraagt hij. Zijn koffers zitten vol kleren, maar hij heeft ze aan niemand laten zien omdat hij bang is dat anders iedereen in het kamp hem om kleren gaat vragen. De politieagent bekijkt P met slaperige ogen, haalt de brandende sigaret uit zijn mond en blaast happend als een vis een paar kringetjes. Hij lijkt over iets groots en ondoorgrondelijks na te denken en kijkt dan weer weg, in het vuur. Hij knikt, enigszins verstrooid, zeker, hij wil graag een broek.

De politieagent is een Acholi en een van de oudste mannen van het kamp, zijn verhaal is een van de vreemdste die P ooit gehoord heeft. Op een dag zat hij op het politiebureau naar de radio te luisteren toen hij zijn eigen naam hoorde noemen als een van de vele onlangs verdwenen gezagsdragers. Op de een of andere manier moest hij Amin of een ander hooggeplaatst persoon hebben mishaagd, en was er een order uitgegaan om hem te vermoorden. Maar iemand had zich vergist en had het nieuws van zijn verdwijning al aan de radio gegeven voordat de moord was uitgevoerd. De politieman hoorde de nieuwsuitzending, stond op van zijn bureaustoel, ging naar het station en nam een trein naar Tanzania, waar de autoriteiten hem naar dit kamp stuurden.

Hij was geschiedenis geworden, was uit de geschiedenis opgestaan en teruggerend naar het leven.

'Als ik nog jong was, zou ik weggaan uit dit kamp', zegt de man terwijl hij zijn sigaret weer in zijn mond stopt. Net als altijd wil P instinctief roepen om hem te waarschuwen dat hij zich aan het gloeiende eind zal branden. P is gesteld op de oude politieman, hij houdt van zijn slangachtige blik die altijd op een punt in de verte gericht lijkt. Hij leunt naar voren en port in het vuur, blaast op de flikkerende stukjes kool.

Het kamp heeft geen bewakers, je kon makkelijk opstaan en de wildernis in lopen. Maar een Oegandese pas is niet alleen waardeloos maar ook regelrecht gevaarlijk in Tanzania.

'Waar zou je naartoe kunnen?'

'Naar Nairobi', zegt de politieagent.

'Nairobi?'

'Daar kun je je als vluchteling laten registreren.'

'Nairobi?'

P denkt aan de journalist met wie hij zijn kooi had gedeeld in Dar-es-Salaam. Die had het ook over registreren gehad. Hij houdt de stok waarmee hij in het vuur heeft gepookt omhoog tegen de nachtlucht. Hij was gaan branden. Hij realiseert zich dat de man in Dar-es-Salaam voor hem nog steeds een journalist is, hoewel hij natuurlijk van de politie of het leger was, misschien van de geheime dienst. Nairobi. Hij zwaait met zijn stok naar een zoemend insect.

'Als vluchteling registreren?' Hij knippert, zijn ogen tranen door de rook. Soms is God in het kamp zo dichtbij, dichtbij als een fijn poeder van licht dat knetterend achter het stromende donker van zijn ogen spettert. Hij probeert het roet en de rook uit zijn gezicht te vegen met de even beroete en vuile mouw van zijn overhemd.

Vonken springen uit het vuur, in het duister erboven. Nachtvluchten. Over de afgrond komen aanglijden.

'Merk je niet dat er hier mensen verdwijnen?'

'Verdwijnen?'

'Dieper Tanzania in is er een guerrillakamp waar ze mensen uit dit kamp naartoe brengen. Ze worden 's nachts opgehaald als de anderen het niet zien.' De politieagent lacht en klapt in zijn handen. 'Ze worden gedwongen om soldaat te worden. We gaan Amin ten val brengen.'

'Gaan we Amin ten val brengen?' P kijkt de nacht in. 'Jij en ik?' Amin heeft gevechtsvliegtuigen, tanks, soldaten, P was er zelf een geweest. Amin kan niet ten val worden gebracht met een handjevol vluchtelingen. Hij voelt de adem van de dood in zijn gezicht, hij sluit zijn ogen en schudt zijn hoofd. Er zijn alleen maar broers, broers die in het gras staan te schreeuwen.

Ze halen water bij een pomp. Hij houdt zijn emmer omhoog tegen de ochtendzon. Hij ziet de kringen die het water op de emmer heeft afgezet, de stofdeeltjes die erin ronddrijven. Soms, als de anderen rondom hun etenspannen zitten, gaat hij naar zijn hut om de koffer met de Italiaanse overhemden open te doen en de dunne, gladde stof te voelen. Sinds het gesprek met de oude politieman denkt hij er voortdurend aan te vluchten. Iedere dag voelt hij zich zo zwaar bij het wakker worden, alsof hij zich onder water beweegt. Hij gaat rechtop tussen zijn juten beddegoed zitten, hij wringt zijn skeletachtige handen. Hij wordt steeds magerder. Het is alsof zijn lichaam van iemand anders is. Hij is vervuld van verdriet, van uitputting. Hij moet vluchten. De dagen gaan voorbij. Als wat de politieman vertelt klopt, als ze 's nachts worden weggevoerd, is het van de nieuwe plaats waarschijnlijk nog moeilijker om te vluchten, omdat hij daar de omgeving niet kent. Hij moet.

De man in de droom doet een stap de savanne op. De riem in zijn hand kronkelt als een slang. De jongen schreeuwt. De man blijft staan. De jongen ademt door zijn mond. Zijn neusgaten plakken aan elkaar van het bloed. Het hoge gras is grijs in het sterrenlicht. De jongen kijkt naar zijn broer, naar de riem in zijn hand, naar de schokkende schouders. Huilt de man?

'Ik ga weg en komt nooit meer terug!' roept hij, en in zijn droom roept de huilende man terug naar zijn kleine broertje: 'Op een dag ben je zo ver van deze plaats vandaan, dat je hem met elke vezel in je lichaam zult missen.' Hij doet een stap naar de jongen toe, blijft staan. 'Je zult de bomen missen, en de aarde, en dit gras!' De man wankelt en maakt een vreemd, dreigend gebaar – hij strijkt met zijn geopende hand ter hoogte van het gras langs de grond, een begravende of een maaiende beweging, en iets in die beweging doet de jongen voor het eerst inzien dat die man daar, zijn broer, waarschijnlijk hun vader mist.

Als hij zijn ogen opent, kleven zijn oogleden altijd aan elkaar en heeft hij het gevoel dat ze 's nachts bijna aan elkaar zijn gegroeid. Hij eet zijn ontbijt met de droom nog in zich, scherp en duidelijk als een lang, hard mes. Hij herhaalt de beweging van zijn broer met zijn hand, probeert de betekenis te achterhalen door hem na te bootsen. Misschien was het niet in het echt gebeurd, maar alleen in de droom. Hij meent zich de droom te herinneren, net als de woorden die de man die avond tegen hem gezegd had. Iedere keer dat hij over zijn broer droomt, is het alsof hij bezig is ergens doorheen te breken, een soort vergeving te vinden. Hij herinnert zich die nacht. Toen hij eindelijk thuiskwam nadat hij een paar uur buiten in het gras had zitten rillen, sloeg zijn broer hem zo hard met zijn riem dat hij een aantal dagen niet kon lopen. Het bleef doorgaan. Dat was zijn kindertijd, zijn jeugd. Hij zwerft door het kamp met een verstikkend zwaar gevoel van binnen. Hij herinnert zich de schaamte over de natgeplaste matrassen, dat die schaamte een zelfstandig ding was, een onbegrijpelijk werkelijk ding van duisternis. Hij kan de druk op zijn borst nog steeds voelen. Hij werd geslagen met vuisten, met schoenen, met boeken, hij werd hard op de houten vloer gesmeten, kreeg een tand door zijn lip, blauwe plekken, een gebroken vinger, bloedneuzen. Met dijen streperig van de slagen wankelde hij zijn huis uit de grote, naakte dageraad in. Hij kwam thuis uit school en maakte eten. De dagen gingen voorbij. De angst werd nooit minder. Dat was zijn leven. Mettertijd werd zijn broer, die als leraar had gewerkt, ook rector op zijn school, en hij werd vaak naar zijn kantoor geroepen om geslagen te worden met een riem, linialen, aanwijsstokken. De bladeren bewegen in de wind, raken elkaar aan, hij zit voor zijn hut, tuurt naar de bomenlijn. Niemand deed iets. De man sloeg en sloeg tot hij zo moe was dat hij buiten adem en bezweet op zijn voeten stond te wankelen en niet meer kon. Sinds de nacht dat P naar zijn broer had geschreeuwd dat hij weg zou gaan en daarmee stem had gegeven aan een schreeuw die hij misschien altijd in zich had gevoeld, was er iets veranderd: de woorden die hij had geroepen vormden diep binnen in hem een kleine, scherpe steenflinter, die nat en glad was van het bloed en de pis, die hard en ijzig was en glansde. Hij zou weggaan en nooit meer terugkomen. Daar dacht hij aan als hij tot diep in de nacht met opgezwollen ogen zijn huiswerk zat te maken, en als hij naar school ging. Hij dacht eraan als hij met zijn vriendje aan de oever stond te vissen, en hij voelde zich een vreemde voor zichzelf, en vals, omdat hij een geheim had. Hij dacht eraan toen zijn vriendje op een dag doodging en hij daar in zijn zondagse kleren stond te kijken hoe het kleine houten kistje in de grond zakte. Dat hij moest vluchten.

Hij moet negen of tien zijn geweest toen John terugkwam uit de oorlog. John over wie hij zo veel had gehoord. John legde zijn lange arm om hem heen. John noemde hem zijn *wing commander,* een woord van de verre oorlog. Hij en John. Hij dacht toen dat hij bij John zou mogen wonen, dat het voorbij was.

'John? Hoe was papa?'

John had een smalle snor en een wit, openstaand overhemd, hij kwam een lang weekend bij hen op bezoek, ze liepen over de stoffige weg onder de acacia's.

'Toen papa jong was woonde hij een heel eind stroomopwaarts', zei John terwijl hij zachtjes in zichzelf lachte. Hij wees naar het noordoosten, naar de donker wordende lucht. 'Toen de Engelsen naar zijn dorp kwamen, wilden ze een opperhoofd om mee te onderhandelen. Omdat ze geloofden dat zwarte mensen dom zijn, dachten ze dat het hele dorp zou doen wat papa zei alleen maar omdat hij zo lang was, daarom schonken ze geen aandacht aan de echte leider van het dorp en ze wezen papa aan als zegsman voor het hele dorp.' John maakte een handgebaar bij zijn slaap alsof hij een deksel losdraaide: wat een idioten, die Engelsen. P keek naar John, een reus. De zon glom boven het gebladerte. 'Maar papa was een jongeman en had geen familie, dus hij rende weg en sprong in de rivier.' Hij hield ervan glimpen op te vangen van een vader die hij nooit had ontmoet.

'Papa zwom zo ver als hij kon, en toen hij niet meer verder kon zwemmen, liet hij zich een hele dag en een hele nacht meevoeren door de rivier en op de plek waar hij de volgende ochtend wakker werd, kroop hij aan land om een nieuw leven te beginnen, dat is waar we zijn opgegroeid.'

P raapt een steen op uit het gras en de aarde. Hij rolt hem tussen zijn vingers, voelt een onbegrijpelijke impuls om hem in zijn mond te stoppen en door te slikken. Gooit hem weg. Zit nog steeds met zijn rug tegen de muur van de hut. Hij knippert tegen het rode licht van de vallende avond. Hij was een jongen die met zijn grote broer in het gras liep. Hij houdt zijn magere hand voor zich, balt zijn vingers als vogelpoten tot een vuist, opent hem.

'Wil je werk?' De jongeman met het kapotte oog staat voor hem.

'Een bakkerij in Tabora heeft hout nodig, wij moeten het

hakken en dan brengt de opziener het met de vrachtauto naar de stad. We delen het geld.'

Al na een paar uur met de machete is hij kleddernat van het zweet. Hij en een handvol andere vluchtelingen banen zich een weg naar de rand van het kamp, ze hakken bomen om, strippen de takken en twijgen van de stammen, die ze vervolgens in kleinere stukken hakken die ze in de laadbak van de vrachtauto gooien. Zijn spieren doen pijn, het zweet loopt in zijn ogen. Hij hakt een tak af, de avondzon bliksemt tevoorschijn van achter het dichte gebladerte, bloedrood. Er wordt gezegd dat een paar van hen mee naar Tabora mogen om het hout uit te helpen laden. Zijn oor bruist, hij knijpt in het houten handvat van zijn machete, hij voelt iets van verwachting, waardoor hij zou willen huilen.

Ze werken tot het invallen van het duister. Ze werken de hele volgende dag. Als de laadbak van de vrachtauto die avond eindelijk vol is, wordt P door de opziener uitgekozen om samen met een andere vluchteling de volgende dag mee te gaan naar Tabora. Ze vertrekken vroeg in de ochtend, langs dezelfde weg als waarover P ruim een maand eerder gekomen is, door regenwoud dat plaatsmaakt voor bebouwing en boerenland. P zit met de twee andere mannen op de voorbank geklemd, hij is zenuwachtig voor het bezoek aan de bewoonde wereld en het maakt hem somber als hij erover nadenkt: dat hij ooit naar de zon vloog en zich nu opgejaagd voelt omdat hij in een vrachtauto een paar kilometer naar een halfvergeten stad rijdt. De banden van de vrachtauto springen over afgevallen takken. Het is oogsttijd, er zijn massa's werkers op het veld. P leunt met zijn hoofd tegen de hoofdsteun, rookt een zelfgerolde sigaret, steekt zijn hand uit het omlaaggedraaide zijraampje, voelt de wind in zijn gezicht, kijkt opzij en ziet een golf van messen die omhooggaan en glimmen in de ochtendzon, als een regen van spiegelscherven.

De opziener parkeert aan de achterkant van de bakkerij en gaat weg om wat dingen te regelen terwijl P en de andere vluchteling het hout uitladen. De bakker is een oudere, donkerharige Europeaan die bijna vloeiend Swahili spreekt en bij de achterdeur van de bakkerij aanwijzingen staat te roepen. De stenen muren van de bakkerij zijn roodbruin. P staat met in iedere hand een blok hout, bevroren in de tijd. Hij zou het hout op de grond kunnen gooien en weg kunnen rennen de steegjes van Tabora in, misschien op een trein kunnen springen. Maar waar moet hij naartoe? Hij heeft geen geld. Niets. Hij grijpt de houtblokken stevig vast, kijkt met samengeknepen ogen door het smalle, stoffige steegje. Voetgangers en een enkele auto komen voorbij. Ze konden zich net zo goed aan de andere kant van een zee, op een andere planeet bevinden.

Als ze het werk klaar hebben, zegt de bakker tegen de twee mannen dat ze naar de voorkant van de bakkerij moeten komen om hun geld te krijgen. De bakker vraagt of ze iets willen drinken en als ze aarzelen, verzekert hij hen dat ze niet hoeven te betalen. Als ze knikken, draait hij zich in de deuropening om en roept naar een jongeman die bij de kassa staat, waarschijnlijk een familielid: 'Breng even twee flesjes limonade naar buiten!' P veegt zijn handen af aan zijn broek. Hij probeert rustig te blijven. Hij kijkt even naar de andere vluchteling, die tegen de motorkap van de vrachtauto geleund staat. De bakker sprak Grieks. P bijt op zijn onderlip. Grieks. De man is Grieks. De rij mangobomen aan weerszijden van de straat buigt een beetje mee in de wind, gele kroonbladeren sneeuwen op straat. Als de jongeman P zijn flesje frisdrank aanreikt, schrikt P bijna – zo diep is hij in gedachten verzonken. Hij probeert te verbergen dat zijn handen trillen van de zenuwen, neemt snel een slok van zijn limonade: morst een beetje op zijn kin, veegt het weg met de rug van zijn hand. Zo rustig mogelijk vraagt hij in het Swahili of hij pen en papier mag gebruiken. De bakker kijkt bijna een beetje beledigd, maar haalt een kleine blocnote uit zijn borstzak en scheurt er een velletje af, dat hij samen met een bijna opgeslepen potloodstompje aan P geeft. P schrijft snel. Hij schrijft in het Grieks dat hij is opgeleid aan de Helleense luchtmachtacademie in Athene en tegen zijn zin door de Tanzaniaanse autoriteiten is meegenomen, dat de bakker zijn vriendin in Athene moet laten weten dat hij hulp nodig heeft. Het potloodstompje krast over het kleine papiertje, de andere vluchteling kijkt hem aan, ongeïnteresseerd, hij schrijft K's volledige naam en adres, geeft het papiertje terug aan de bakker, die het leest, eerst verstrooid, dan geïrriteerd alsof hij niet begrijpt wat datgene wat er staat met hem te maken heeft en ten slotte met gezwollen aderen in zijn gezicht. Als hij wat zegt klinkt hij bang. 'Willen jullie een muffin bij je limonade?' Voordat de mannen iets kunnen zeggen, stopt hij potlood en papier in zijn borstzakje en gaat hij naar binnen.

De andere vluchteling boert koolzuur op en zegt: 'Ik heb al een jaar geen muffins meer gegeten.'

De bakker komt terug met een aluminium bord met warme muffins en ze nemen er elk een, die ze zwijgend op-

eten, P kijkt de hele tijd naar de bakker, wacht op een reactie, die maar niet komt. De andere vluchteling neemt een
tweede muffin en schrokt die naar binnen. P wacht, bedankt
als de bakker hem het muffinbord voorhoudt. De opziener
verschijnt met een aantal tasjes in zijn armen, ze nemen
afscheid, de vluchtelingen springen in de laadbak van de
vrachtauto omdat de opziener de tasjes, waarin hij onder andere een paar dozijn eieren heeft, op de voorbank zet. P zit
achterstevoren terwijl ze Tabora uit rijden, hij probeert in de
ogen van de bakker te kijken, een belofte te lezen op het gezicht van de verdwijnende man. Niets. Alsof het papiertje er
nooit is geweest. De starende, zwarte ogen kijken terug naar
P, bijna koppig, tot de vrachtauto om de bocht verdwijnt en
de man weg is. Niets. Nergens. P kijkt naar het opdwarre-
lende stof op de zwaaiende palmbladeren, de wind rukt aan
zijn hemd, hij denkt aan K, hoe ze altijd met haar hoofd op
zijn schoot lag met haar losse lange haren. Hij veegt het stof
en het zweet van zijn voorhoofd. Hij zit bij het vuur maïspap
te eten, de pap is kleverig, zijn tanden plakken aan elkaar. Hij
herinnert zich het geluid van de straalmotoren, en hoe hij
naar de zon vloog.

Je doet je behoefte in een gat in de grond. Vliegen zoemen
in je ogen.

Je haalt water bij de pomp. Je drinkt met diepe teugen om
je honger te stillen, staart naar de hemel, je maag is leeg, je
wordt duizelig en het water is ijskoud en smaakt naar aarde,
je houdt je hand voor je mond om niet te kokhalzen en staat
te hijgen, voorovergebogen, terwijl het heldere vocht tussen
je vingers door loopt.

Je gaat slapen, wordt wakker.

De dagen en weken gaan voorbij.

Hij zit op een boomstam met zijn voet in de droge aarde te tekenen, cirkels, labyrinten. Hij maakt zich zorgen dat ze hem nooit meer zullen vragen om hout te hakken, dat hij nooit meer naar Tabora zal gaan, dat de ontmoeting met de bakker niet herhaald zal worden.

Hij haalt zijn jaarboek van de luchtmachtacademie uit zijn koffer tevoorschijn. Hij slaat de dikke, glanzende bladzijden voorzichtig om. Hij raakt hun gezichten aan. Uit een andere wereld.

Er komen zo nu en dan nieuwe vluchtelingen naar het kamp. De opziener haalt ze met zijn vrachtauto van het station en 's avonds zitten ze bij het vuur nieuwtjes uit hun thuisland te vertellen. Terwijl ze spreken, kijkt P naar hun gezichten. Ze hebben niet van die doffe gezichten als degenen die al langer in het kamp zitten, maar er is iets dierlijks en angstigs in hun lichaamstaal en mimiek. Ze kijken om zich heen en hun ogen zijn bijna zoals de ogen van een kat. De gloed van de vlammen schijnt over hun gezichten, zorgt ervoor dat ze zichtbaar worden in de nacht, verdwijnen, weer zichtbaar worden.

Hij droomt over K. Ze wandelen samen over het Syntagmaplein, het is een koele herfstdag, hij heeft zijn arm om haar schouders geslagen, zij vlecht haar vingers door de zijne. Het witte ochtendlicht sijpelt door het rieten dak. Hij krabt in zijn haar, in zijn baard, die de afgelopen maanden in het kamp lang en pluizig is geworden. Een kleine hagedis slingert zich door de dorre stengels, staat stil, beweegt plotseling weer, schiet weg over een droog, bruin palmblad. Hij

denkt aan de Europese vogels die weggingen of juist terug-
kwamen, en die langskwamen op het plein bij de kazerne om
zaad te eten. Hij herinnert zich zijn kinderjaren.

De lange gangen van het internaat waren vol rennende
voeten en hoge, schelle stemmen. De oudere kinderen rookten achter de eetzaal. Een jongen gaf hem een sigaret en hij
stopte hem in zijn mond en inhaleerde en begon te hoesten.
Hij was dertien jaar. De jongens stonden in een kring om
hem heen te lachen, hij stond dubbelgevouwen met de rokende sigaret in zijn hand en met rode ogen. Hij nam nog
een trekje, hoestte, begon met de anderen mee te lachen. De
eerste tijd belandde hij bijna iedere dag bij vechtpartijen op
het schoolplein. 's Nachts lag hij wakker in zijn bed, en drukte hij zijn nagels in zijn handpalmen, en ademde hard en snel
door zijn neus. De maan gleed langzaam langs het raam van
de slaapzaal. Hij bedacht dat hij nooit terug zou gaan naar
huis. Hij had een beurs gekregen, hij was zijn belofte aan zijn
broer of aan zichzelf nagekomen. Hij was verhuisd. Hij sloeg
de oudere jongens, sloeg hen in hun gezicht, schopte in hun
maag als ze op de grond lagen. Ze verbaasden zich erover dat
het geweld dat hij gebruikte zo rauw was, dat hij geen geluid
maakte, dat hij vocht en vocht en vocht tot hij uitgeput was.
Hij werd veertien. Hij zat achter de eetkamer met de oudere
jongens te roken, hij bokste voor de grap met ze tot ze hun
handen omhoogstaken en zeiden dat ze zich overgaven, zich
overgaven. Hij was erg begaafd en kreeg de hoogste cijfers
in bijna alle vakken. Hij was goed in gymnastiek, hij kon het
hoogste springen van de hele school. Hij wilde ambulance-
chauffeur worden, net als John, of dokter. Hij was vijftien
toen ze met biologie kikkers opensneden en zijn dromen

om in een ziekenhuis te werken strandden in hun slijmerige, stinkende ingewanden. De Italiaanse priesters die het internaat leidden, leerden hem rijtjes met de namen van de heiligen en lazen in het Latijn voor uit de Bijbel. Hij ging bij hen ter communie en de hostie smolt op zijn tong. Hij wilde een katholieke priester worden, zijn leven aan God wijden, aan het ondoorgrondelijke en grote dat hij soms als een regen van lichte, fladderende vleugelslagen binnen in zich voelde. Hij was zestien jaar en liep met het zwaaiende wierookvat in de kerk en voelde zich zuiver, machtig, herboren. Hij was koorknaap. Hij huilde iedere keer dat de priesters over de kruisiging vertelden. Hij dacht: waarom moesten ze de zoon van God afranselen, waarom moeten ze hun speren in hem steken en hem bespotten? *Als je Gods zoon bent, waarom roep je dan niet naar je vader?*

Soms ging hij in de vakantie naar zijn moeder. Er hing een wonderlijke stilte tussen hen. Hij zat tegenover haar de door haar klaargemaakte griesmeelpudding te eten, hij hoorde haar vertellen over zijn broers, wie er getrouwd was en wie er kinderen had gekregen. Hij kuste een meisje in zijn geboortedorp en ze holden door het donker en zaten onder een boom en hij leerde te verlangen en te sterven. Hij rolde op zijn rug, ze lagen naakt onder de bladeren die nat waren van de regen, ze lagen op de bodem van de sterrenlucht. 'Langgeleden wilde ik priester worden', zei hij. Ze lachten. De muren van het labyrint groeiden hoger dan hij. Tijdens de regenperiode ging de wereld kopje-onder, iedere keer. Toen hij zeventien was voelde hij het einde van zijn jeugd naderen als een afgrond achter de horizon, aan de andere kant van het veld met glanzend gras.

Het was een van de laatste avonden van zijn jeugd en hij rende door het gras in de blouse en korte broek van zijn kostschooluniform. Hij klom in een boom, hij was sterk en lenig, hij trok zich steeds verder omhoog tussen de takken. De zon was rood, het licht was als zand dat tussen de bladeren door sijpelde. Hij ging schrijlings op een tak zitten, liet zijn benen bungelen. Hij had dit spel al talloze malen eerder gespeeld en was er eigenlijk te oud voor. Aan de andere kant van de tijd. Hij haalde een paar stroken stof uit zijn zak en knoopte ze aan de twijgen om hem heen. De stam zwaaide. Hij keek omlaag en wist dat als hij zou vallen, hij dood zou gaan. Hij had geen angst. Binnen in zich had hij een scherpe splinter, een belofte om weg te gaan. Hij knoopte nog een strook stof aan een tak. Hij was jaren geleden met dit spel begonnen, nadat John had verteld over de oorlogsvliegtuigen. Hij liet de tak los en strekte zijn armen naar opzij zoals het kruisbeeld in de kerk. De stroken stof knalden in de wind. Alsof hij vloog.

Hij houdt zijn machete omhoog, blijft staan. Het geluid van vallende bomen dreunt door de jungle. Gele, droge bladeren wervelen tussen de stammen. Soms is het alsof de jaren er niet zijn, alsof het leven iets heel anders is dan hij dacht, een wereld waar je doorheen kunt dwalen. In het hoge gras. Hij staat een hele tijd met geheven armen voor zich uit te staren, in het niets. De bakker heeft weer hout nodig. De vluchtelingen zijn aan de bosrand aan het hakken, het is de tweede dag dat ze aan het werk zijn, het is al middag. P moet en zal de bakker weer spreken. Hij moet weten of zijn bericht aan K is verstuurd, of ze heeft geantwoord. Hij stript snel de takken van een grove den, deelt de stam op in stukken.

Hij werkt hard, spoort de anderen aan. Hij hoopt dat hij wordt uitgekozen om weer mee te gaan naar Tabora, maar als ze de volgende ochtend klaar zijn met het inladen van het hout, kiest de opziener twee anderen. P trekt een van hen opzij en biedt hem zijn aandeel in het geld als hij zijn plaats mag innemen. De man eist ook een broek; de politieman moet over P's koffers met kleren hebben verteld.

Ze zitten samengeperst in de cabine, P houdt zijn armen stijf gekruist voor zijn borst, alsof hij zijn hart wil insluiten. Ze komen rond het middaguur in Tabora aan, rijden over de lege straten, het licht stroomt als trillende libellenvleugels over de gekraste voorruit. Ze rijden naar de achterkant van de bakkerij, stoppen. Deze keer helpen de bakker en de Griekse jongeman met uitladen. Ze stapelen het hout tegen de muur van de bakkerij, het zand blaast in hun gezicht en dwingt hen hun armen voor hun ogen en mond te houden. Niets duidt erop dat de bakker iets te zeggen heeft aan P, die de hele tijd oogcontact met hem probeert te maken. De bakker lijkt hoogstens verongelijkt dat P er weer is. De tijd gaat voorbij. P probeert tijd te winnen door langzaam te werken. Op een gegeven moment doet hij zelfs alsof hij per ongeluk een hele stapel hout omstoot. De andere vluchteling raakt geïrriteerd. Hij heeft de smaak van bloed in zijn mond, zijn handen, die met het hout bezig zijn, voelen ver weg, onwerkelijk. Ze zijn bijna klaar als de bakker op terloopse toon in het Grieks mompelt: 'Kennen jullie allebei Grieks?' De andere vluchteling, die dan juist in de laadbak staat en het laatste hout bij elkaar raapt, reageert niet. Met zijn blik op zijn jonge neef maar met woorden die duidelijk bedoeld zijn voor P's oren: 'Ik kan me niet in jouw zaak mengen. Dan klagen ze me aan voor spionage en word ik uitgewezen.' P veegt met zijn vieze hemd over zijn gezicht, pakt onhandig een stapel hout op, laat een paar blokken vallen.

'Dan raak ik mijn bakkerij kwijt. Ik kan je niet helpen.'

P voelt niets. Hij denkt ook niets, alleen maar dat niemand hem helpt, dat er niemand is, dat er nooit broers zijn geweest, alleen maar lichamen, afzonderlijke lichamen, die over het veld liepen, die elkaar sloegen, elkaar trapten. Hij raapt een houtblok op, het is ruw, nog zwaar van het vocht. P voelt dat de teleurstelling de stilte tussen hen verstikkend en ondoordringbaar maakt, maar misschien voelt alleen hij dat. P kijkt keer op keer naar de bakker. Hij wil iets meer. Als ze klaar zijn haalt de neef de opziener uit de bakkerij, waar hij thee heeft zitten drinken. De drie mannen springen in de cabine van de vrachtwagen, de opziener start de motor. De schors en dorre bladeren die in de laadbak liggen ritselen als de opziener achteruit begint te rijden de weg op. De bakker roept iets en de opziener zet de vrachtauto in zijn vrij.

'Ik wilde jullie nog bedanken voor je hulp', zei de bakker, die snel naar de passagierskant van de vrachtauto is gegaan. Hij steekt zijn hand door het omlaaggedraaide raam, schudt de handen van de drie mannen. Als laatste schudt hij P's hand, en voordat hij het doet maakt hij een gebaar dat P uitlegt alsof hij zijn hand afveegt aan zijn schort maar waarvan hij meteen daarna begrijpt dat het iets heel anders was: er ligt een opgevouwen papiertje in de hand van de bakker. Eén seconde kruisen hun blikken elkaar, dan rijdt de vrachtauto weg. Ze verlaten Tabora.

De avond komt, ze maken een vuur. P stopt keer op keer zijn hand in zijn zak, om zich ervan te vergewissen dat het papiertje dat hij van de bakker gekregen heeft er nog is. Hij wil het niet in het gezelschap van de anderen tevoorschijn halen en hij is bang dat hij wantrouwen zal wekken als hij, die altijd het langste wakker is, naar zijn hut gaat terwijl de duisternis niet eens gevallen is.

Op een avond nadat een heel stadion in koor zijn naam had geroepen, zat hij samen met haar in een hotelkamer in Athene. Hij denkt aan haar naam, sluit zijn ogen, herinnert zich hoe ze haar vingers tussen de zijne door vlocht. Het moet een brief van haar zijn. Als alleen P en de oude politieman nog over zijn bij het vuur, durft hij eindelijk naar zijn hut te slenteren. Hij zit in de maneschijn voor zijn deur. Hij pakt het papier, het is gekreukeld, vies. Hij denkt dat ze waarschijnlijk heeft geschreven dat ze nog van hem houdt en dat ze contact heeft opgenomen met zijn nicht in Rome, en dat ze wacht op verdere instructies. Hij knijpt zijn ogen dicht. Hij denkt haar naam. Hij houdt het papier vast, wil het niet openvouwen. Ze heeft waarschijnlijk geschreven dat de bakker heeft beloofd postillon d'amour te zijn. Hij zit daar, niet in staat zich te verroeren. Hij was weggegaan zonder iets tegen haar te zeggen. De brief ritselt in zijn handen als hij hem ten slotte openvouwt. Hij strijkt hem glad op zijn broekspijp, steekt een lucifer aan, leest in het schijnsel van de vlam. De brief is van de moeder van K. Ze vraagt P hun familie met rust te laten. Ze schrijft dat K verloofd is met een Griekse officier. Zijn handen trillen, het is bijna per ongeluk dat de brief de dovende vlam van de lucifer raakt. Hij houdt het brandende papier vast, het worden vlokken die wegsneeuwen, omhoog het grauwe duister in.

Je zit 's nachts wakker naar de geluiden van de omringende jungle te luisteren. Je hoort het schreeuwen van de vogels, de poten van de wilde dieren die in de bladeren en het gras ritselen. Je voelt je als een dier. Simpele, rauwe kwetsbaarheid.

Hij wordt steeds magerder. Terwijl hij met zijn lepel in zijn bord roert, kijkt hij om zich heen. De ondergaande zon kleurt het eetgerei in de handen van de vluchtelingen vuurrood, alsof de lepels en de potten gloeien, branden. Hij sluit zijn ogen en probeert te slikken, maar de pap zwelt alleen maar op in zijn mond. De vogels schreeuwen, schreeuwen, waarom schreeuwen ze zo. Hij herinnert zich het licht boven de straten van Dekelia, de kleine visrestaurants, de witgekalkte muren en de parasols die flapperden in de zeewind. Hij herinnert zich de moerbeibomen die de grond in de herfst de kleur van gedroogd bloed gaven. In zijn herinnering rent hij over het kazerneterrein, verzamelt hij veertjes in de zoute wind van de zee. Hij en honderden andere jongens met kaalgeschoren hoofden verzamelen veertjes die ze op hun rug plakken, waarna ze zich van de kliffen werpen. Hij herinnert zich dingen waarvan hij weet dat ze niet kloppen. Ze vliegen. Hij slaat zijn ogen op, zet zijn bord op de grond en steekt een zelfgerolde sigaret op.

'Vertel nog eens over Nairobi', zegt hij tegen een man van zijn eigen leeftijd die een aantal jaar in Kenia heeft gewoond.

'Wat moet ik vertellen?'

'Wat dan ook. Waar liggen de ambassades?'

De vluchtelingen in het kamp proberen nu allemaal de waanzin van de treurigheid en het isolement te bestrijden dat op deze plek bezit neemt van hun lichaam, door elkaar steeds opnieuw zo gedetailleerd mogelijk te vertellen over de plaats waar ze vandaan komen. Ze beschrijven de kleur van het huis waarin ze zijn opgegroeid, ze noemen straatnamen, beschrijven de gezichten en eigenaardigheden van hun buren – P heeft iedere nuance beschreven van het dorp aan de oever van het Victoriameer waar hij met zijn moeder en broers woonde, hij heeft verteld over de grote, ronde hutten, over het schoolgebouw van verweerde baksteen en over de vissershaven, waar de boten van geteerd hout lagen te deinen op de golven. Het andere dorp noemde hij niet.

Iedere keer dat iemand Nairobi beschrijft, luistert hij extra goed. In zijn hoofd is hij begonnen een plattegrond van de stad uit te tekenen. *Nairobi. Daar kun je je laten registreren als vluchteling.* Dat is wat er is overgebleven – de herinnering aan een leugen die een leugenaar hem in een kooi heeft verteld, en waaraan een halfkrankzinnige politieman hem tijdens een nacht waarin hij niet kon slapen, heeft herinnerd. Nairobi. Hij moet naar Nairobi.

De man die een aantal jaar in Nairobi heeft gewoond, heeft als chauffeur voor een Engelse familie gewerkt en begint nu aan een precieze beschrijving van de ambassadebuurt. Hij praat enthousiast, beschrijft de grote Europese villa's achter muren en ijzeren hekken. P luistert met gesloten ogen en ziet in gedachten voor zich hoe hij op het busstation aankomt en dan naar het oosten loopt. De tuinen, de huizen met meerdere verdiepingen.

'Je loopt langs King's Street. Rechts is de Britse ambassade in een groot wit stenen gebouw en als je dan na honderd meter links afslaat, kom je op Victoria Street, waar onder een rij acaciabomen auto's geparkeerd staan. Daar liggen de Franse en Italiaanse ambassade.'

Daar loopt P nu, onder de rode acaciabloemen, op weg naar de veiligheid. 'Waar denk je aan, piloot?'

Hij roert wat met zijn lepel in zijn gekookte bonen.

'Ik denk aan vliegen.' Hij gaapt, pakt zijn bord en gaat naar bed. Als hij bij de Italiaanse ambassade kan komen, kunnen ze hem misschien helpen contact op te nemen met zijn nicht in Rome. Hij kan haar vragen geld te sturen voor een ticket. Dat is het plan, dat is de gedachte die als hij inslaapt door zijn hoofd flakkert, als hij door laag na laag van steeds diffusere onrust in een diepe slaap valt. Nairobi.

Hij tikte tegen het raamkozijn de as van zijn sigaret, blies de rook omhoog de nachtlucht in. De wind was koel tegen zijn ontblote bovenlijf. Door een ander raam in de straat was de BBC hoorbaar. Het waren de trage maanden na het eindexamen van de kostschool. Hij woonde bij een van zijn broers, bij F, de op twee na oudste van het gezin. Zelf was hij achttien jaar. Een jonge man. Hij wilde zich aan iets wijden. Hij wilde een rots worden zoals de priesters in hun zwarte soutanes, die onaanraakbaar en stil door de gangen van het internaat gleden. Een vesting. Hij sloeg naar een mug, maar de beweging was slaperig, weinig serieus, zoals op dit moment alles in zijn leven. Ja, soms dacht hij er nog aan priester te worden, maar zo-even was hij nog uit het raam van een jonge vrouw geklommen en voelde er steeds minder voor dat op te geven, dat wat je dan deed. De onwerkelijke rust erna. Hij bad iedere nacht voor hij ging slapen tot God, natuurlijk deed hij dat. Hij sloot zijn ogen, inhaleerde. Hij hield van de nacht, hij hield van de leegte ervan. Hij was achttien jaar en waarschijnlijk zou hij binnenkort worden opgeroepen om in dienst te gaan. Soldaat worden, net als John.

Overdag zat hij op de veranda voor de lokale kruidenierswinkel, hijgend in de verstikkende hitte en het licht dat recht uit de hemel scheen. Hij dronk Coca-Cola die hij gratis kreeg omdat F voor de burgemeester van de stad werkte en de man van wie de winkel was de familie te vriend wilde houden. Een jongen met wie hij de week daarvoor had gevochten, kwam rammelend aanrijden op zijn fiets, remde in een wolk stof, lachte hem pesterig toe.

'Wat ga je doen?'

Zijn vriend – als ze na die vechtpartij tenminste nog

vrienden waren – kauwde op zijn kauwgom, hing over het stuur, gaf geen antwoord. P draaide zijn colaflesje rond, het blonk in het zonlicht. 'Wil je een cola?'

De jongen lachte, keek naar hem op met iets triomferends in zijn blik. Alsof hij een geheim had. Had hij een mes bij zich? Waarom gaf hij geen antwoord?

'Waar ga je naartoe?'

De jongen liet zijn kauwgom klappen. P nam een slok cola als om zijn superioriteit te benadrukken of zijn onverschilligheid, hij wist het niet precies.

'Om één uur zijn er selecties voor de luchtmacht.'

'Wij zijn zwart. Wij mogen geen piloot worden. Je wilt alleen maar een flesje cola. Ik wilde ook piloot worden toen ik klein was.'

'Nu zijn we onafhankelijk. We mogen worden wat we willen.' De jongen op de fiets blies opnieuw een kauwgomballon, liet hem tussen zijn tanden klappen, kauwde.

Hij wordt door harde stemmen gewekt. Hij is geïrriteerd, legt een arm over zijn gezonde oor en probeert weer in te slapen, maar begrijpt dan dat er iemand in zijn hut is, dat er een figuur over hem heen staat gebogen. Hij tilt zijn arm op om de klappen af te weren. Niets, alleen maar iemand die zachtjes lacht. Twee mannen in het groen staan in zijn hut, een van hen heeft hem een por gegeven met zijn geweer, de andere zegt: 'Pak je spullen en kom naar buiten.'

Versuft gaat P rechtop zitten. 'Waarom?'

'Opschieten.' Met die woorden verlaat de man zijn hut terwijl de andere man, die zijn geweer in zijn hand heeft, in de deuropening blijft staan kijken hoe P zich aankleedt, zijn spullen bij elkaar graait en zijn koffers oppakt.

'Waar gaan we heen?'

De man houdt zijn wijsvinger voor zijn lippen, loopt naar achteren, zwaait met de loop van zijn geweer: kom. P gaat de hut uit, nog half slapend en dromend. Hij herinnert zich hoe hij een keer 's nachts in Athene wakker werd gemaakt toen Amins vliegtuig eraan kwam om de cadetten terug te halen naar Oeganda. Het is alsof al het grote in zijn leven in een soort schemertoestand gebeurt, in het onwerkelijke, beverige landschap van het net ontwaakt zijn. Hij vangt een glimp op van de grijsharige, gebogen man die de bediende is van de opziener, hij haast zich van hut naar hut om de soldaten te wijzen waar ze moeten zijn. Bij het dovende kampvuur staat een vrachtauto geparkeerd met een luifel over de laadbak. De lichten gedoofd, de motor uitgeschakeld. Een aantal soldaten bewegen zich stil door het kamp, ze lopen van de ene hut naar de andere en brengen mensen naar buiten. P is verbaasd dat hij de vrachtwagen niet heeft horen aankomen. In totaal worden er zo'n twaalf vluchtelingen naar de vrachtwagen gebracht, als iemand het contactsleuteltje omdraait komt de motor hoestend tot leven, de koplampen gaan branden en de jungle wordt scherp en monochroom zichtbaar: bladeren uit een grijs vlak geknipt. P strekt zijn rug, wrijft in zijn ogen. Hij ziet de oude politieman aan komen hinken, zijn handen opgeheven tegen de koplampen alsof het licht massa en gewicht heeft dat hem pijn doet. De groep vluchtelingen wordt de laadbak in geduwd, onder het zeil. Daar zit nog een bewapende man.

'Weten jullie waar jullie heen gaan?' Ze schudden van nee. 'Goed.' De man leunt slaperig achterover. De vrachtauto komt in beweging.

Ze rijden door de jungle. Het geluid van takken die tegen het dekzeil krassen is fluisterend, slaapverwekkend – P valt na een tijdje in slaap en wordt pas wakker als ze stilstaan en van de laadbak af moeten komen. Ze dragen hun koffers en buidels in hun handen terwijl ze verkleumd en verstijfd over de aarde lopen, er is een flinterdunne blauwe lichtstreep te zien bij de rand van het bos, er hangt nevel in de lucht. Ze zijn op een kale open plek waar een handjevol houten keten en een paar grote, donkere legertenten staan. Ze worden naar een slaapzaal gebracht waar hun bedden worden aangewezen tussen zo'n vijftig andere mannen, die wakker worden van hun geluiden en met schorre stemmen vloeken dat ze stil moeten zijn. P ligt in het bed dat hem is toegewezen. Er is geen matras, hij heeft alleen maar een dunne deken over zich heen, hij trekt eraan terwijl hij naar het plafond staart, hij voelt zich totaal verlaten, als een dood lichaam in een graf. De slaap komt langzaam, een grijs bruisen dat golf na golf zijn hoofd vult. Na een paar uur wordt hij wakker. Er valt zonlicht naar binnen door kieren in de muur, die blijkbaar bestaat uit dunne planken. Het dak is van houten latten met grote, gedroogde palmbladeren. Hij leunt op zijn ellebogen. Om hem heen worden verschillende Oegandese talen gesproken: Acholi, Lango, Luganda, verschillende Swahilidialecten en andere bantoetalen. In de bedden om hem heen zit een tiental uitgeputte mannen in heel eenvoudige kleren, net wakker en even mager als hijzelf. Hij herkent er vier uit het eerdere kamp, de rest zijn vreemdelingen. Degenen die net als hij nieuw zijn, scharrelen afwezig met hun spullen, alsof ze een serie interessante voorwerpen onderzoeken die hen hebben vergezeld uit een droom. Hij ziet een man die een broek aan probeert alsof het een overhemd is. Een paar mannen slapen nog. P heeft het gevoel dat hij op een reis is steeds dieper een wereld in die zich altijd onder de wereld heeft bevonden. Hij trekt zijn spijkerbroek en zijn hemd aan en gaat naar buiten. Hij komt langs een bewaker die tegen een boom geleund zit, een jonge man die eruitziet als een Oegandees, maar het is moeilijk met zekerheid te zeggen zonder hem te horen spreken. Hij heeft een Russisch machinegeweer op zijn schoot, kauwt op een lange grasspriet. Er zit een grote groep mannen rondom een vuur dat is veranderd in een rokende berg as. De meeste dragen zelfgenaaide kleren van dezelfde groene stof als waarvan de grote legertent is gemaakt. Hun kleren zijn grof en primitief en de mannen zien er uitgemergeld uit en maken het soort ongeconcentreerde bewegingen die door honger worden veroorzaakt – trillende handen, grijze gezichten door de op-waaiende as. P herkent nog een handjevol mannen uit het vorige kamp, knikt verward naar hen terwijl hij gaat zitten. Een man pakt een aluminium bord en schept er uit een grote pan maïspap in. P bedankt hem met een zwijgende blik, hij eet de pap en krabt over zijn baardstoppels, zich ervan be-wust dat ze naar hem kijken. Hij had moeten vluchten toen ze nog in het eerste kamp zaten. Tussen de gezichten om hem heen zoekt hij naar de oude politieman, maar hij ziet hem nergens. Hij ziet dat er een heleboel halfverbrande rode boekjes rondom het vuur liggen, en nu ziet hij ze overal in het dorre gras. Hij realiseert zich dat er ook een heleboel van dat soort rode bandjes en losse geelwitte bladzijden onder de bedden in de slaapzaal lagen. Hij raapt een uitgescheurde bladzijde op, halfverbrand, schudt de as eraf en begint te le-zen: *Wie iets te weten wil komen over een bepaalde zaak, heeft geen andere keuze dan ermee in contact te treden, door in de nabijheid ervan te leven en te werken.* Tersluiks kijkt hij naar de andere vluchtelingen. Een van de mannen kijkt hem aan, onderzoekend. Door de grove kleren van tentdoek ziet zijn gezicht er klein en kwetsbaar uit. P kijkt weg. De bladzijde is geschreven in het Engels. *Als je wilt weten hoe een peer smaakt, moet je de peer veranderen door hem zelf te eten.* Hij haalt zijn wenkbrauwen op en lacht. Hij gooit de bladzijde weg. Hij herinnert zich het rode boekje waarin de bewaker in de trein naar Tabora verdiept was en vraagt zich af of het hetzelfde is. Op een smeulende berg rommel een eindje verderop branden een paar bergjes boeken, en uitgescheurde bladzijden dwarrelen als rechthoekige boombladeren over de open plek. Hij wil net een boek pakken om te zien wat de titel is, als hij een gelaarsde voet in zijn zij krijgt. De bewaker die tegen de boom zat is naar hem toe gekomen en gebaart met de loop van zijn geweer dat P op moet staan.

Ze lopen langs de gehavende houten keten en een aantal legertenten naar een grotere tent aan het ene uiteinde van het kampement. De bewaker tilt met zijn hand het doek op. Een man aan een houten tafel kijkt op en gebaart dat ze binnen moeten komen. De man lijkt moeite hebben met ademhalen, zijn gezicht is opgezwollen, zijn ogen halfgesloten. Hij heeft een uitgevouwen kaart voor zich, een potlood in zijn hand, waarmee hij iets op de kaart markeert. Hij legt zijn potlood neer, leunt in de stoel naar achteren. In de nok van de tent hangen gloeilampen, in een hoek bromt een dieselgenerator. Hij vraagt P om bij de tafel te komen zitten. Hij heeft het gevoel mee te doen aan een toneelstuk. Hij draait zich om naar de bewaker die hem hiernaartoe heeft gebracht, maar de jongeman heeft de tent verlaten.

'Mijn naam is Okello.' De man met het opgezwollen gezicht haalt een map uit een bureaula. '*Majoor* Okello.' Hij slaat een bladzijde op, blijft een hele tijd lezen. 'Voormalig', zegt hij met een onduidelijke beweging naar zijn schouders en zijn borst om de afwezigheid van sterren en strepen aan te duiden. Voormalig majoor Okello. Hij heeft alleen een gewoon, legergroen overhemd aan, met openstaande boord, hij lacht om iets onbekends, zijn lach wordt onderbroken door een hoestaanval. 'Tito', zegt hij terwijl hij zijn hand uitsteekt, gehaast. P schudt hem.

Opnieuw komen de vragen. Tito wil weten wat het doel was van P's reis naar Zambia, wat hij in Griekenland heeft gedaan, of hij politieke opvattingen heeft. Hij wil weten of P met Amin sympathiseert of met Obote of met nog iemand anders. Dit keer probeert P niets te verbergen. Hoogstwaarschijnlijk heeft deze Okello sowieso de verslagen van de verhoren in Dar-es-Salaam toegestuurd gekregen; eigenlijk vermoedt P dat wat hij tegen de Tanzanianen heeft gezegd, is samengevat in de map die Okello zo-even uit de la haalde.

'Je bent een van de hoogst opgeleide militairen die we hier in het kamp hebben.' Okello vouwt zijn handen. 'Binnenkort gaan we Oeganda binnenvallen. We zullen Amin ten val brengen. Ik begrijp dat je je verblijf hier ziet als gevangenschap en dat je loyaliteit niet per se op je bewakers gericht is, maar jullie zijn soldaten. Mijn soldaten. Voordat we de grens over gaan, krijgen jullie wapens. Wees klaar, dat is alles wat ik je vraag.' Okello wijst met zijn hand naar de tentopening. 'Sommige mannen zijn niet erg gemotiveerd.' Hij lacht, begint weer te hoesten, stikt half, wuift met zijn hand, een gebaar dat lijkt te betekenen dat P zich niets van zijn ziekte aan moet trekken, dat zijn lichamelijke zwakte irrelevant is. P kijkt in de tent om zich heen. In een hoek liggen een paar stapels rode boekjes, er ligt zelfs één rood boekje op de tafel tussen Okello en hem in. P leunt naar voren en leest. Het zijn de geselecteerde citaten van voorzitter Mao.

'Je kunt gaan', zegt Okello tussen twee hoestaanvallen door, en P staat op, maar als hij in de tentopening staat, roept Okello hem na: 'Je ben toch niet *museveni*?' Dat laatste woord klinkt als een bijvoeglijk naamwoord dat een of andere onwenselijke, menselijke eigenschap beschrijft. P draait zich om. Hij kent het woord 'museveni' niet, en omdat ze Swahili gesproken hebben, raadt P dat het afkomstig is uit een of andere bantoetaal of dat het nieuw gevormd is uit het Arabisch.

'Museveni?'

'Museveni.' Okello maakt een langgerekt, sissend geluid door de lucht tussen zijn tanden door naar binnen te zuigen, hij hoest en wuift dat P weg moet gaan.

's Avonds krijgen ze eten, weer maïspap. P krijgt eindelijk de politieman in het oog, gaat naast hem zitten en praat een beetje over niets in het bijzonder, over de slaapplekken, over de aanstaande regenperiode, over het eten. Beiden zijn ongerust dat de anderen in het kamp hun gesprek afluisteren en het zullen rapporteren als er iets belangrijks gezegd wordt. Als P naar bed gaat, valt hij bijna ogenblikkelijk in slaap en hij droomt dat hij verlamd is. Als hij wakker wordt, is het nog nacht. Hij gaat op zijn zij liggen. *Ik moet hier weg.* Hij knippert met zijn ogen, staart in het donker.

Je krijgt ontbijt. Je zit op een boomstam met je voet in de as te roeren. Er zijn een aantal bewakers in het kamp en het merendeel is Oegandees, maar een paar, vooral de jongste, lijken Tanzaniaans. Die hangen met hun machinegeweren over hun schouder in het kamp rond en lijken relatief ongedisciplineerd – misschien maakt het deel uit van hun dienstplicht om dit soort kampen te bewaken. Het grootste probleem bij een vlucht zouden sowieso niet de bewakers zijn maar de jungle, die zich naar alle kanten uitstrekt, dicht en ondoordringbaar als een muur. Hij werd op dezelfde manier wakker als waarop hij uiteindelijk in slaap viel: langzaam de grens over drijvend, door trillend zonlicht, een onmerkbare en daarom onprettige reis van de ene wereld naar de andere. Hij slentert rond en praat met de anderen. Hij vraagt hun wat museveni betekent, maar ontmoet alleen ontwijkende blikken, en soms hints dat hij het daar beter niet over kan hebben. Op een gegeven moment raakt hij zelfs in een vechtpartij verzeild omdat een groep vluchtelingen door zijn vraag lijkt te denken dat hij de spot met hen drijft.

Hij zit op zijn bed naar de grond te kijken. Hij verwacht dat ze een soort militaire training zullen krijgen, maar het leven in het guerrillakamp lijkt niet noemenswaardig te verschillen van dat in het andere vluchtelingenkamp. De dagen gaan voorbij. In het kamp zitten mensen uit alle lagen van de Oegandese bevolking, van analfabeten die van hun boerderijtjes verdreven zijn en hun gezinnen berooid hebben moeten achterlaten, tot een magere staatssecretaris uit Obotes regering, die vertelt dat hij bij aankomst in het vluchtelingenkamp zo dik was dat hij niet eens kon hurken boven het gat in de grond in de latrine. Nu is hij even mager als alle anderen, een van de vogelmensen van het kamp. Je raapt een handvol aarde op en verkruimelt die in de wind. Je voelt hoe er iets onbenoembaars door je heen gaat wat met de jaren en de oorlog te maken heeft, waardoor je hart tegen de grond wordt gedrukt en je omhoogkijkt, bedachtzaam, en lang stilzit. Je gebruikt de bladzijden van Mao's rode boekje om sigaretten mee te rollen. Je kijkt neer op de uitgescheurde bladzijde. Het zonlicht op het dunne, gele papier wordt vlekkerig als er wolken langsdrijven. *Als de imperialisten erop staan een derde wereldoorlog te beginnen, zullen zich nog honderden miljoenen anderen tot het socialisme bekeren.* Je zit op een stobbe te roken, kijkt gapend omhoog naar een jonge bewaker die langskomt en er is iets vreemds aan de hand met de tijd in het kamp. Het ogenblik is er en dan is het weg. Een man met een smerig verband om zijn voet staat stil op zijn krukken voor zich uit te staren. Een tiener die een baseballpetje draagt en de korte broek van zijn school-uniform slaat met een stok in het gras. Het materiaal van de seconden heeft iets kleverigs, gefragmenteerds. Het licht valt over de korrelige, bruine aarde, fotografisch en eeuwig. Alles is doelloos, iedere beweging is leeg, dood. Een bewaker zegt iets tegen de jongeman met de pet en slaat hem met zijn geweerkolf en P kijkt toe hoe de jongen over de grond kruipt met een bloedende snee in zijn hoofd. In de latrine worden bladzijden van Mao's rode boekje als wc-papier gebruikt. Je wuift de vliegen weg en voelt van binnen een soort waanzin die kolkt, momentum krijgt en massa. *Bij de juiste temperatuur verandert een ei in een kuiken, maar geen enkele temperatuur kan een steen in een kip veranderen. Het ei en de steen zijn verschillende uitgangssituaties.* Je speelt met het idee om een wapen te stelen van een van de bewakers en die te dwingen met de vrachtauto het kamp uit te rijden. Je verlaat de latrine, staat stil, kijkt naar de bomen, de bladeren die bewegen in de wind. *De wereld is in ontwikkeling, de toekomst wenkt en niemand kan de algehele loop van de geschiedenis veranderen.*

De laatste avond voor hij naar Griekenland ging, liep hij door het gras in het Oegandese, olijfgroene uniform dat hij tijdens zijn basisopleiding had gedragen. Hij keek naar de huizen van planken en leem, naar de geiten die mekkerden aan palen die in de grond waren geslagen. Dit was zijn thuis, dit was het dorp waar hij was geboren en had gewoond met zijn moeder, die hem later had weggestuurd. Het dorp was vol dansende, enigszins dronken mensen omdat het voor het dorp een feestdag was. Hij schudde hun handen, vertelde dat hij op weg was naar Europa om gevechtspiloot te worden. Hij had maar een paar dagen verlof gekregen en zijn vliegticket was al geboekt. John was er. Ze omhelsden elkaar. John beloofde te schrijven. Broers die vader waren geworden. De zon ging onder, het dorp zonk weg in een zee van rode schaduwen. De broer bij wie P in zijn jeugd had gewoond was er ook, in elkaar gedoken aan een tafel, omgeven door een zwart aureool van dronkenschap. Hij riep P, die hem eerst negeerde, maar later tegen zijn zin naar hem toe ging en zijn hand schudde. De man greep zijn hand zoals dronkaards dat doen, bleef hem vasthouden zonder hem los te willen laten. Hij zei dat hij trots was dat P eindelijk iets van zijn leven maakte, dat zijn jeugd niets goeds had voorspeld, dat P te veel verwend was. P wilde de man in zijn gezicht slaan. Hij liep weg. Hij zat een heel eind verderop onder de bomen in zijn eentje naar de muziek te luisteren die zwevend uit een bandrecorder op batterijen kwam. Een gevoel van grote vrijheid kwam als wind over het gras en de wereld aanwaaien.

Je staat langzaam op, gaapt, kleedt je aan. Je zit bij het vuur te eten. Alles is opgebouwd uit dezelfde stof: de bomen, de gezichten, de vlammen van het vuur, alles van dezelfde dode materie, iets wat lijkt op leem of nat zand. Er is een groep vluchtelingen die iedere dag voetbalt en soms vraagt hij of hij mee mag doen. Hij wil niet hoeven nadenken, niet stil hoeven zitten. Ze schoppen een niet erg harde leren bal over de oneindige, stoffige aarde.

Op een avond laat een man die zegt dat hij medicijnman is, zijn kunsten zien. Hij danst met ontbloot bovenlichaam in het licht van het vuur, plukt schorpioenen uit een aluminium emmer en hangt ze aan zijn geweldige onderarmen door hun scharen in zijn huid te prikken. Hij is lang, heel gespierd, verwonderlijk jong. Zelfs de bewakers ontkomen niet aan de toverkracht van zijn vertoning en staan van een afstandje met open mond en opengesperde ogen te kijken. De jongen die door de bewaker was geslagen, trommelt met zijn handen op een lege doos.

'Hij heeft een zalf die geweerkogels tegenhoudt', hijgt een opgewonden stem in P's oor. Hij draait zich met halfgesloten ogen om, demonstratief langzaam en ongeïnteresseerd. Het is de oude politieman die achter hem staat, zijn gezichtsuitdrukking is in de gloed van de vlammen verwrongen tot een grijnzend masker, hij is bijna seksueel opgewonden. 'Je smeert je lichaam ermee in en dan kunnen de kogels je niet raken.' De schorpioenen krioelen over de arm van de medicijnman en nu haalt hij uit een gevlochten mand een lange, zwarte slang tevoorschijn. Hij kronkelt, spert zijn kaken open en sist. P likt zijn sigarettenpapier dicht, kijkt naar de bomen die zich zwaaiend aftekenen tegen de sterrenhemel, in de gloed van het vuur lijken ze te dansen, zich omhoog te gooien – eventjes, heel even lijkt het zo, dan is het moment voorbij. *Als de correcte ideeën die typerend zijn voor de gevorderde klasse door de massa zijn overgenomen, worden deze ideeën een concrete kracht, die de maatschappij verandert en de wereld hervormt.*

De honger houdt zijn lichaam wakker, zelfs als zijn gedachten zo moe zijn dat ze als stenen in hem blijven liggen. Waarom is hij niet in Rome gebleven? Hij woelt in de warme nacht, zijn lichaam voelt als een verzameling lege slangen en zakken, strak aangetrokken pezen en steeds dunnere spieren. Hoe heeft hij zo dom kunnen zijn om terug te gaan naar Afrika? De gedachten liggen daar roerloos. Steeds opnieuw dezelfde vragen, de vragen die alle anderen ook stellen als hij over zijn reis vertelt. Waarom. Waarom.

Er komt een nieuwe regenperiode, stortbuiten kletteren op de bladeren, lichtflitsen vlammen langs de hemel, donder doet de geluiden van de jungle verstommen.

In het kamp gaan geruchten die het gefluister van de regen overstemmen. Ze zeggen dat de vluchtelingen binnenkort weer verplaatst zullen worden, naar een volgende plek, nog dieper in de wildernis. Er wordt gezegd dat ze gedwongen zullen worden over een paar weken Oeganda binnen te vallen, hoewel ze helemaal geen militaire oefeningen hebben gedaan en geen wapens hebben. *Ja, wij geloven in de almacht van de revolutionaire oorlog. De geweren van de Russische communistische partij hebben het socialisme geschapen. Wij scheppen een democratische republiek.* Er wordt gezegd dat Amins gevechtsvliegtuigen een gelijksoortig kamp niet ver daarvandaan hebben gebombardeerd. Er heerst een gespannen stemming onder zowel de vluchtelingen als de bewakers, er ontstaan groeperingen, onderscheid naar religie, stamverband, opleiding, klasse, vriendschap. Alles is een soort waanzin die zwaar en werkelijk is geworden. De maïspap is plakkerig, smakeloos, het is alsof je modder eet, vergetelheid eet, een oorlog eet. Zowel de legergroene tent waarin de bewakers slapen als de bedden in de slaapzaal als de kleine rode boekjes die overal liggen – ze zijn allemaal van dezelfde korrelige materie. *Om het geweer kwijt te raken, moet het geweer worden opgenomen.* De zelfgerolde sigaretten. De kleren van tentdoek. De kapotte oude voetbal. De medicijnman schrijft de namen op van de mannen die de zalf bij hem kopen die kogels afweert. Ze moeten betalen als ze de oorlog hebben overleefd. P probeert een paar van zijn Italiaanse hemden aan de jongen met de pet te verkopen, omdat hij gezien heeft dat hij gewone sigaretten rookt terwijl alle anderen zelfgekweekte tabak roken, en de jongen dus contact moet hebben met de buitenwereld, misschien via een bewaker met wie hij bevriend is. Maar de jongen vindt de kleren te groot en wil ze niet kopen, en antwoordt ontwijkend op P's vragen over waar hij zijn sigaretten vandaan heeft.

Op een middag, drie maanden nadat P in het kamp is aangekomen, wordt hij ingesloten door een groep mannen die op de grond spugen. Hun gezichten lijken uit slechte tanden en grote, opengesperde ogen te bestaan.

'Langi redden het niet in Oeganda.'

'Nog geen minuut.'

'Je denkt misschien dat Okello je beschermt omdat je piloot bent?'

Koud blauw regenlicht uit de hemel. Een van de mannen trekt met zijn wijsvinger een streep langs zijn hals. P duwt hen opzij, ze duwen terug. 'Zodra we de grens over zijn, ben je er geweest, piloot.'

'Obote was genoeg. We laten ons niet leiden door een Lango.'

'Dood.'

'Je bent dood.' Ze lachen achter zijn rug als hij weggaat en in de slaapzaal op zijn bed gaat zitten.

De mannen worden nu iedere ochtend en avond geteld, behalve op zaterdag en zondag. De plek wordt steeds meer een gevangenis, steeds minder een vluchtelingenkamp. De bewakers houden onaangekondigde inspecties van hun slaapplaatsen, ze porren met hun geweren in hun spullen, gooien de inhoud van hun tassen en koffers op de grond. Ze zoeken naar Museveni, grijpen vluchtelingen bij de kraag, schudden hen door elkaar en vragen hun of ze Museveni zijn. Inmiddels weet P dat, hoewel het woord als bijvoeglijk naamwoord wordt gebruikt, Museveni een man is met wie Obote in de geheime dienst heeft samengewerkt: toen Amin bijna een jaar geleden de macht greep, ontsnapte Museveni naar Tanzania, waar hij uiteindelijk in net zo'n kamp terecht-kwam als het kamp waarin P nu zit, maar dan in Mogorro in

181

Noord-Tanzania. Daar begon hij meteen stemming te maken tegen Okello, die commandant van het kamp was. Op een gegeven moment kwamen Museveni en zijn aanhangers in opstand, of ze vluchtten – de details van de geruchten zijn vaag en tegenstrijdig, maar in ieder geval nam Museveni meer dan de helft van de mannen mee en was dus blijkbaar een man die kon organiseren, overtuigen, liegen. Een politicus. Na het voor Okello pijnlijke incident met de muiterij van Museveni, verplaatste Okello het kamp en de overgebleven mannen naar deze plek. P en de andere mannen die uit het kamp bij Tabora waren gehaald, namen de plaats in van de mannen die met Museveni waren gevlucht.

P begint in zijn eentje te voetballen, bij het aanbreken van de dag, vóór de anderen wakker zijn. Hij schopt de zachte bal over de harde grond, rent erachteraan, schopt hem de andere kant op. Motregen spettert. Hij heeft nog geen helder geformuleerd plan, alleen een gevoel. De dreiging van de mannen die hadden gezegd hem te zullen doden zodra ze in Oeganda waren, had het plan om te vluchten nieuw leven ingeblazen. De witharige politieman begint hem te ontwijken. Hij ligt 's nachts steeds vaker wakker naar de ademhaling van de anderen te luisteren. Als iemand wakker wordt, fluistert hij de naam van die persoon. Vraagt of ze ook niet kunnen slapen. Probeert zijn nachtelijke activiteiten eruit te laten zien als gewone slapeloosheid. In werkelijkheid wil hij de slaappatronen van de anderen leren kennen, hoe elk van hen klinkt als hij bijna wakker wordt of juist als hij diep in slaap is, hoe laat ze wakker worden om naar de latrine te gaan, hoeveel geluid hij kan maken zonder hen wakker te maken. Dagen die diffuus zijn door de regen en de moeheid. De regen verandert de boekbanden die overal liggen in roodzwarte klei. Hij schopt tegen de bal, rent erachteraan. Hij moet bewegen, hij moet iets doen tegen de apathie en de zwakheid die zijn voeten vastzuigen in de grond, de modder, het kamp.

Op een middag, wanneer de anderen bezig zijn met het avondeten, zit hij alleen in de slaapzaal. Hij heeft zijn paspoort in zijn handen, hij kijkt naar zijn foto en bedenkt hoe jong hij eruitziet. De pas is waardeloos hier in Tanzania. De pas is gevaarlijk. Hij stopt hem terug in de binnenzak van zijn pilotenjack, vouwt het jack op en legt het onder in een van de koffers. Hij masseert zijn slapen. Een van de vrachtauto's stelen is geen mogelijkheid. De bewakers zouden hem de motor horen starten. Hij moet te voet vluchten. Hij moet hardlopen. Stemmen die van buiten de slaapzaal in drijven, vertellen hem dat het eten klaar is, maar hij gaat niet naar buiten, werpt alleen een blik op de deur. Hij zit in de acceleratietunnel van zijn vlucht. Onderweg daarvandaan. Hij herkent het.

Vanuit Tabora had hij met de trein bijna helemaal tot de grens met Kenia gekund, dat weet hij, maar het is te ver om van het kamp naar Tabora te rennen. De tocht in de vrachtauto van het kamp bij Tabora hiernaartoe had een paar uur geduurd, en waarschijnlijk zijn ze dwars door de jungle gereden, in ieder geval het laatste stuk. Het spoor is nu bijna dichtgegroeid. Hij heeft geen idee welke kant hij op moet rennen. Hij kijkt naar de deur, naar het rode licht dat door de natte bladeren heen breekt, waardoor de sijpelende waterdruppels een harde glans krijgen, als vloeibaar metaal. De grens is ver hiervandaan en hij moet erheen rennen. Hij moet rennen. Als hij uit het kamp wegloopt, moet hij rennen zoals ze in Griekenland renden, hij moet elke dag een paar uur trainen en rennen tot hij alleen nog maar een rennend lichaam is. Op dat kleine, hobbelige voetbalveldje kan hij zijn lichaam niet trainen. Hij gaat naar Okello's tent, in de modder en de motregen, zegt tegen de wacht buiten dat hij met de majoor moet praten. De wacht steekt zijn hoofd naar binnen en mompelt iets beledigends over P, maar Okello heeft blijkbaar tijd om hem te zien. Als P de tent binnengaat, zit hij daar met een halfopgegeten bord pap voor zich, hij schuift het bord van zich af en gebaart P te gaan zitten. 'Je dacht zeker dat ik hier 's avonds een stuk vlees zat te eten.' Hij hoest in zijn hand. 'Ik leef onder dezelfde omstandigheden als mijn ondergeschikten. Dat heb ik altijd gedaan. Waarmee kan ik je helpen?' P recht zijn rug, probeert de militair in zichzelf te vinden en mee te spelen met Okello's spel, waarin de uitgemergelde vluchtelingen in het kamp soldaten zijn. 'Ze zeggen dat het gauw tijd is om de grens over te gaan.'

'Wie zegt dat?'

'Er wordt gepraat in het kamp. Als het klopt, moet ik trainen. Ik ben uit vorm.'

'Ga voetballen met de anderen.'

'Ik moet echt trainen.' P kijkt beschuldigend naar Okello: *Ik heb militaire training nodig, ik ben een soldaat. De mannen daar buiten zijn volkomen ongemotiveerd.*

'Wat stel je voor?

'Looptraining. Mijn conditie is slechter dan die van burgers.'

Okello denkt na, lijkt bijna met de situatie in te zitten, rommelt met zijn papieren, vouwt een kaart op. Hij lacht, eerst grommend en minachtend, maar even later barst hij uit in een bulderende schaterlach. Zijn buik schudt onder het groene overhemd, hij klapt hard in zijn handen, één keer, als om aan te geven dat er na een lange discussie eindelijk een besluit is genomen. 'Geweldig. Ik zou willen dat meer van mijn mannen die discipline hadden. Ik zal tegen de bewakers zeggen dat je toestemming hebt om één uur per dag buiten het kamp te trainen.'

'Ik heb drie uur nodig.'

'Drie uur?' Okello draait zijn hoofd. Een vogelachtige, nieuwsgierige beweging die er grotesk uitziet boven op het massieve lichaam. Hij trommelt met zijn korte vingers op de tafel. 'Drie uur', zegt hij onder de indruk. 'Ik zal het tegen de bewakers zeggen.' P staat uit de stoel op.

'Ga zitten.' Okello's gezicht is als van steen, onbeweeglijk en vervuld van iets zwaars wat P niet begrijpt. Ze kijken elkaar in stilte aan, Okello wringt zijn handen in elkaar, denkt over iets na. P gaat zitten. 'Ik wist van de coup', zegt Okello. Het is harder gaan regenen, een regen zo zwaar als stroop trommelt op het tentdoek. Okello blijft een hele tijd zitten zwijgen. 'Ze hadden me beloofd dat mijn positie veilig was als ik me afzijdig hield.' Okello zuigt op zijn tanden en moet hoesten. 'Amin heeft gelogen. Ik moest het land uit. Nu is het Obote die in Dar-es-Salaam zit en me belooft dat mijn positie veilig is als ik hem help Amin ten val te brengen. Begrijp je wat ik tegen je zeg?' Okello zinspeelt erop dat hij Obote wil passeren en zelf de macht wil grijpen als het de ongetrainde guerrillastrijders in dit kamp lukt om Amin te verdrijven. P weet niet wat Okello van hem wil horen. Hij wil weg uit deze tent, uit alle politieke intriges die een veel te lange droom lijken, alsof je onder water zwemt en niet bij het oppervlak kunt komen.

Meteen de volgende ochtend, voor de anderen wakker zijn, rent hij het kamp uit. Twee bewakers die hem het kamp uit zien gaan, knikken hun onwillige toestemming. Hij rent over een van de twee nauwelijks zichtbare sporen. Hij draagt de sandalen die hij had meegenomen uit Rome omdat hij zijn enige paar schoenen niet wil bederven. Het is moeilijk om te rennen in het dichte, natte bos, hij blijft in de vegetatie hangen, glijdt uit over natte wortels, schaaft zijn handen. Hij rent naar het noorden. De stralen van de ochtendzon vallen als rode speren schuin tussen de stammen omlaag. Als hij na ruim twee uur bij het kamp terugkomt, is hij doornat van het zweet en buiten adem, niet zozeer van het rennen als wel van het zich een weg banen door de jungle. Hij laat zich op zijn bed vallen, ligt een hele tijd te luisteren naar het bloed dat bonst in zijn hals, in zijn handen. Slechts een handjevol andere vluchtelingen is wakker.

De volgende ochtend dwingt hij zichzelf te gaan rennen op benen die stijf zijn van de spierpijn. Omdat hij zijn eigen spoor volgt, zijn de meeste hindernissen al weggeruimd. Hij gaat harder, hij zoekt de grenzen van zijn lichaam op, die hij veel te snel bereikt. Hij rent een uur en gaat dan terug, loopt op een sukkeldrafje door de jungle.

Een van de vluchtelingen is bezig het vuur aan te maken en P blijft voor de jongen staan. 'Waar ben jij geweest?'

Hij moet even op adem komen voordat hij antwoordt: 'Getraind.' De vluchteling schudt zijn hoofd, leunt naar voren en blaast op een kooltje.

Tijdens de tweede week van zijn looptraining maken twee

mannen uit het kamp aanstalten om met hem mee te gaan als hij 's ochtends op weg gaat. Ze zeggen niets, ze gaan gewoon met hem mee als hij het kamp uit rent. Ze hijgen en hoesten, rillerig en onuitgeslapen, ze rennen een paar passen achter hem. Ten minste een van hen hoort bij de fractie in het kamp die P niet mag vanwege diens stamverband en militaire opleiding, het is een van de mannen die hebben gedreigd hem te vermoorden. Misschien willen ze weten wat hij daar in de jungle doet. Misschien hebben ze begrepen dat ze inderdaad moeten trainen voor een oorlog die iedere dag dichterbij lijkt te komen. P laat ze hem een paar honderd meter volgen de jungle in, dan voert hij het tempo op. Na nog een paar honderd meter hoort hij hen niet meer.

Zijn voeten trappen de knakkende stelen omlaag en de natte aarde veert mee als zijn tenen zich afzetten. Zijn borstkas zet uit en zijn lichaam schiet naar voren, omhoog.

Hij ademt in, hijgend. Zijn lichaam herinnert zich het hardlopen en dat het gelukkig was als het hardliep. Als het wegliep. Hij ademt uit, zet af, zijn lichaam gaat omhoog, het is licht.

Op een avond maakt de medicijnman ruzie met een kleine man. P weet niet waar de ruzie over gaat, hij hoort ze alleen maar in de slaapzaal tegen elkaar schreeuwen. Zelf zit hij buiten tegen de houten wand geleund naar de wolkenslierten te kijken die over de bomen heen vliegen. De medicijnman dreigt met magie, waarop de ander zwijgend de slaapzaal verlaat, een gebogen schaduw die verdwijnt naar het kampvuur en zijn vrienden.

Soms voetbalt hij nog in zijn eentje, voor hij aan zijn loopronde begint.

Als hij op een ochtend terugkomt van zijn loopronde, komt hij de oude politieman tegen, die hem bij zijn mouw pakt en meetrekt naar de achterkant van de slaapzaal. Nerveus rokend kijkt de politieman voortdurend over zijn schouder. Drie vluchtelingen die geheimagent zijn geweest in Obotes regering hebben het slot van P's koffers open gekregen en zijn door zijn spullen gegaan. P staat met zijn handen op zijn knieën op adem te komen, hij heeft al een maand nauwelijks een woord met de politieman gewisseld, hij dacht dat de oude man teleurgesteld was dat hij diens enthousiasme over de zalf van de medicijnman niet deelde, of dat hij doorhad dat P van plan was te vluchten en bang was als medeplichtige gezien te worden. P neemt een paar trekjes van de sigaret van de politieman. Hij gaat naar Okello's tent.

De altijd kortademige commandant kijkt op van zijn strategische potloodaantekeningen op de grote vlekkerige kaart, van zijn plannen om als president terug te keren naar Kampala. Zijn labyrint. Er staat een mok met dampende koffie op tafel. 'Hoe gaat het met de training?'

P vertelt wat er gebeurd is, Okello wuift zijn woorden weg. 'De mannen zijn gewoon onrustig.'

'Ik ben hier niet omdat ik wil dat je ze straft. Ik wil dat je iedereen in het kamp bijeenroept. Ik wil laten zien wat er in mijn koffers zit.'

'Is dat echt nodig?' Okello zucht, P houdt aan; hij had zijn kleren uit Europa niet willen laten zien omdat het zijn enige valuta is hier in Afrika, maar nu is hij bang dat de mensen in het kamp denken dat hij iets veel ergers verbergt dan kleren, en hij wil alle eventuele speculaties wegnemen. Okello komt moeizaam uit zijn stoel overeind. Hij gaat P voor, de tent uit.

Hoestend roept hij iets tegen een bewaker, die in de mistige ochtend op weg gaat, een paar mannen overeind trekt die bij het vuur zitten en naar de andere vluchtelingen roept dat ze moeten komen en zich opstellen. Ten slotte heeft zich in de slaapzaal een grote groep verzameld. P pakt zijn twee koffers. De sloten zijn opengebroken. Hij zegt niets. Veel gezichten zijn onbeschaamd nieuwsgierig en P realiseert zich dat er in het kamp over hem is gepraat, over de koffers, die hij uit het zicht heeft proberen te houden, over zijn looptraining, over de stam waartoe hij behoort. Hij gooit alle kleren op de grond.

'Het zijn kleren.' Hij roept het, hij wil zijn stem zo luid laten klinken dat de hele menigte het kan horen, maar zijn roep klinkt aanstellerig en theatraal. Iemand begint te lachen. Hij ademt hard door zijn mond, houdt zijn ene koffer ondersteboven, schudt hem heen en weer, laat de laatste kledingstukken eruit vallen. 'Zijn jullie nu tevreden?'

'Wat is dat daar?' De jonge jongen die echte sigaretten rookt, wijst op een kleine cassettespeler die in de andere tas ligt. P raapt het apparaatje op, hij had het ingepakt bij zijn vertrek uit Griekenland op die winderige september-ochtend bijna een jaar geleden. Er zit een bandje in met Harry Belafonte, hij overhandigt het geïrriteerd aan de jongen. De batterijen zijn bijna leeg en als de jongen op play drukt, klinken er nog een paar laatste tonen op van *Jamaica Farewell*. P is nog steeds bezweet van het trainen, hij veegt met zijn onderarm over zijn gezicht. De twee mannen die P op zijn loopronde volgen, hadden zich een beetje afzijdig gehouden met de andere vluchtelingen die P hadden bedreigd. Een van hen doet nu een stap naar voren en trekt de cassettespeler uit de handen van de jongen.

'Kameraden!' Hij houdt de cassettespeler omhoog. 'Deze cassettespeler kan heel makkelijk worden omgebouwd tot een radiozender.' P duwt de man tegen zijn borst, trekt de cassettespeler uit zijn handen en probeert het plastic omhulsel open te breken. Er gaat een zucht door de groep en even lijkt het of de man wil terugduwen. P's vingers zijn niet sterk genoeg, hij rukt en trekt aan het plastic maar krijgt het omhulsel er niet af. Hij voelt hoe een maalstroom zich om zijn bewustzijn sluit en hij heeft zin om de man te wurgen, of domweg om zich heen te schoppen en te slaan, naar onwillekeurig wie. In plaats daarvan gooit hij de cassettespeler zo hard op de grond dat hij ten slotte uit elkaar valt. De man die beweerde dat er van de cassettespeler een radio gemaakt kon worden, schoof met zijn schoen door de brokstukken en wilde nog iets zeggen, maar iets in de atmosfeer is gedoofd. P raapt stil en zorgvuldig de plastic en metaaldeeltjes bij elkaar, gaat de slaapzaal uit en gooit alles in de latrine. Als hij terugkomt bij zijn bed zijn de anderen weg. Hij gaat liggen. Hij hoort zijn hart bonken, dof, hard.

Zijn mond smaakt naar bloed, de grond zakt weg onder zijn voeten met sandalen. Hij zal rennen tot hij erbij neervalt. Hij blijft staan. Waarom is hij blijven staan? In het licht dat vlekkerig door de takken valt, staat hij te luisteren naar zijn eigen ademhaling, naar de geluiden van de jungle. Hij dacht dat hij iets hoorde. Een fluitend geluid. Hij wacht. Daar is het weer. Een langgerekte fluit. Hij begint langzaam in de richting van het geluid te lopen, recht het struikgewas in. Algauw hoort hij het geluid opnieuw, maar nu veel zwakker. Hij stopt, blijft doodstil staan, spitst zijn oren om het geluid op te vangen als het nog eens terugkomt. Hij hoort het zachte kraken van de grond die inzakt onder zijn gewicht. Er dwarrelen bladeren uit de bomen. Hij wacht. Hij herkende het fluitende, verdrietige geluid ergens van, maar kan niet thuisbrengen van wat. Het geluid komt terug. Dit keer is het bijna onhoorbaar. Hij zet af, in volle vaart, klimt over omgevallen bomen, springt over dikke wortels, rent zo snel hij kan in de richting van het geluid. De fluit van een trein. Hij geeft op en staat voorovergebogen met zijn handen op zijn dijen, kijkt in de ondoordringbare vegetatie voor zich. Hij had de fluit van een trein gehoord.

Dagen gaan voorbij. Het hardlopen neemt hem nu volledig in beslag en hij rent elke dag, steeds sneller, steeds verder de jungle in. Hij heeft een nieuw pad gemaakt, dat afwijkt van het eerdere. Het gaat een aantal kilometers door de dichte jungle. Misschien is hij zo'n twintig kilometer ver gekomen, hij weet het niet. Hij weet dat daar ergens een spoorbaan loopt. Hij heeft geen horloge, maar is sinds zijn kinderjaren gewend de tijd af te lezen aan de stand van de zon boven de horizon. Hij gaat altijd na anderhalf uur naar het kamp terug. Hij moet geen wantrouwen wekken. Om hen heen voltrekt het kampleven zich met conflicten, maaltijden die gonzen van de uit triestheid en angst ontstane geruchten, het voetballen 's middags. Er komt opnieuw een groep Oegandezen aan. Eerst lijken het vluchtelingen net als de overige mannen in het kamp, maar Okello voorziet hen van wapens en versleten groene uniformen: versterking van de bewaking. De man die had beweerd dat je van P's cassettespelertje een radio kon maken, houdt op een dag een toespraak voor een groepje vluchtelingen. Hij heeft een exemplaar van Mao's rode boekje in zijn hand, hij schudt er dreigend mee terwijl hij ronkend spreekt: 'De atoombom is een papieren tijger die de vijand inzet om ons bang te maken. Wij zijn zonder vrees. Wij zijn maoïsten. Een revolutie is geen theevisite, niet als het schrijven van een boek. Het volk en het volk alleen heeft de redenen én de kracht om de wereldgeschiedenis een ander verloop te geven.'

Aan het einde van de middag, net voor de schemering, als het licht van de zon bijna horizontaal op de stammen van de bomen valt, is er een goudgekleurd licht in de wereld dat P doet denken aan vroeger, wanneer hij thuis was gekomen uit school en de geit van de familie had gemolken, eten had gemaakt en alle andere klusjes had gedaan, en dan een half uur vrij had voor zijn broer thuiskwam. Een licht dat hem doet denken aan vrijheid.

De regenperiode is snel over, er is weer een jaar voorbijgegaan. 's Nachts ligt hij wakker, hoort hij de andere lichamen ademhalen en in hun slaap bewegen.

Op een vroege ochtend komt er nog een tiental mannen in het kamp aan. Dit keer gaat het wel om vluchtelingen. Drie van hen zijn deserteurs die uit Oeganda komen. Ze vertellen dat Amin nu een haatcampagne is begonnen jegens de Indiërs en Pakistani die in het land leven. Hij houdt lange toespraken voor de radio en dreigt hun bezittingen af te pakken en die aan zwarte Afrikanen te geven, hij noemt hen parasieten en bloedzuigers. Als deze toespraken ter sprake komen, knikken veel mannen in het kamp langzaam en ondanks zichzelf: ze zijn het ermee eens.

Het ritme van de rennende voeten, het geluid van twijgen

die door sandalen worden geknakt. P kijkt tussen de grote palmbladeren door omhoog, ziet de zon knipogen, zilveren lijnen die omlaaglopen alsof ze langzaam omlaag in zijn ogen groeien. Hij blijft staan. De ranken en bladeren in de anders zo dichte muur van vegetatie lijken uit zichzelf te treden, uitgesneden uit licht. Hij heeft de rand van de jungle bereikt.

Daar loopt in een lange boog van het zuidwesten naar het noorden een spoorlijn. Savanne onderbroken door struiken en bomen. Als hij langs het spoor gaat lopen, vloeit P's schaduw voor hem uit in het hoge gras. Na nauwelijks twintig minuten ziet hij een dorp. Hij staat aan de bosrand, staart naar het kleine stationnetje met het perron, daar achteloos neergelegd onder de hoge ochtendhemel. Hij ziet een groepje kinderen op weg naar school, hij ziet ze tussen twee stenen gebouwen, hij hoort hun hoge stemmen. Hij ziet vrouwen die emmers water op hun hoofden dragen. Uithangborden, deuren die open en dicht worden gegooid. De zon schittert in de achteruitkijkspiegel van een vrachtauto die langs de hoofdstraat rijdt. Hij is als betoverd. Al dat dagelijkse leven dat zich afspeelt op maar een uur hardlopen van het kamp. Hij werpt een blik op de zon schuin achter zich. Hij heeft geen tijd om hier te staan. Hij loopt zo hard als hij kan terug langs de spoorlijn. Hij buigt af de jungle in, rent terug over zijn eigen voetspoor: er hoeft maar iemand wantrouwen te krijgen en het platgetrapte spoor te volgen om te begrijpen waar hij mee bezig is. Het voelt alsof hij bloed gaat spugen, iedere keer dat hij adem in zijn longen zuigt.

Op het stukje kale grond voor de slaapzaal stort hij in elkaar, ligt op zijn rug naar de wolkeloze lucht te kijken. Langzaam zwevend vliegen vogels over hem heen.

Als hij de volgende dag bij het eerste ochtendlicht vertrekt, draagt hij onder de gebreide blauwe trui die hij altijd aanheeft als het kil is buiten, een van zijn Italiaanse overhemden. Als hij een paar honderd meter door de jungle heeft gelopen, trekt hij de trui en het overhemd uit, houdt het overhemd in zijn hand en trekt zijn vieze, naar zweet stinkende trui weer over zijn hoofd. Hij staat stil. Het overhemd fladdert in een fris ochtendbriesje. Het is van zijde, met patronen van rode en zwarte bloemen. Hij meent het bloed in de aderen achter zijn slapen te horen bruisen. Misschien is het alleen zijn beschadigde oor. Hij is bang dat Kenia, net als Zambia, het beleid heeft om jonge Oegandese mannen naar de guerrillakampen in Tanzania over te brengen, de verhalen die hij in het vorige kamp gehoord heeft duiden daarop. Maar hij moet naar Nairobi. Daar zal hij proberen de Italiaanse ambassade zover te krijgen dat ze contact opnemen met zijn nicht in Rome. Nairobi.

Ruim een uur later loopt hij buiten adem langs de rails, vervolgens tussen de muren van baksteen, hout en golfplaat van het dorp. Hij springt op het perron en probeert eruit te zien of hij daar thuishoort, ondanks zijn kapotte kleren en uitgemergelde gezicht, dat ook nog eens glanst van het zweet na het lange stuk rennen. Een groepje schoolkinderen dat een stoffige straat oversteekt, blijft naar hem staan kijken, ze spreken een dialect, een van de jongens wijst naar zijn hoofd. Hij kamt door zijn haar, er vallen een paar droge bladeren uit, de kinderen lachen. Hij gaat een klein winkeltje in dat stoffen en wat sieraden verkoopt. Hij vraagt de man van de winkel, die net open lijkt, wat die hem voor het hemd wil geven, ze staan even te onderhandelen en ten slotte krijgt hij een paar Keniaanse shillings, een fractie van wat het overhemd kostte toen zijn nicht het in Rome voor hem kocht, maar hij kan het geld gebruiken om te vluchten. Als hij terugrent, rinkelen de munten in zijn zak. Hij heeft nog meer overhemden. De wind in zijn gezicht, hete tranen die over zijn wangen stromen, eerst probeert hij toch te rennen, maar hij moet stoppen en over zijn knieën gebogen staan snotteren en een paar keer met zijn mouw langs zijn gezicht vegen en het grote en onbevattelijke binnen in hem voelen opstijgen en overlopen. Dat hij nooit ergens zal blijven, nooit, nooit. Dat hij op een nacht als jongetje zijn thuis heeft verlaten. Dat hij het met elke vezel in zijn lichaam mist. Hij recht zijn rug.

De daaropvolgende weken verkoopt hij een voor een zijn overhemden. De meeste worden door de man in de winkel gekocht, maar soms verkoopt hij er een aan een landarbeider die op weg is naar de velden rondom het dorp of aan de vrouwen die hij tegenkomt op de kleine dorpsstraat, die de exclusieve kledingstukken voor hun man of volwassen zonen kopen. Hij verkoopt zijn kleren bijna voor niets, het belangrijkste is dat het snel gaat. Tijdens enkele weken aan het einde van de regenperiode is hij een regelmatige, mysterieuze bezoeker van het kleine dorp. Tegen de man in de winkel en tegen anderen die ernaar vragen, zegt hij dat hij een paar kilometer naar het noorden woont met zijn familie, dat hij pas uit Kenia hiernaartoe is verhuisd. Soms beginnen de mensen een gesprek en moet hij verhalen vertellen over zijn verzonnen leven, verhalen over familieleden die niet bestaan, plaatsen waar hij nooit is geweest. Blijft hij staan met zijn blik gericht op de verte, waar het wuivende gras de hemel ontmoet. Vraagt hij zich af waar het allemaal vandaan komt. Al dat leven uit het niets. Als hij langs de bewaker komt, is hij bang dat ze een kleurig boord uit de blauwe, gebreide trui zien steken en hem zullen vragen waarom hij twee truien aanheeft, en hij is de hele tijd bang dat iemand weer door zijn koffers gaat en merkt dat er kleren beginnen te verdwijnen en dat er in plaats daarvan een handvol munten op de bodem is verstopt. Na een tijdje worden de koffers zo licht, dat hij de verkochte kleren begint te vervangen door stenen. 's Avonds telt hij zijn geld, zit hij met de munten in zijn handen op zijn bed en draait hij ze voorzichtig rond tussen zijn vingers, een voor een om geen geluid te maken. Hij heeft het gevoel dat de vieze kleine kopermuntjes van angst zijn gemaakt, dat de grondstof angst is. Stopt ze zorgvuldig diep in zijn koffer weg. Als hij op een ochtend in het dorp is, besluit hij te vragen wanneer de trein stopt, waar hij naartoe gaat, hoeveel een kaartje kost. Hij praat met een oudere vrouw en probeert te doen alsof hij zomaar nieuwsgierig is.

'Gaat de trein die hier langskomt naar Kenia?'

De vrouw draagt een lege mand van gevlochten takken, die ze op haar heup laat rusten.

'De trein gaat naar Mwanza.'

'Mwanza?' P probeert te verbergen dat hij nog buiten adem is van het rennen door de jungle, hij ademt langzaam door zijn mond.

'De havenstad Mwanza bij het Victoriameer.'

'Ja, die ken ik wel. Ik was alleen verbaasd dat de trein zo ver naar het noorden gaat.'

'Als je naar Kenia wilt, moet je een bus nemen van Mwanza naar Musoma. Daar kun je te voet de grens over of een andere bus nemen.'

De vrouw verzet de mand op haar heup. P ziet dat onderin een schaar ligt.

'Werk je op het veld?' Ze knikt. P heeft een zwart zijden overhemd in zijn hand. Hij houdt het op en vraagt of ze het voor vier shilling wil kopen, maar ze heeft geen geld.

'Hoe duur is een kaartje naar Mwanza?'

'Vijfentwintig shilling. Ga je terug naar huis?'

Hij tilt zijn hoofd op, kijkt recht in de zon achter haar. 'Misschien.'

'De trein gaat op woensdag, vrijdag en zaterdag.' De vrouw wijst naar het overhemd. 'Aan de andere kant van de grens ligt Kisumu. Daar is een markt.'

Hij zit in de stomend hete avond met zijn knieën opgetrokken tegen zijn borst op zijn bed. Hij herinnert zich hoe hij bij de villa van zijn nicht in Rome stond en de overhemden uitkoos die hij op zijn reis naar Lusaka mee zou nemen. Hij heeft zijn geld een laatste keer geteld. Hij heeft genoeg voor een kaartje en houdt dan nog wat over, en hij heeft nog een jasje en drie overhemden, die hij in Kisumu kan verkopen om de busreis naar Nairobi te betalen. Hij besluit om met zijn vlucht te wachten tot de nacht van vrijdag op zaterdag omdat er in het weekend geen appel gehouden wordt.

Die week probeert hij zo gewoon mogelijk te doen. Hij gaat maar twee keer rennen, op dinsdag en donderdag, omdat hij als de dood is dat iemand aan zijn koffers zit en zijn geld steelt. 's Avonds, op weg naar de slaapzaal, kijkt hij naar de maan. Die is in het laatste kwartier. Hij bedenkt dat hij voor zijn vlucht gebruik zal maken van de nacht. Vrijdagavond. Hij zit met een sombere, stille blik naar de andere vluchtelingen bij het vuur te kijken. Ze lepelen pap naar binnen, in de gloed van het vuur zijn hun gezichten te onderscheiden, beroet en uitgemergeld, als schedels die uit een vuur zijn gehaald. Hij eet zijn pap. Alles voelt eeuwig, ver weg, als een droom. De nacht. Hij ligt in het donker, het bloed klopt in zijn hoofd. Hij hoort hoe de ademhaling van de anderen langzamer en zwaarder wordt, hoe ze wegzinken in hun dromen. Hij heeft het belangrijkste document in de binnenzak van zijn pilotenjack gestopt en dat samen met zijn schoenen, die hij sinds zijn vertrek uit Rome nauwelijks gedragen heeft, en nog wat andere spullen in een stukgescheurd laken geknoopt. Hij ligt op zijn zij en staart met wijdopen ogen naar de deuropening van de slaapzaal. Nu is het moment aangebroken waarop hij zich sinds zijn verblijf in die kelder in Dar-es-Salaam op een bepaalde manier heeft voorbereid. Hij zou afscheid willen nemen van deze mensen en deze plek, maar er valt niets te zeggen, niets te doen. Alleen nog even blijven liggen en in het donker staren. Als hij zeker weet dat ze allemaal slapen, legt hij de kleren die hij van plan is achter te laten, zo in het bed dat het lijkt of er een mens in ligt. Hij neemt zijn sandalen in zijn hand en zet zijn blote voeten op de koude aarde.

De nieuwe maan toont een stralende witte sikkel te midden van de sterrenregen. Om niemand tegen te komen neemt hij niet dezelfde weg uit het kamp als anders. Hij sluipt achter de latrines langs, hij heeft het dichtgeknoopte laken over zijn schouder gegooid en begint te rennen.

Hij zakt recht omlaag de grond in. Zijn handen grijpen in het gras, zijn ene been zakt verder en verder weg. Een scherpe pijn bliksemt door zijn knie en eerst denkt hij dat hij door iets onder de aarde gebeten wordt. Hij voelt een verlammende paniek, die als dikke zwarte rook door hem heen stroomt. Hij vecht om omhoog te komen, maar het lukt niet. Hij trekt pollen gras los, hij negeert de pijn in zijn been en trekt het omhoog.

Zijn voet bungelt onder de aarde in het luchtledige. Zijn been is tot zijn lies weggezakt. Hij zit vast. Hij moet in een oude dichtgegroeide latrine zijn gestapt. Hij probeert opnieuw om zich op te trekken maar het lukt niet. Hij zit vast.

Opnieuw wordt het voorjaar. Lichtere luchten boven Hisingen. Lichtere luchten. Mijn vader gaat terug naar het ziekenhuis, komt daarna weer thuis. De nieuwe long is bezig afgestoten te worden. Ik verhuis. Ik verlaat mijn flat in Hisingen, waar ik woonde tussen de eenzamen, tussen de alcoholisten die schreeuwen in de nacht, de Volvo-arbeiders en de buren die de gebouwen in en uit gaan, de studenten uit China die met zijn drieën op één kamer wonen. Ik ben gevraagd of ik de flat van een vriend wil huren aan de kant van het vasteland.

'Ik vluchtte weg van de velden des doods. Dat was mijn leven', zegt mijn vader met een stem niet veel luider dan een fluistering. Hij houdt een hand in zijn viltige, ongekamde haar, zit met ontbloot bovenlichaam op zijn bed, geleund tegen de nicotinegele muur. Hij heeft me gevraagd die nacht in zijn flat te komen slapen omdat hij denkt dat hij binnen een paar dagen dood zal gaan. Hij hoest. Ik zit op een matras op de grond. Hij is wakker geworden omdat ik een lamp had aangedaan, lag te lezen en schrijven. Het verkeer buiten is hoorbaar, vrachtauto's die langskomen op weg van en naar de haven, het eindeloze vervoer van dingen, producten, misschien zelfs af en toe een mens. Ik heb dit verkeer tien jaar lang gehoord, hij twintig, dertig. Hij buigt voorover, blijft een hele tijd zo zitten om op adem te komen. Hij is ver weg als een verafgelegen kust, een gesloopte brug, een rots die instort.

'Wij zijn overlevers', zegt hij. De leeslamp die hem wekte, staat op de grond en als ik ga zitten valt mijn schaduw over zijn gezicht.

Ik loop over de binnenplaats. Hier in de buurt waar ik ga wonen, staan kersenbomen, ze zwaaien heen en weer in de wind, een storm roze bloemblaadjes waait voor mijn voeten. Ik ga proberen hier te leven, denk ik, ik ga proberen van deze plaats mijn thuis te maken. Ik kijk omhoog naar de ramen en bedenk dat mijn vaders flat op Hisingen weer leegstaat. Hij ligt opnieuw in het ziekenhuis. Mei gaat over in juni, 's nachts droom ik dat ik over zand ren dat wegglijdt onder mijn voeten.

Ik vind het prettig dat mijn nieuwe flat nog bijna leeg is, dat mijn spullen hier niet zijn. Het is alsof mijn verleden niet bestaat.

Ik lees opnieuw Fanon en ik lees opnieuw mijn vaders tekst over zijn leven, een tekst die me pijn doet vanwege het verlangen dat eruit spreekt om het leven begrijpelijk te maken. Ik zie dat onbegrijpelijke ding dat leven is, ik lees wat mijn vader heeft geschreven over het ogenblik dat de bakker tegen hem zei dat hij hem niet kon helpen. *Ik voelde me echt verdrietig en probeerde niet te huilen, maar het lukte niet. Om mijn tranen te verbergen deed ik alsof ik iets in mijn oog kreeg en wegliep om het eruit te halen.* Of over de staatssecretaris die ooit zo dik was dat hij de latrine niet kon gebruiken. *Net*

*als ikzelf zag hij in dat er aan alle moderne gemakken nadelen
zaten en hij beloofde zichzelf dat hij nooit meer zo veel zou
eten. Ik dacht dat hij zijn belofte waarschijnlijk niet zou kunnen houden omdat zelfs ik mijn belofte nu al was vergeten om
altijd met oordopjes in te slapen zodat er niets in mijn oren
kon kruipen.*

Ik lees over aerodynamica, over stijgkracht bij vogels en
vliegtuigen.

Aan het eind van de maand juli zit ik aan zijn ziekenhuis-
bed en raak voorzichtig zijn hand aan. Zijn haar is wit als
schaapjeswolken, wit als de dood, wit als de vergetelheid. De
luxaflex in de zaal is neergelaten, er vallen lichtstrepen op de
muur.

'We weten dat de dood niet het einde is', zegt hij terwijl
hij langzaam zijn gezicht naar me toe draait. 'Wees niet be-
droefd. Dit is wat het leven is.' Ik knijp in zijn hand, zachtjes,
en sta op om weg te gaan.

Ik zit op een bankje in het park te roken en zie de avond
vallen over de tramleidingen en de schoorstenen. Het is jaren geleden dat ik hem voor het eerst echt ziek zag. Op een
middag werd er aangebeld en stond hij daar tegen de muur
van de gang geleund, hij had moeite met ademhalen. Hij had
al een paar weken bloed opgehoest en nu was hij opeens veel
zieker geworden en hij wilde dat ik mee zou gaan naar het
ziekenhuis. Hij wilde geen ziekenauto bellen omdat dat een
paar tientjes extra zou kosten, en ik had in die tijd ook geen
geld, dus we namen de bus. We zaten stil naast elkaar. We
reisden door de opgewonden zomerdag. De stad bewoog
zich in de ramen. Toen we langs de Wieselgrensplatsen kwamen, kon hij nauwelijks meer ademhalen en vroeg hij me

toch een ziekenauto te bellen en we stapten uit en gingen op een bankje zitten wachten. Zijn adem piepte, het was een nachtmerrie, ik zat naast hem, legde een hand op zijn schouder. Hij zat op een speciale manier voorovergeleund. Hij was in grote ademnood, het was alsof hij zijn hele leven had hardgelopen. Ik blaas rook uit en kijk op naar de bladeren boven mijn hoofd, in het rode licht van de straatlantaarn zien ze eruit als gloeiend folie. *Ik kwam erachter dat de meesten de veiligheid van Europa zouden hebben verkozen. Ik schaamde me dat ik zo naïef was geweest om te denken dat ik een soort toekomst had in Afrika. Als gevolg daarvan vertelde ik de details van mijn vluchtverhaal liever niet.* Hij is hiernaartoe gerend, naar dit land. Er trekken auto's voorbij, voorbij, voorbij, hun rode achterlichten worden uitgerekt in de avond.

De idee bestaat dat elk fenomeen zijn eigen engel heeft: de oorlog heeft zijn engel, de wet heeft er een, de liefde heeft er een. Volgens historisch filosoof Walter Benjamin is de engel van de geschiedenis een man die met opengesperde mond naar iets buiten de afbeelding kijkt, iets waar hij in paniek voor achteruitdeinst. Zijn gezicht is naar het verleden gekeerd, en waar wij een keten van gebeurtenissen zien, waar wij de geschiedenis zien, ziet hij alleen maar één grote catastrofe die zich aan het voltrekken is, waarvan de wrakstukken zich voor zijn voeten opstapelen tot een berg die groeit en groeit tot in de hemel. Hij wil blijven en de doden tot leven wekken. Hij wil heel maken wat kapotgeslagen is. Maar er waait een storm uit het paradijs, die vat heeft gekregen op zijn vleugels, zodat hij ze niet meer dicht kan vouwen en hij gedwongen wordt steeds verder naar achteren te lopen de toekomst in. Die storm, zegt Walter Benjamin, dat is de vooruitgang.

Ik fiets door het verkeer. Mijn fietsketting rammelt. De zomernacht wordt al licht. Ik wil niet uit de geschiedenis komen maar uit het leven. Ik wil dat de wind ons heeft meegevoerd uit het nergens en dat we op weg zijn naar een ander nergens. Ergens. En dat alles daartussen is. Alles wat er is. Lichamen die jeuk en pijn hebben en gemis voelen en lachen en sterven. Dat wij niet verantwoordelijk zijn voor wat er vóór ons kwam. Dat het thuisland een leugen is. Dat wij uit het zo-evene komen, dat ons thuisland de uren zijn, de seconden, de ogenblikken, dat er geen oorsprong is, dat de geschiedenis niet kan zeggen wie we zijn. Ik voel de wind koel op mijn gezicht, de benevelden komen uit de nachtclubs wankelen en vallen op de stoep, en ik kom alleen maar uit alle verhalen die iets over mijn oorsprong moeten zeggen. Er is geen geschiedenis. Ik kom slechts hiervandaan. Uit deze zomer waarin mijn vader stervende is.

Een paar mannen zijn aan het voetballen, de bal stuitert weg, komt terecht in de dorre bladeren. De jongen met de pet rent erheen om hem te halen. Hij zit met zijn rug tegen een boom naar de mannen te kijken, die worstelen en schoppen naar elkaar en naar de bal. De droge aarde stijgt in een windhoos boven het voetbalveldje op. Er wordt gezegd dat de invasie, als de vluchtelingen met wapens worden uitgerust en gedwongen worden Oeganda in te trekken, over een paar dagen zal plaatsvinden. Er heeft zich een onheilspellende stemming van het kamp meester gemaakt. Er gaan geruchten dat Idi Amin het kamp bij Tabora door gevechtsvliegtuigen heeft laten bombarderen en dat ook deze plek elk moment gebombardeerd kan worden. Er staan dagelijks mannen in de rij om de magische zalf van de medicijnman te kopen. P staat met behulp van twee zelfgemaakte krukken op en hinkt naar de slaapzaal. Hij zit op zijn bed, voelt aan zijn knie, die nog steeds erg gezwollen is. Het is inmiddels een paar weken na zijn mislukte vlucht. Als zijn knie niet al uit de kom was gegaan toen hij in de latrine viel, was het wel gebeurd toen hij zich ten slotte uit het gat omhoogtrok. Ter verklaring heeft hij gezegd dat hij die ochtend vroeg bij het voetballen door zijn knie is gegaan, hij wil de looptraining niet als excuus gebruiken omdat hij er niet voor uit wil komen hoe hard hij zich daar buiten in de jungle inspant. Er is geen dokter in het kamp en ze kunnen hem natuurlijk niet naar een dokter brengen, dus heeft hij zelf zijn been gespalkt met stukken van een oud bed dat in een hoek lag te wachten om verbrand te worden.

Hij denkt aan de vliegreis naar Griekenland. Binnenkort is dat vier jaar geleden, ze hadden een gewone lijnvlucht genomen. Hij had door de ruit naar de opkomende zon gekeken. Het was alsof de lucht van uitgeklopt brons was. Hij voelde zich als een god. Een vogelgod. Hij herinnert zich hoe hij samen met de drie andere Oegandezen met wie hij naar de academie zou gaan, uit het vliegtuig stapte. Hij voelde zich licht van binnen, hij lachte terwijl hij met de anderen over de landingsbaan liep. Hij ligt op het harde houten bed te draaien. Hij strijkt met zijn vingers over zijn oor, peutert erin. Hij hoort nog steeds slecht, dat zal altijd wel zo blijven. Hij beweegt zijn knieschijf onder zijn huid heen en weer. *Condensstrepen ontstaan doordat zich ijskristallen vormen rondom vuildeeltjes in de uitlaatgassen van het straalvliegtuig.* Hij zou willen biechten. Hij zou een ander leven willen hebben.

Oudjaar komt dichterbij. Zijn been geneest langzaam, de knie wordt enigszins scheef, hij krijgt een beetje een X-been. Hij bidt soms tot God, met gevouwen handen geknield naast zijn bed. Hij overdrijft zijn blessure en blijft hinken, ook als de gescheurde pezen zijn genezen. Als hij weer begint te trainen, strompelt hij overdreven langzaam langs de bewakers. Pas als hij buiten hun gezichtsveld is, begint hij langzaam te joggen. *Stel je een vleugel voor die zich door stilstaande lucht verplaatst: de stijgkracht die ontwikkeld wordt is evenredig aan de snelheid van de vleugel vermenigvuldigd met de invals-hoek.* Hij knippert, hij is moe. Hij zit tegen de muur van de slaapzaal in de zon te staren. De bladeren bewegen, de uren verdwijnen. Toen hij klein was, stookten hij en zijn vriendjes in dit jaargetijde altijd vuurtjes in het hoge gras, als alles droog was en bijna askleurig. Hij hoort hoe een groep vluchtelingen schreeuwt in de slaapzaal, opgewonden stemmen die elkaar bedreigen. Hij heeft het gevoel dat de woorden leeg en betekenisloos zijn zoals de aluminium borden die ze twee keer per dag vullen met pap. Dagen gaan voorbij, weken gaan voorbij, hij traint iedere ochtend, maar blijft verder doen alsof hij geblesseerd is. Op een dag komt Okello met een van zijn ondergeschikten tussen de tenten aanlopen, ze zijn verwikkeld in een levendige discussie, Okello ontmoet P's blik en staart hem koud aan. Misschien is hij ook in P een rivaal voor de presidentsmacht gaan zien. 's Nachts vult een collectieve angst de aangestampte aarden vloer met zenuwen. Nachtmerriekreten, gehoest, gekreun.

Vrijdagavond, tussen Kerstmis en Oudjaar. P zit op een zelfgemaakt houten krukje dat hij vlak buiten de deur van de slaapzaal heeft neergezet. Harde stemmen en gerammel van pannen klinken door het kamp. Er rennen drie bewakers met hun machinegeweren in hun handen over het veld naar de keukentent. Hun open hemden fladderen. Een jonge vluchteling verdwijnt in de slaapzaal en komt tevoorschijn met een klein, roestig mesje dat hij daar blijkbaar ergens verstopt had. De jongeman krijgt P in het oog en draait zich om.

'Iemand heeft het avondeten weggegooid. Ze maken ruzie. We gaan die Acholi-zwijnen doodmaken.'

Mensen lijken elkaar in een kluwen van armen en benen uit de tent te duwen, steeds meer mannen mengen zich in het gewoel en al snel is P de enige buiten die niet aan het gevecht deelneemt. De bewakers zwaaien met hun geweer en schreeuwen, Okello komt zijn tent uit en roept dat de gevangenen op appel moeten komen, maar niemand gehoorzaamt. P vraagt zich af of de bewakers zullen gaan schieten. Hij krijgt de oude politieman in het oog, die een hele stapel rode boekjes bij zich heeft, die hij lachend om zich heen strooit. P steekt een zelfgerolde sigaret op. Hij blaast de rook door zijn neusgaten naar buiten en schudt langzaam zijn hoofd. Dit is dus het guerrillaleger dat Idi Amin ten val moet brengen. Iemand in de mensenmassa gooit een pan recht omhoog en de pan lijkt even doodstil in de lucht te hangen, glanzend en gewichtsloos, voor hij terugvalt naar de aarde. Het geruzie gaat bijna een half uur door, dan kalmeert het om na zonsondergang weer op te laaien. Er verzamelt zich een grote groep vluchtelingen op de open plek, ze zwaaien met fakkels, stokken en messen die ze uit de keukentent hebben gehaald. Okello moet inmiddels om hulp hebben gevraagd, want er komt een jeep aanrijden met een Tanzaniaanse officier en twee soldaten. De officier stapt uit de jeep en probeert tussen de verschillende groepen te bemiddelen, P hoort hem leuzen roepen over het volk en de geschiedenis die klinken alsof hij ze uit het rode boekje heeft. Iemand gooit een steen, die tegen de metalen motorkap van de jeep slaat. Een van de pasaangekomen soldaten schiet met zijn wapen recht op de mensenmassa in. De knal van het geweer is scherp en onwerkelijk, de mannen op de open plek zijn nu volkomen stil, zo stil dat hij de wind hoort ritselen in de bladeren. P trekt zich voorzichtig terug in de slaapzaal. Weer hoort hij geroep, harde stemmen, bewegingen. Hij gooit zijn koffers op zijn bed. Hij trekt het dichtgeknoopte laken tevoorschijn, dat hij sinds zijn eerste vluchtpoging onder in zijn ene koffer heeft bewaard. Hij gooit het over zijn schouder, sluipt de slaapzaal uit. Hij ziet mannen met fakkels zwaaien en in de gloed van het vuur, dat niet meer het kampvuur is maar iets anders dat brandt, misschien een tent, ziet hij twee mannen om een geweer vechten. De rook stijgt omhoog in de snel donker wordende lucht. Iemand houdt een vriend in bedwang die de andere Tanzaniaanse soldaat met een mes bedreigt. P gaat achter de latrines langs, springt over het gat waarin zijn knieband is gescheurd, en begint te joggen. Hij hoort zijn eigen adem, de voeten die neerkomen in het droge gras, die trommelen op de aarde. Hij werpt een blik achterom, bang dat iemand hem het kamp ziet verlaten. Er komt niemand. Hij ziet alleen maar bladeren heen en weer waaien in de wind, het regenwoud dat zich om hem heen sluit. Hij herinnert zich een verhaal van zijn kostschool, en ziet in gedachten een beeld voorbijflitsen van een zee die zich in tweeën deelt en dan weer sluit. Hij hoort zijn hart slaan. Hij voert het tempo op. Na tien minuten of een kwartier hoort hij nog een geweerschot, dan niets meer.

De maan staat aan de hemel, maar in de schijn ervan is de jungle slechts vagelijk zichtbaar, schaduwen, grijze waarnemingsvlekken. Hij probeert zich te herinneren hoe het pad eruitziet: daar is een afgevallen boom, hij is er honderden keren overheen gesprongen – hij springt, landt zacht, zijn voet zet af. Hij rent.

Na een half uur verdwijnt de maan achter dikke regenwolken en hij ziet de grond onder zijn voeten niet meer. Hij blijft staan en legt zijn buidel neer. Het aardedonker maakt plotseling iedere beweging griezelig en onwerkelijk, alsof hij zich binnen in een rots of diep onder de aarde bevindt. De waterval van nacht en bloed bruist tegen zijn slapen. Hij probeert rustig te worden, probeert zijn pols te kalmeren. Hij heeft zijn broek gescheurd in het struikgewas, is twee keer gevallen. Zijn mond smaakt alsof hij aan een stuk roestig ijzer heeft gelikt. Hopelijk merken ze pas maandagochtend dat er iemand weg is. Hij kan zijn eigen handen niet zien. Als hij weer gaat rennen voordat de maan terug is, is hij bang om zijn voet te verzwikken, maar hij is ook bang om gevolgd en ingehaald te worden als hij te lang stil blijft staan. Er zijn krekels en nachtvogels hoorbaar, vuurvliegjes lichten op en doven uit en zo nu en dan hoort hij een groter dier tussen de bladeren bewegen, zwaar en ritselend.

'*Kodi mwanainchi*?' Hij schrikt. Iemand buiten in het donker roept een zin waarmee je in het Swahili vraagt of je iemands huis mag betreden, maar ook om te controleren of iemand die je tegenkomt een vriend is. 'Kodi mwanainchi?' Hij ademt langzaam door zijn wijdopen mond, luistert, hoort het geluid van takken die daar breken in het donker, bladeren die ritselen. Na een tijdje denkt hij een groepje mensen te kunnen zien die zich tussen de bomen bewegen. Hoelang heeft hij staan wachten? Kan iemand anders net zo snel als hij van het kamp zijn weggerend? 'Kodi mwanainchi?' Als je geen antwoord krijgt, betekent dat dat je iemand op eigen risico nadert. P kijkt omhoog door de grote, langwerpige bladeren; de maan is nog steeds achter de wolken, maar zal zo weer tevoorschijn komen. Dadelijk zullen de mannen elkaar duidelijk kunnen zien. Hij balt zijn vuisten, opent ze weer, de angst komt als een golf tussen de bomen aanspoelen. Hij heeft geleerd hoe je met je duimen een strottehoofd in een luchtpijp kunt duwen, hoe je iemands nek kunt breken, hoe je doodt. Als een van de schaduwen zijn naam zegt, voelt het alsof hij een dreun tegen zijn borst krijgt. Ze zijn twintig of dertig meter van hem af blijven staan, het lijken twee mannen te zijn. Ze roepen opnieuw zijn naam, vragend. Hij kan niet terug naar het kamp, niet weer. Als hij zijn adem inhoudt, denkt hij hun ademhaling te kunnen horen. Opeens fluistert een stem, hees en op bijna speelse toon: 'Hoe weet je dat hij het is?'

'Ik herken zijn trui. Je weet wel, die Italiaanse trui die hij altijd aanheeft. Hij is het.' De schaduwen bewegen zich weer, komen snel dichterbij. Het is alsof ze hem helder en duidelijk kunnen zien, terwijl hij hen met de grootste moeite kan onderscheiden. Misschien hebben ze hem eerder die nacht gezien, zijn ze achter hem aan gegaan en hem toen kwijtgeraakt? Hij sluipt zo voorzichtig en geluidloos als hij kan om een boom heen maar komt midden in een doornstruik terecht. In paniek duwt hij ruw de doorntakken opzij. 'Sta stil!' De twee mannen rennen nu naar hem toe en zelf rent hij dieper de struiken in, terwijl de doornen, die zo lang zijn als mensenvingers, in zijn gezicht en armen blijven haken. Hij vecht zich vooruit, beschermt zijn ogen en drukt zijn lichaam de doornen in. Pas na tien, vijftien meter blijft hij staan. Een van de mannen roept opnieuw zijn naam. Hij denkt weer dat hij moet vechten, misschien moet doden. De nacht heeft zijn eigen smaak, zijn gewicht, hij kan hem over zijn nek en schouders omlaag voelen stromen en de spieren in zijn handen straktrekken. De wonden in zijn gezicht branden als het zweet erin loopt.

'Weet je zeker dat je hem zag?'

'Het kan ook een dier geweest zijn.'

'Een dier?'

'Moet je die doornen voelen. Hier gaat toch geen mens in?' P herkent de stemmen van de mannen niet.

'Idioot. Kom.' De voetstappen verwijderen zich, niet in de richting van het kamp en niet in de richting van P, maar een derde kant op. P wacht tot hij ze niet meer hoort en trekt dan, ondanks de kou, zijn trui uit. Hij houdt hem voor zich omhoog: hij is kapotgescheurd en hij wil hem het liefste weggooien, maar hij durft geen sporen achter te laten. Zijn borstkas gaat op en neer. Als de twee mannen uit het kamp komen en aan Okello vertellen wat ze hebben gezien, is hij de voorsprong van twee dagen waarop hij had gerekend kwijt. Hij holt de nacht in, blind zoeken zijn voeten zich een weg over de grond, hij struikelt, gaat weer staan, rent verder.

De zon klimt omhoog boven de savanne, een rode bol die als een oog half schuilgaat achter de horizon. De aarde dampt. P vermijdt de hoofdstraat en loopt via de rails naar het station. Het perron is leeg, op de stationsklok is het pas een paar minuten voor zes en de trein komt niet voor tien uur. Hij neemt dezelfde weg terug als die hij gekomen is, duikt de jungle weer in en gaat tegen een boom zitten. Zijn lichaam trilt van de wegebbende spanning. Hij wist dat hij zou vluchten, hij wist het al toen ze hem in Dar-es-Salaam verhoorden, hij wist het al op die januaridag in Athene nu ruim een jaar geleden, toen de larf hem verteld had dat er een coup was gepleegd. Hij zal nooit ergens blijven. Hij staat langzaam van de grond op, spreidt zijn armen, stijgt op, hij hoort het gekraak van de radio in zijn oren. *Ik breek de formatie, peiling 354.*

In de verte klingelt een speeldoosdeuntje. Hij werpt een blik op het instrumentenpaneel, kijkt op, krijgt de zon in zijn ogen. Hij haalt de knuppel naar links, het vliegtuig ligt nu op zijn kant, hij ziet de schaduw van de T-37 op de wolken.

Iemand stoot hem aan.

Hij begrijpt dat hij in slaap gevallen is en nu wakker wordt omdat een van de bewakers van het kamp hem een duw geeft met zijn geweerkolf. Hij gaat staan, onhandig, knippert met zijn ogen, haalt zijn handen door zijn haar. Er zijn geen bewakers om hem heen. Hij staat midden in een kudde geiten die de vruchten eten die uit de boom zijn gevallen, en de vele dieren duwen met hun vochtige bekken en gebogen, korte horens tegen hem aan. Hij jaagt een geit weg die zijn bundel met spullen probeert op te eten. De zon staat nu hoger. Misschien heeft hij de trein gemist. De dieren, die een scherpe lucht verspreiden, dragen bellen, dat is wat er klingelde in zijn droom, en als hij zich dat realiseert, bedenkt hij dat de dieren een herder bij zich moeten hebben. Hij pakt zijn laken en klimt in de boom. Pas als hij op een tak zo'n vijf meter boven de grond zit, bedenkt hij dat hij beter naar het station had kunnen gaan. Hij houdt zijn armen om de boomstam geslagen, voelt dat zijn hoofd wazig is. De wind laat de bladeren om hem heen fluisteren. Hij ziet daar beneden een herder aan komen lopen, een jongen in een korte broek en een kapotte blouse. Hij heeft een stok waarmee hij de dieren opport, hij verzamelt zijn kudde en drijft hem verder door de bosjes. Als de jongen en de dieren verdwenen zijn, klimt P uit zijn boom en rent naar het station. Er staan of zitten een stuk of twintig andere reizigers op het perron. De grote klok op de muur van het stationsgebouw wijst half tien. P gaat zitten op de planken van het perron, legt zijn buidel naast zich neer. Hij borstelt een beetje aarde van zijn broek, kijkt om zich heen. Veel reizigers zien er even armoedig uit als hij, en hebben net als hij geen andere bagage dan een dichtgeknoopt stuk laken of deken. Hij kijkt naar de overkant van het treinspoor en verwacht de hele tijd dat er soldaten uit het kamp tussen de bomen tevoorschijn komen. Er is een vrouw met een bril op die achter een loket in het stationsgebouw kaartjes verkoopt, maar P wil zijn kaartje niet hier in het dorp kopen omdat hij niet wil dat de kaartjesverkoopster zich hem herinnert mochten er mensen uit het kamp naar hem komen vragen. De trein remt in een gierende vonkenregen. Hij raapt zijn buidel op, klimt aan boord, gaat bij een raampje zitten. Hij kijkt naar de jungle, verwacht nog steeds dat er soldaten komen, dat ze de trein laten wachten en de wagons zullen doorzoeken. De savanne buiten komt in beweging, het landschap doet hem denken aan zijn kindertijd. Hij herinnert zich de keer dat hij Willem Tell had gezien in de bioscoop, een zwart-witfilm die op een scherm werd gedraaid dat ze in zijn geboortedorp hadden opgehangen. De volgende dag probeerde hij met een katapult een pot van het hoofd van zijn broer F af te schieten.

Hij was lachend weggevlucht in het hoge gras. Hij moet weer lachen, weet niet waarom juist die herinnering naar boven komt. Hij is nog steeds is levensgevaar. Hij koopt een kaartje van de conducteur, het kost een paar shilling extra. Op het volgende station komt een jongen de trein in die polio heeft gehad en P staat op om zijn plaats aan de jongen te geven, gaat in het middenpad staan en zwaait heen en weer op de bewegingen van de trein. Binnen in hem een stille regen van licht en schaduw. Nu is hij op weg.

Ergens in de middag stopt de trein in Tabora. Hij kijkt naar het stationsgebouw en herinnert zich hoe hij precies op dit perron aankwam. Een grote groep kostschoolkinderen stroomt de trein in: er is duidelijk een vakantie afgelopen, ze zijn op weg terug naar school. De jongens drommen om hem heen zoals hij daar in het gangpad staat, ze roepen naar elkaar op zoek naar lege plekken die er niet zijn. P valt bijna om als de trein met een schok opnieuw in beweging komt. Zijn benen zijn onvast na de nacht hardlopen en van het uren in de trein staan, en na een tijdje gaat hij eenvoudig dwars in het gangpad liggen met zijn hoofd tussen twee banken en met het dichtgeknoopte laken als kussen. De zon schittert in zijn ogen. Hij ligt een hele tijd naar de wolkenslierten te kijken die in het raam boven zijn hoofd voorbij-jagen.

Uit de verhalen van de andere vluchtelingen heeft hij begrepen dat de president van Kenia, Jomo Kenyatta, de macht heeft sinds het land na een gewelddadig conflict tussen nationalistische groeperingen en de Britten zelfstandig is geworden. Een man in het kamp wiens vader als Keniaan aan de zijde van de rebellen had gevochten, had aan P verteld dat de Britten gevangeniskampen hadden ingericht waar de gevangenen met zwepen werden geslagen en levend werden verbrand en waar de verhoren van verdachte rebellen gepaard gingen met elektroschokken, verminkingen en moord. De verzetsbeweging beantwoordde het Britse geweld door zelf blanke burgers te vermoorden. De meest bekende moord was op een zesjarig Brits jongetje, dat door de rebellen werd gedood. Toen de man het vertelde, herinnerde P zich dat er indertijd ook iets over in de Oegandese kranten had gestaan, en dat een stem op de BBC de gebeurtenis 'een schande' had genoemd en daarna het beestachtige geweld in detail had beschreven. Dat was ergens in P's kindertijd. Hij herinnert zich dat hij bang was geweest dat wat er met de Britse zesjarige was gebeurd, ook met hem zou gebeuren.

Kenyatta is geen socialist, maar staat ook niet aan Amins kant, volgens de mannen in het kamp. Hoewel sommigen van hen beweerden dat Kenia hen naar Tanzania had uitgewezen, lijkt Kenia neutraal gebied in het spanningsveld dat door heel oostelijk Afrika loopt.

De wielen van de trein denderen over de rails. P staart naar de hemel, die nu weer donker begint te worden. Een verlatenheid maakt zich van zijn lichaam meester, een vermoeidheid die niet alleen met willen slapen te maken heeft, maar ook met willen vergeten. Hij is zijn leven zo moe, hij is het zo moe te vluchten over dit continent, hij is het geweld moe dat zijn lichaam steeds dreigt te verscheuren. Hij draait zich op zijn andere zij en sluit zijn ogen. Het laatste wat hij zich herinnert voor hij in slaap valt, is iets wat hem was verteld door de man wiens vader had geholpen de Britten te verdrijven: 'Ze hebben mijn vader en mijn twee oudste neven te pakken gekregen. Ze hebben ze in een cel gestopt. Van mijn ene neef hebben ze de oren afgesneden en de ogen uitgestoken, terwijl mijn vader en mijn andere neef moesten toekijken. De Britten wilden dat ze zouden vertellen waar een aantal andere rebellen zich schuilhielden, maar geen van hen wist iets. Ten slotte sneden ze de ballen van mijn neef eraf. Toen viel hij flauw. Vervolgens stak de Britse verhoorder zijn revolver in de mond van mijn andere neef, en zei iets. Mijn vader hoorde niet wat de Brit zei. Toen drukte hij af en de hersens van mijn neef spatten over de hele muur van het politiebureau.'

Langzaam doet hij zijn ogen open. De wagon is leeg en donker. Misschien had hij alleen maar gedroomd dat die vol kinderen was. Hij staat op, gaat op een bank zitten. Hij houdt van de vergetelheid die is als het bruisen van de branding, als een zegening. De bewegingen van de trein wiegen hem heen en weer. Hij kijkt naar de volle maan. Die doet hem ergens aan denken. Aan de muren van een kamer waar hij praatte met een man. Hij wil het zich niet herinneren, hij wil hier blijven, vóór zijn geschiedenis. Hij wil alleen maar aan boord van deze trein zitten en geen verleden hebben. Hij probeert uit te rekenen welke dag van de week het is. Hij herinnert zich dat hij kan vliegen. Die herinnering maakt hem gelukkig. Hij zit daar maar, zonder duidelijke gedachten, en kijkt in het voorbij-jagende donker.

Hij staat op een weg met zijn handen op zijn trillende knieen. Een van zijn sandalen is stukgegaan. Het riempje bungelt omlaag. Er komen voeten langs, de meeste zonder schoenen. Hij heeft het gevoel dat hij geen stap meer kan verzetten, dat hij zich niet wil bewegen, er niet wil zijn. Aan de andere kant van de grens ligt Kenia. Het gras van de savanne wuift, een voor altijd onverstaanbare fluistering. Hij verlegt de buidel op zijn schouder, blijft staan, voorovergebogen, onbeweeglijk. Ze zullen hem tegenhouden.

De trein was op zondagavond aangekomen in Mwanza, en daar had hij zoals gepland de bus naar Musoma genomen. Hij was daar gisteren midden in de nacht aangekomen en sindsdien heeft hij over deze weg gelopen. De vermoeidheid is als een witte, sissende vlam in zijn vlees, hij knippert met zijn ogen en probeert nog één keer rechtop te gaan staan en verder te lopen, maar hij kan het niet. Hij drukt met de duim en middelvinger van zijn ene hand tegen zijn slapen. Hij moet zich concentreren. Het is marktdag, een maandag, wat ook betekent dat de gevangenen in het kamp vandaag geteld zijn, als dat niet al eerder is gebeurd. Zijn vlucht is nu zeker ontdekt. Okello kan de grenspatrouilles van het land hebben gewaarschuwd. Hij kijkt schuin omhoog naar de passerende mensen. Hij wil iemand vragen hoe het er bij de grens aan toegaat, of er een douanepost is, hekken, of de douane al die honderden verkopers controleert, of je de grens over kunt zonder je pas te laten zien. Hij gaat rechtop staan en ontmoet de blik van een langskomende man, houdt die even vast en wil het hem vragen, maar het geluid blijft in zijn keel steken. Hij durft niet te praten omdat hij bang is dat zijn dialect als hij Swahili spreekt, zal verraden dat hij Oegandees is, vijand, vreemdeling. De man kijkt hem nieuwsgierig aan. Hij trekt zijn trui uit en hangt die over zijn hoofd, alsof hij zich tegen de hitte wil beschermen; in werkelijkheid is hij bang dat iemand zijn gezicht ziet terwijl hij hier op de weg staat.

Hij wist niet meer wie hij was. Hij wist niet meer waar hij vandaan kwam, wat hij in de trein deed. Hij vraagt zich af of zijn herinneringen kloppen, of hij niet voor zichzelf een nieuw verhaal heeft bedacht. De voeten die langskomen knerpen in de steentjes op het kapotte, versleten asfalt. Hij wil overgeven. Hij kijkt naar links, over de open vlakte. Daarvandaan naar Nairobi. Nairobi. Eindelijk begint hij weer te lopen. Hij wendt zijn blik af als hij mensen tegenkomt.

Soms worden de verkopers staande gehouden door mensen die aan de kant van de weg zitten te wachten en hun spullen willen kopen, en soms verkoopt iemand alles wat hij bij zich heeft en gaat hij met lege manden of een leeg fietskarretje terug zonder bij de markt te zijn geweest. Na een tijdje haalt P de trui van zijn hoofd en draait hij hem tot een tulband, omdat veel andere mannen die over de weg lopen zo stukken stof op hun hoofd dragen. Terwijl hij daarmee bezig is, wordt hij ingehaald door vier oudere vrouwen met manden op hun hoofd, hun jurken van gladgesleten stof wapperend in de warme wind. P neemt het besluit ze aan te spreken. Als ze staande worden gehouden door een jonge vrouw die wil weten wat ze verkopen, zetten ze hun manden op de grond zodat de vrouw haar keuze kan maken uit de maniokwortels, zoete aardappels en andere knolgewassen. Een van de vrouwen ziet P, die ook is blijven staan en hen aanstaart. Ze gebaart naar haar collega's en ze kijken hem onbeschaamd aan.

'Wat verkoop jij?'

Ze zullen horen dat hij een vreemdeling is.

'Niets.'

Zijn stem klinkt alsof die van buiten hem komt. Hij heeft nauwelijks gepraat sinds hij wakker werd in de trein met het vreemde gevoel van geheugenverlies, en opnieuw heeft hij het gevoel dat hij zichzelf misschien wat heeft wijsgemaakt, dat het verhaal dat hij in de donkere treincoupé aan zichzelf verteld heeft, niet waar is, dat hij iemand anders is dan hij zelf denkt. 'Ik heb niets.' In de verte torenen hoge donderwolken op boven de vlakte, hier en daar doorsneden door bliksemschichten als dunne, witte haren. De vrouwen lachen tegen hem. Had hij iets raars gezegd? Een van de vrouwen neemt een paar shilling van haar klant aan en geeft haar een handvol wortels. Daarna staart het hele groepje, inclusief de klant, P nieuwsgierig aan. Hij kijkt naar zijn voeten en het is alsof ze van brokkelige klei zijn, alsof de droge aarde die over de weg waait van zijn voeten komt. Hij hoort het gedreun van de straalmotoren in zijn oren, doet zijn ogen stijf dicht en weer open. Hij moet zich concentreren.

'Waar ga je naartoe?'

Concentreer je. Stilstaande voeten, begraven in de wervel-storm.

'Wat?'

'Ze vroeg waar je naartoe gaat.'

Hij zou door moeten lopen, maar hij kan toch niet zomaar in de armen van de douane lopen, hij moet een plan hebben. De angst komt opzetten, hij klemt zich om zijn maag als een dikke, glimmende slang. Hij herinnert zich de verhoren, het geweld, de gevangenschap.

'Naar Kisumu.' Zijn mond is droog. Hij hoopt dat hij zich misschien bij de vrouwen kan aansluiten en doen alsof hij bij hun groepje hoort. Als er douane is, kunnen de grenswachters onmogelijk alle verkopers controleren.

'Wat ga je in Kisumu doen?'

'Ik kom uit Oeganda.' Hij zegt het zonder dat hij weet waarom. Hij slaat zijn armen om zijn bundel en probeert te lachen, maar hij voelt zich alleen maar raar, alsof hij een grimas trekt. De vrouwen mompelen iets tegen elkaar in hun stamtaal, knikken en beginnen dan weer te lopen.

'Ik ga bij bekenden op bezoek', roept hij hen na. Waarom had hij gezegd dat hij uit Oeganda kwam? Hij struikelt achter hen aan, hij houdt zijn bundel voor zich omhoog en probeert concrete dingen te noemen als hij verder spreekt: 'Ik heb als schoonmaker voor een blank gezin in Tanzania gewerkt, maar zij zijn terug naar Europa en nu moet ik weer naar huis. Ik ben beroofd van alles wat ik bezat behalve dit hier. Mag ik met jullie meelopen?' De vrouwen blijven doorlopen terwijl hij praat. Alleen de vrouw die hem als eerste had gevraagd waar hij naartoe ging, kijkt zo nu en dan met een elegant gebaar over haar schouder, waarbij ze de mand met haar ene hand loslaat zodat die bijna naar voren valt als ze haar hoofd draait. Hij had moeten liegen en zeggen dat hij Keniaan was. Hij had moeten zeggen dat hij uit Zuid-Kenia kwam. De vrouwen praten de hele tijd met elkaar in hun stamtaal, wat hij hard en afwijzend vindt klinken, alsof ze willen dat hij begrijpt dat hij niet welkom is in hun gezelschap. Hij bedenkt dat Tanzania het thuisland is van het Swahili, dat hier de eerste universiteiten waren die onderwijs gaven in wat ze hier de taal van de broederschap noemen, dat het toch onbeleefd is van deze vrouwen om de hele tijd een stamtaal te spreken waarvan ze weten dat hij hem niet verstaat.

'Ik ken mensen in Kisumu.' Hij lacht naar de vrouw die over haar schouder kijkt. 'Daar ga ik naartoe. Familie. Mijn broer en zijn gezin. Die wonen in Kisumu.' Hij heeft de hele tijd het gevoel dat er iets niet klopt. Het stof in zijn mond. Het sterke licht uit de hemel. Hij had niet tegen de vrouwen moeten zeggen waar hij vandaan komt; Oeganda is het land waar Kenianen en Tanzanianen verdwijnen en vermoord worden, het land waar een gek aan de macht is, het land dat granaten afschiet op de grens met Tanzania, het land dat vluchtelingenkampen bombardeert. Hij had moeten zeggen dat hij uit Rwanda komt, ze hadden het verschil toch niet gehoord aan zijn Swahili. Hij blijft staan, doet net of hij zijn sandaalband vastmaakt. Hij neemt het besluit om de vrouwen zonder hem verder te laten gaan. Hij staat voorovergebogen aan de band van zijn sandaal te trekken als de vrouw die het meest geïnteresseerd leek om hem te helpen, merkt dat hij is blijven staan en hem roept: 'Kom mee. Je zou toch met ons meelopen?'

Geloven ze zijn verhaal? Hij gaat rechtop staan, de vrouwen lachen en schudden hun hoofd als hij gauw naar hen toe gaat. Ze lopen een uur. Na een tijdje zegt een van hen dat hij zijn trui niet op die manier op zijn hoofd moet dragen, als een tulband, omdat hij duidelijk niet bij de stam hoort die dat zo doet. Hij haalt zijn trui van zijn hoofd en stopt hem in zijn bundel. Ze wandelen over de weg naar de grens, de weg naar Kisumu, de schaduwen groeien mee met de zon, die langzaam begint onder te gaan in het westen. Gekrompen als insecten bewegen ze zich over het oppervlak van de wereld. Ze kruipen langs eindeloze wegen. Hij kan het gevoel niet kwijtraken dat er iets niet goed zit, dat de vier vrouwen niet eerlijk tegen hem zijn, dat hij een fout heeft gemaakt door hun te vertellen waar hij vandaan komt. Als ze opnieuw stilstaan om hun wortels te verkopen, wacht hij niet op ze maar gaat hij harder lopen. Hij loopt heel snel, hij rent bijna. Hij had helemaal geen contact moeten zoeken. Hij had een kind aan moeten spreken, als hij per se gezelschap wilde. Hij weet dat de Grieken hadden gezegd dat je nooit met kinderen moest praten als je op de vlucht was, maar zelf zou hij nooit zijn mond voorbij hebben gepraat als een neergeschoten piloot hem om hulp had gevraagd. Als een vluchteling hulp had gevraagd aan de jongen die hij ooit was, had hij hem nooit aan de volwassenen verraden. Hij zou hem hebben gevraagd of hij mee weg mocht. Na een paar honderd meter moet hij al stilhouden om met zijn ellebogen op zijn knieën uit te rusten. Hij is al voor zonsopgang op weg gegaan en heeft aan één stuk door gelopen, hij heeft geen krachten meer, zijn hart bonkt. Hij kijkt over zijn schouder. De vrouwen staan nog steeds aan de kant van de weg met hun klant te onderhandelen. Hij knijpt met zijn handen in zijn knieën. Er lopen twee mannen langs hem heen, elk een andere kant op. Hij kijkt op. Magere gezichten, hoge jukbeenderen, een van hen kauwt op een mango en spuugt een stuk van het draderige, gele vruchtvlees op het asfalt. De droge, bruine aarde waait eroverheen. Alles in zijn lichaam doet pijn, zijn borstkas wordt samengedrukt, de wind doet het gras langs de kant van de weg ritselen, zijn slechte knie doet pijn, zijn oor zoemt. Hij bedenkt dat hij de mensen in de bus van Mwanza naar Musoma naar de grens had moeten vragen, zodat hij hier nu niet stond zonder te weten hoe het er daar uitziet. Iemand in het kamp had verteld dat de grond in de buurt van Kisumu rood is. Zoveel weet hij. Als hij nu over zijn schouder kijkt, ziet hij dat de man die hem net gepasseerd is nu met de vrouwen staat te praten, en een van hen kijkt naar hem, knikt en hun blikken kruisen elkaar. De man maakt een wenkende beweging. Hij gaat haastig rechtop staan. Hij zou het gras in willen rennen. Hij voelt hoe de adrenaline in zijn armen en benen wordt gepompt.

'Wat willen jullie?'

'Wij zijn van de douane.'

'Wat zeg je?' roept P en de man maakt een toeter van zijn handen, waarin hij roept.

'Wij zijn van de douane. Waar ga je naartoe?'

De mannen komen op hem af en hij wil wegrennen, maar de uitputting spoelt als een golf over zijn lichaam. Hij werpt een blik op de lege steppe, kijkt weer naar de mannen. Ze hebben geen uniformen, alleen maar broeken van dunne stof en gekleurde hemden die fladderen in de wind.

'Waar ga je naartoe?'

'Eerst naar de markt en dan naar bekenden.'

'Naar bekenden.'

'In Kisumu. Daar woont mijn broer.'

'Je broer woont in Kisumu. Wij zijn van de douane.' Het is vooral de man met de mango die praat. Hij kauwt op zijn vrucht zodat het sap uit zijn mondhoeken loopt. 'Laat eens zien wat je bij je hebt. De andere man staat al aan P's dichtgeknoopte laken te trekken, dat openscheurt, waardoor alles op de grond valt. Ze duwen met hun versleten leren schoenen tegen P's spullen die op de grond liggen: zijn pilotenjack, het fotoalbum uit Griekenland, het vlieglogboek, de kleren die hij wil verkopen in Kisumu. De mango-eter pakt het fotoalbum op en begint erin te bladeren. P probeert zijn zenuwen te bedwingen, kijkt naar zijn voeten, die trillen door de zwaartekracht en de moeheid. De gouden manchetknopen van het Griekse uniform zitten in de binnenzak van het pilotenjack, samen met zijn pas en andere belangrijke documenten. Er komen steeds mensen langs.

'Ik heb het fotoalbum uit het afval van mijn werkgevers gehaald.'

'Waarom heb je het meegenomen?'

'Ik ga de foto's thuis ophangen.'

'Waarom?'

De mango-eter bladert door het album, een stapeltje foto's dat sinds het verhoor los in het album heeft gelegen, valt op de grond. De man schuift ze heen en weer met zijn voet, kijkt ernaar.

'Heb je geld bij je?' vraagt de andere man, wiens gezicht rond en hard is en P aan een bokser doet denken. P heeft nog een paar shilling over van het geld dat hij voor de overhemden had gekregen, maar in plaats van antwoord te geven, doet hij een paar stappen naar achteren.

Nu zijn de vrouwen bij het groepje aangekomen, ze turen een tijdje over hun schouder, kijken naar de spullen op de grond, zeggen wat tegen elkaar in hun stamtaal terwijl de twee mannen in P's spullen rommelen. Daarna lopen ze verder, standbeelden van fladderende, gladde stof. Hun stemmen sterven weg.

P laat zijn blik zakken. De foto's die uit het album gevallen zijn, dwarrelen om zijn voeten en even heeft hij het gevoel dat het witte, opwaaiende fotopapier op kleine vlammen lijkt.

'Mijn collega vraagt of je geld meeneemt naar Kenia?'

Langzaam haalt hij de laatste munten uit zijn broekzak tevoorschijn en overhandigt ze. Hij had er misschien een maaltijd op het marktplein van kunnen kopen. Als de mannen zijn kleren niet afpakken, kan hij ze nog steeds in Kisumu verkopen voor het kaartje naar Nairobi. Als deze mannen, die zeggen douanebeambten te zijn, hem tenminste niet tegenhouden.

'Toen ik klein was, droomde ik ervan te kunnen vliegen', zegt de man die het fotoalbum vasthoudt. Hij lacht een hees, kort lachje. 'Als ik wakker werd ... probeerde ik me te herinneren hoe het ging.' Onhandig klapwiekt hij met zijn armen.

Nu heeft de bokser het pilotenjack opgeraapt. Hij trekt het aan, trekt de ritssluiting dicht, poseert voor zijn kameraad. P slikt moeilijk. Of de mannen nu van de douane zijn of twee boeven, ze mogen niet zijn pas en de documenten in de binnenzak vinden. De bokser ziet iets anders, buigt zich voorover en graait in de foto's die uit het album gevallen zijn. Hij raapt een van de foto's op. Hij kijkt naar de jongeman die in de camera lacht. Hij kijkt nog eens naar P, houdt zijn hoofd scheef alsof hij in de drukkende stilte ergens naar luistert.

Zaadhulsels stijgen langzaam omhoog in het licht, gewichts-loos in de thermiek uit het zonverwarmde asfalt. Het is mid-zomer, drukkend warm, er rijdt bijna geen verkeer over de autoweg. Ik ben een uur geleden met de trein uit mijn woon-plaats gekomen en omdat mijn moeder naar buiten is ver-huisd, heb ik drie uur in de stad te doden voordat mijn bus gaat en ben ik hiernaartoe gegaan, naar deze bank waarop ik zo vaak heb gezeten. Waar ik heb zitten lezen over de ver-worpenen der aarde, over hoe je te bevrijden. Ik dronk altijd een pilsje met S, een vriend die ook een vader uit Afrika had, een vader die net als de onze een groot deel van zijn jeugd afwezig was. Boven de bomen is het huis zichtbaar waar die vriend woonde, en ik kan de garagemuur zien waarop ik met een spuitbus met zilveren verf *Chessface* schreef. Ze zeggen dat de geschiedenis op een droom lijkt. Dat dromen pas op het moment van wakker worden geconstrueerd wor-den, wanneer het bewustzijn dat in slaap gedompeld was, opstijgt naar de oppervlakte en zich een verhaal herinnert waar eerst alleen maar duisternis en bewusteloosheid was. Waar wij ketens van gebeurtenissen zien, ziet de engel van de geschiedenis alleen maar een catastrofe, wrakstukken. Ik kijk op de klok. Ik verwacht de hele tijd vrienden in auto's te

zien langsrijden: vrienden die dood zijn, lichamen die hadden blootgestaan aan de branding. Denk de hele tijd dat ze
uit een autoraampje zullen zwaaien, mijn naam zullen roepen van een balkon. De flatgebouwen daar in de verte, daar
kom ik vandaan. Daar, achter de bomen. In de verte. Daar
kom ik vandaan.

Mijn vader staat voor het raam naar de vallende sneeuw te
kijken, in mijn kindertijd. Soms vroeg ik me af of hij tijdens
die jaren in Afrika iemand gedood had, toen hij vluchtte. Als
tiener dacht ik vaak, terwijl ik hier tussen de huurflats rond-
scharrelde, dat mijn thuis dáár was, aan de andere kant van
de planeet. Hoewel hij bijna nooit met verlangen over Afrika
sprak.

Hij lag op de transplantatieafdeling en de dokters zeiden
dat hij niet nog een nieuwe long zou krijgen. Ik was bij hem
in de kamer toen hij het te horen kreeg. Een paar weken geleden. Een terdoodveroordeling. De apparaten rondom zijn
lichaam zoemden, de zomer daar buiten bereikte zijn hoog-
tepunt. Mijn vader zei tegen de dokter dat hij alle documenten en papieren die met het besluit te maken hadden, wilde
zien. Hij vroeg zich af of hij in beroep kon gaan.

'Ze zeggen tegen me dat ik moet gaan liggen sterven', zei
hij toen de dokter weg was. 'Dat is wat het betekent als ze tegen me zeggen dat ik geen nieuwe long meer krijg. Ga maar
liggen sterven, je leven is voorbij. Maar zo makkelijk is dat
niet. Het is niet zo makkelijk om zomaar op te geven.'

De bus komt, ik reis door de zomer, naar mijn moeder, die
me gevraagd heeft niet te veel over haar te schrijven. Ik kijk
uit op wat ooit mijn woonplaats was, de flats en de stoepen

die wegglijden. De seringen zijn al uitgebloeid, ze hangen als verbrande proppen papier tussen de zware bladeren naast wasruimtes en schuren.

Vóór mij loopt een figuur, een schaduw die verdwijnt in dwarrelende foto's. Hij loopt zo snel voor me uit dat ik hem niet bij kan houden, hoewel ik ren. Het is een terugkerende droom, misschien betekent het niets. Soms verdwijnt de gestalte, verandert hij in wind, wordt hij in stukken gescheurd. Herstelt zich, valt uiteen. Mijn vader.

'Hoe kun je weten of je je eigen leven leeft en niet dat van een ander?' zeg ik tegen de schaduw, maar hij kan me geen antwoord geven. Hij is er niet meer, hij is alleen nog maar de herinnering aan iemand die er ooit was.

Zich herstelt. Wordt verscheurd.

Ik zit in mijn moeders tuin, ik vraag haar naar de naam van de bloemen, ze wijst en zegt hortensia, amaryllis, ridderspoor. Zij wilde in Afrika gaan wonen. Mijn vader heeft haar hart gebroken met zijn vlucht, zijn onrust.

Queen Victoria, een soort roos. Anemoon. Lupine.

Museveni, Oeganda's huidige president, komt uit het zuidwesten van Oeganda, stamt uit een bantoevolk. Hij heeft een essay geschreven dat geformuleerd is als een commentaar op het werk van Fanon, *De verworpenen der aarde*, en daarin lees ik de zin: *Ik nam het district Nangande in de provincie Cabo Delgado als experimenteergebied*: eind jaren zestig streed hij hand in hand met de Frelimo, dat was een linkse guerrillabeweging die tegen de Portugezen in Mozambique vocht en was gemodelleerd naar de FLN, de Algerijnse verzetsbeweging, waarvan Franz Fanon de aanvoerder was.

Mijn vader had pas nog gezegd dat hij Museveni zou doden als hij de kans kreeg, dat hij met hiv besmette soldaten naar de streek in Noord-Oeganda stuurde waar wij Langi vandaan komen, om de vrouwen te verkrachten. Het is een soort biologische oorlogsvoering, zegt mijn vader. Het is een stammenkwestie. Ik denk aan het woord 'experimenteergebied': ik denk aan onze vader, aan de plek waar wij allemaal vandaan komen, waar we naar op weg zijn. Ik herinner me hem zoals hij in Denemarken langs de zee loopt op een van de weinige reizen die hij onderneemt als hij eenmaal in Zweden is aangeland. Het was in mijn kindertijd. Hij staat met zijn rug naar me toe in de deining, hij kijkt naar de zee, hij kijkt naar de lucht.

Mijn moeder zegt: 'Gebroken hartje.'

'Ik wist niet dat zwarten piloot kunnen worden.'

P geeft geen antwoord, de collega van de man zegt: 'Wie denk je dat de vliegtuigen van Tanzania vliegen? Idioot.' Zijn gezicht wordt heel ernstig. Hij wendt zich tot P en zegt: 'Dit is klaar. Ga.' Hij wuift met zijn halfopgegeten, lekkende mango de weg af, kijkt P met starende ogen aan. P vraagt zich af waar de plotselinge verandering vandaan is gekomen – het is bijna alsof er uit het nergens een derde man is opgedoken. 'Je bent gecontroleerd. Loop door naar Kisumu. Niet meer blijven staan. Ga.' De man neemt een hap van zijn mango, lijkt even in gedachten verzonken. De wind in het gras. De wind over de aarde. 'Loop door tot je in Kisumu bent', zegt hij. 'Niet meer blijven staan.'

'Ik wil mijn jack terug.'

Het vruchtensap loopt in een dun straaltje over de kin van de man, het maakt dat hij eruitziet als een imbeciel. Hij knikt geïrriteerd naar zijn collega, die opstaat en het jack uittrekt. P pakt het aan, verzamelt zijn foto's en knoopt het laken om zijn spullen. Hij gooit de buidel over zijn schouder en gaat snel weg. Het begint te stortregenen, een wolkbreuk die ruim een uur duurt. P probeert te drinken uit de poelen die zich langs de weg vormen, maakt een kommetje van zijn handen en brengt dat naar zijn mond, maar het water is te modderig, hij spuugt het uit. Hij likt de regendruppels van zijn gezicht en armen. Zijn kleren zijn doornat, zijn sandalen kletsen tegen zijn voeten. De regen klinkt als ondergronds applaus. Hij voelt zich ongemakkelijk als hij aan de twee mannen denkt. Hij denkt aan verhalen die hij tijdens zijn jeugd hoorde, over geesten die je op een landweg kon tegenkomen. Het houdt op met regenen. De hemel wordt al donker, algauw heeft hij een hele dag gelopen. Hij kijkt omhoog. De lucht is na de regen opgeklaard. Goed weer om te vliegen.

Het was bijna Oudjaar, slechts een paar weken vóór Amins coup, en een instructeur en drie cadetten vlogen op grote hoogte, toen een van de T-37's plotseling vaart minderde en zich in een plof rook in tweeën leek te delen – een kleiner deel dat wegschoot omhoog terwijl de rest van het vliegtuig in een steile boog in de diepte verdween. P snakte naar adem: 'Mayday, mayday,' riep hij in zijn radio, 'hij heeft zijn schietstoel gebruikt, mayday, mayday.' In zijn radio hoorde hij zijn vlieginstructeur vloeken; hij moest teruggaan naar de basis om te landen. Achteraf legde de instructeur uit dat de Libische luchtmacht bang was dat er oorlog zou komen met Egypte en dat men daarom alle cadetten opdracht had gegeven aan het eind van hun opleiding hun schietstoel te gebruiken. Libië was bereid om elk vernield toestel te vergoeden als alle Libische piloten, die dus riskeerden na hun opleiding tegen Egyptische piloten te moeten vechten die al ervaring hadden opgedaan in de Zesdaagse Oorlog tegen Israël, één keer hun schietstoel hadden geactiveerd. P vond het krankzinnig klinken, de instructeur leek echter niet alleen geërgerd maar ook onder de indruk. P vertelde het een

aantal dagen later aan K, toen ze, net wakker, in een hotel-
bed lagen. Terwijl hij haar vertelde over de schietstoel, die
als een katapult uit het vliegtuig was geschoten, en hoe het
vliegtuig omlaag was gezeild naar het zeeoppervlak, zocht
hij naar een soort reactie op haar gezicht. Toen hij zei dat de
piloten opdracht hadden gekregen om neer te storten, liet hij
het klinken als een grap.

'Wij bevelen jullie – om neer te storten!'

Ze zweeg.

'Als de academie erachter komt dat ik jou militaire geheimen heb verteld, kunnen we allebei doodgeschoten worden',
zei hij, en toen lachte ze, gek genoeg, en stompte hem tegen
zijn arm. Hij herinnert zich het licht van die ochtend, een
zondag. Hij was gewend aan het dunne licht dat 's winters in
Europa omlaagscheen, maar juist die ochtend gaf het zonlicht dat door de dunne witte gordijnen viel hem het gevoel
in een van die oude, schokkerige zwart-witfilms te zitten die
hij in zijn jeugd had gezien. Hij streelde haar over haar wang
en zag de waarheid van het verhaal langzaam tot haar doordringen, met inbegrip van de onrustbarende implicatie voor
zijn eigen leven en misschien dus ook het hare.

'Er komt geen oorlog in Oeganda', zei hij. Maar nu hij erover verteld had, was het alsof de gebeurtenis ook voor hem
echt was geworden en hij moest de hele tijd denken aan de
Libische piloot die daar aan zijn parachute had gebungeld,
een eenzame speelgoedpiloot boven de zilverglanzende zee.

De foto van de dag dat ze hun diploma kregen en daar
stonden in hun witte uniform, is een beetje vochtig van de
regen die door het laken heen is gekomen. Hij is blijven
staan, heeft de foto uit het album gehaald. Zijn hand trilt. Hij

zoekt naar de Libische vliegers, eerst meent hij dat hij ze niet kan vinden, dat ze niet op de foto staan, maar daarna ziet hij een van hen. Glijdt met zijn vinger over zijn gezicht. Hij zoekt naar zijn eigen gezicht, maar nu vindt hij het niet. De weg ligt vol scherpe stenen die door de zolen van zijn sandalen zijn gekomen en hij blijft een hele tijd naar zijn voeten en de bungelende, kapotte riemen staan kijken. Zolang de aarde niet rood is, is het nog ver naar Kisumu. Hij werpt een laatste blik op de foto, waarna hij hem doormidden scheurt en op de grond gooit. Hij haalt nog een foto uit het album en scheurt hem door. Hij schuift er met zijn voet een beetje aarde overheen, als op proef, om te zien hoe het voelt. Hij stampt de grond aan, hard. Hij verscheurt alle foto's waarop hij in uniform of vóór een vliegtuig staat, hij schopt aarde over de snippers. Het asfalt is begonnen te dampen in de kokende middagzon, de lucht is plakkerig en smaakt chemisch, als olie. Hij hoest. Hij had het album nooit mee moeten nemen. Als iemand hem in verband brengt met de piloten op de foto's, gaan ze zich afvragen wat hij in Tanzania doet. Hij bewaart maar twee foto's die hem kunnen verraden: een waarop hij het witte zomeruniform draagt waar hij zo van hield en dat hem altijd het gevoel gaf een hemelgod te zijn, en een waarop hij in vliegtenue voor een T-37 staat. Hij bergt ze weg in zijn paspoort, een verkoper die langskomt met een karretje achter zijn fiets gaat langzamer rijden en kijkt hem nieuwsgierig aan. Hij kijkt niet weg, blijft agressief terugkijken totdat de man voorbij is. Verder bewaart hij een paar anonieme foto's: foto's van hem en de andere Oegandezen in trainingspak of op het strand. Hij scheurt de rug van het album af, gooit die op de grond. Als hij klaar is, blijft hij een tijdje naar de kapotgescheurde gezichten van de jonge piloten staan staren. Daarna kijkt hij op, tuurt over de vlakte. In het kamp had iemand gezegd dat grote delen van Noord-Tanzania net als delen van Oeganda en Zuid-Kenia onder water hebben gestaan, en waar P nu staat kan hij, net als wanneer je op zee bent, door de afstand het gevoel hebben dat hemel en aarde in elkaar overlopen. In de verte achter hem komt een groep mensen gehuld in witte lappen aanlopen, maar toch voelt de wereld plotseling volkomen leeg. Het voelt alsof hij met iedere stap stukken rafelig, grof touw uit de aarde trekt. Oceanen van gras breiden zich aan weerszijden van de weg uit. Het licht uit de stralende ruimte boven de steppe verandert langzaam. Hij komt twee mannen tegen die vanwege het slechte wegdek hun fiets op hun rug dragen en houdt hen met geheven hand tegen. Ze zetten hun fietsen neer.

'Ben ik bijna bij het douanekantoor?' Hij vraagt het zonder omwegen. Terwijl hij tegen zijn fiets leunt, steekt een van de mannen een zelfgerolde sigaret op.

'Welke douane?'

'De douane bij de grens?'

'Er ís geen douanekantoor.'

'Wanneer ben ik bij de grens?'

'Je bent er al overheen.' De mannen leggen hun fiets weer op hun rug. 'Je bent in Kenia', roept een van hen over zijn schouder. Terwijl ze verder lopen, blijft P hen verbijsterd nakijken. Hij voelt geen bevrijding. Hij probeert sneller te gaan lopen. De zon is nu op weg omlaag, de schaduwen worden heel lang.

Tijdens zijn opleiding in Griekenland werd de MiG-21 gezien als een vijandelijk toestel omdat het gebruikt werd door
een aantal socialistische Middellandse Zeelanden. De Griekse cadetten bestudeerden de zwakke en sterke kanten van het
toestel om te leren hoe ze het konden neerschieten, ze keken
naar gefilmde luchtgevechten tussen Amerikaanse jacht-
vliegtuigen en Vietnamese MiGs. Ze leerden dat het vliegtuig snelheid verloor als het uitweek, dat het erg snel kon
klimmen, dat het uitstekend in staat was om Amerikaanse generatiegenoten zoals de F-4 Phantom, de F-5 Freedom
Fighter en de F-104 Starfighter te verslaan. De superioriteit
van de MiG-21 in de aanloop naar de Vietnamoorlog had ervoor gezorgd dat de Amerikanen aan het eind van de jaren
zestig twee opleidingen voor gevechtspiloten waren begonnen die ook aan de andere kant van de Atlantische Oceaan
onder piloten snel bijna legendarische bekendheid kregen:
Top Gun en Red Flag.

Tussen de foto's die P verscheurd had, waren een paar foto's van MiGs die P uit Amerikaanse en Israëlische tijdschriften had geknipt. De MiG-21 die in Oeganda wordt gebruikt
is ongelakt, van gepoetst aluminium. Als hij was teruggegaan, had hij in zo'n vliegtuig voor de Oegandese luchtmacht
gevlogen. Hij volgde met zijn vinger vaak de vorm van het
profiel en vroeg zich af hoe het zou voelen om sneller te gaan
dan het geluid. Of hij dan eindelijk alles achter zich zou laten. Nu liggen de foto's in stukjes gescheurd in het stof achter
hem. Hij pakt zijn paspoort en haalt de foto eruit waarop
hij in vliegtenue staat met zijn helm onder zijn arm. Hij
herinnert zich de korte, achteruitstaande deltavleugels van
de MiG-21, de krachtig bepantserde cockpit, de luchtinlaat

in de neus. Hij heeft dorst. Moet aan water zien te komen. Stof in zijn mond. Zijn been begeeft het, hij valt, blijft zitten in de berm. Hij wil niet verdergaan, er is daar niets wat op hem wacht, in Kisumu, in de wereld. Hij veegt zijn handen af, houdt ze voor zich omhoog, tegen de donker wordende hemel. Zijn handen zijn rood. De aarde erop is rood. Rode aarde. Met een laatste, wanhopige inspanning komt hij omhoog. De aarde is rood bij Kisumu.

Hij nadert de markt. Deze strekt zich over de savanne uit naar het westen, en zelfs langs de weg staan marktkramen en verkopers die hun waren op dekens hebben uitgestald. In de verte is op de vlakte een Keniaanse vlag zichtbaar, futloos wapperend in de zwakke avondwind. Hij slentert met zijn buidel langs de weg. Hij zou zijn kleren hier kunnen verkopen, maar hij denkt dat hij er in Kisumu meer voor krijgt. Hij laat de markt achter zich, ziet in het oosten een groep huizen en gaat van de weg af. Hij strompelt langs geiten aan paaltjes, langs gebarsten lemen muren, zijn sandalen slepen door het gras, hij verliest er een en hij heeft bijna niet de kracht hem op te rapen en weer aan te doen. Dit is Kisumu niet, het is een klein dorpje. Hij ziet helemaal geen mensen. Hij leunt tegen de deurpost van een hut. Hij is doorweekt door hemel, regen, vlucht.

'*Pii*', zegt hij in het donker. In zijn taal is dat het woord voor water. De afgelopen uren heeft hij mensen Luo horen spreken, een taal die verwant is aan het Lango, en hij herhaalt het woord nog eens, in de hoop dat iemand in de hut het hoort en het begrijpt. '*Pii.*' Een jongen komt naar de deuropening. Hij kijkt naar P, zijn mond staat halfopen, hij mist een voortand, gaat dan weer terug het duister van de hut in. Er is iets griezeligs aan de manier waarop hij totaal in de schaduwen daar binnen verdwijnt. *Vraag nooit een kind om hulp.* P blijft eenzaam achter, leunt de hut in en zijn stem is zo hees en moe zodat het lijkt of niet hij, maar het droge gras, de rode aarde spreekt. Hij heeft water nodig. Water.

De jongen komt terug met een vrouw die een kalebas bij zich heeft. Hij neemt hem aan, drinkt en als hij leeg is geeft hij hem terug en gebaart: meer. De jongen trekt de vrouw aan haar kleurige jurk, zegt iets in het Luo wat P niet begrijpt. Als de vrouw terugkomt met de kalebas, stoot ze haar hoofd tegen de deurpost en lacht tegen hem, alsof ze zich excuseert voor haar onhandigheid. Ze is jong, denkt P, maar dan realiseert hij zich dat ze ouder moet zijn dan hij en het geeft hem het gevoel gevuld te zijn met dorre bladeren, stof, rode boekbanden, waanzin, jaren, kilometers, mijlen, wolken en hij drinkt, buiten adem, hij veegt zijn mond af met de mouw van zijn trui en wijst dat hij nog meer wil. *Geef me een waterval. Geef me de zee en de hemel terug. Geef me een leven.* Als hij een derde kalebas heeft leeggedronken, vraagt hij in het Swahili of het nog ver is naar Kisumu, maar de vrouw geeft geen antwoord. Hij zegt het nog eens in het Lango en vervolgens in geïmproviseerde gebarentaal maar de vrouw staart hem alleen maar aan met haar aandachtige, amandelvormige ogen. Heeft hij haar gekwetst? Zonder haar blik van hem af te nemen roept de vrouw iets voor zich uit. P doet een stap naar achteren. Hij denkt aan de man die zei dat hij niet mocht stilhouden voor hij in Kisumu was. Maar die man was een rover. De vrouw roept opnieuw, één woord. Er gebeurt niets. Ze staat daar in de deuropening alsof ze ergens op wacht. Hij kan niet uitmaken of ze eerder bang is dan dreigend. Het is alsof ze een woord heeft uitgesproken dat hem moet wekken uit een droom, of waardoor de aarde zal openslijten en hem verzwelgen. Hij hoort de wind, hij hoort het zwakke geluid van stemmen door een open deur verderop. Hij wacht. Alles wacht. Er komt een jongetje uit een buurhut aanrennen, hij is blootsvoets, maar zijn voeten zijn schoon en glad: hij zit op school. De vrouw moet de naam van het jongetje geroepen hebben. De vrouw en de jongen praten even in het Luo en als P dan weer naar Kisumu vraagt, legt de jongen in het Engels uit dat Kisumu nog maar enkele kilometers is.

Er branden een paar eenzame straatlantaarns in het donker als P tussen de stenen huizen en hutten van aan elkaar vastgemaakte stukken golfplaat aan de buitenkant van de stad door loopt.

Kisumu is Kenia's op twee of drie na grootste stad en wordt na Kampala als de belangrijkste haven aan het Victoriameer gezien. Hij had er op school over gelezen. Hij loopt door de steegjes, langs bars, donkere winkelruiten, hij vraagt nachtelijke voorbijgangers de weg naar het busstation en weet het ten slotte te vinden. Achter het loket zit een oudere vrouw, die vertelt dat de bus naar Nairobi over een uur vertrekt, dat een biljet twee Keniaanse ponden kost, dat Nairobi ruim tien uur met de bus daarvandaan ligt. Hij gaat op een bankje zitten. Trekt zijn kapotte sandalen uit. Zijn voeten zijn opgezwollen en zitten vol kloven. Hij maakt het dichtgebonden laken open, haalt de leren schoenen uit Griekenland tevoorschijn. Als hij de veters heeft gestrikt, draait hij zijn voeten een tijdje in het straatlicht heen en weer. Hij gooit zijn sandalen in een prullenbak. Hij vindt een wc aan de achterkant van het busstation, spoelt zijn gezicht af. Er zit een stuk glimmend aluminium boven de wastafel dat dient als spiegel. Hij heeft glanzende ogen. Nu is hij er bijna. Hij knippert met zijn ogen. Nu is hij gevlucht. Nu is hij bijna weg. Hij zoekt een bar, verkoopt het jasje en de laatste drie hemden aan de eerste de beste persoon die bereid is genoeg te betalen zodat hij zijn buskaartje kan kopen. Hij eet iets in een goedkoop restaurant. Op weg terug naar het busstation komt hij langs de haven, waar een vrachtschip wegglijdt over het blauwzwarte oppervlak van het Victoriameer. De brandingsgolven dreunen tegen de massieve metalen romp. Hij herinnert zich het geluid van stranden. Hij herinnert zich het strand in Griekenland waar zijn vlieginstructeur zei dat hij zou kunnen verdwijnen zonder dat iemand het merkte. Nu is hij verdwenen. Nu is alles verdwenen. Eenzame zeevogels vliegen kriskras over de kades, de onderkant van hun vleugels gevangen in het licht van de stad, oranje, groen.

De volgende ochtend stapt hij in het centrum van Nairobi uit de bus. Koele berglucht, mist. Taxichauffeurs en verkopers komen aanstromen en bieden hun diensten aan. Het regent, een dun miezerregentje dat naar uitlaatgassen en modder stinkt. Hij trekt zijn pilotenjack aan en gooit het vieze laken in een prullenbak. Hij heeft het koud. Er rijden auto's door de plassen. Acaciabomen, klimplanten met violette bloemen die over hekken en muren groeien. Hij loopt langs King's Street, tussen de koloniale huizen van wit steen. Aan de rechterkant ligt de Britse ambassade, en na een paar meter ga je de hoek om en loop je onder de bomen verder. Het geluid van de regen op de bladeren. Het geluid van de hemel op de bladeren. Er stappen blanke mensen in auto's, ze bekijken hem wantrouwend. De Italiaanse ambassade wordt bewaakt door een Keniaan van de militaire politie in een wachthuisje. Hij liegt dat hij een visum wil aanvragen. De wacht belt op, zegt iets in de telefoon en laat hem dan door het hek naar binnen. Binnen in de ambassade zit een Italiaanse wacht in een uniform met een witte band dwars over zijn borst, met pet, snor, een machinegeweer in een holster van wit leer. De man leest een tijdschrift met glimmende bladzijden, een of ander Italiaans modeblad. Hij kijkt traag op als P binnenkomt. 'Je pas.' Engels. De regen tegen het glas van de voordeur. Een oudere Italiaanse vrouw met kort grijzend haar zit achter een ruit van kogelvrij glas, de wacht kijkt niet in het paspoort maar geeft het haar door een luikje. Ze gebaart naar P. Zijn natte schoenen kletsen op de marmeren vloer.

'Je hebt de Oegandese nationaliteit. Je hebt voor Italië geen visum nodig.' Ze doet het luikje dicht. P blijft een hele tijd doodstil naar zijn eigen spiegelbeeld staren. In zijn vieze kleren ziet hij eruit als een schaduw, een geestverschijning van regen en modder en schaduwen. Als de vrouw merkt dat hij er nog staat, doet ze het luikje weer open.

'Ik ben niet hier om een visum aan te vragen.' Hij struikelt over zijn woorden, die zielig klinken. 'Ik heb hulp nodig, ik moet in contact komen met een vriend in Rome om geld te krijgen voor een ticket.' Hij steekt zijn hoofd door het luikje, maar de vrouw heeft zich afgewend en praat nu in het Italiaans met iemand in een kamer erachter. 'Alstublieft, ik moet iemand in Rome opbellen.' De vrouw is opgehouden met praten tegen de persoon in de andere kamer. Schrijft iets op een papiertje, dat ze aan hem geeft.

'Ga naar de Amerikaanse ambassade.' Ze klopt met haar vinger op het papiertje. 'Dit is het adres.'

De regen. Een regen van donkere speldenprikken. Hij loopt langzaam door Nairobi, leest de bordjes met straatnamen, probeert de Amerikaanse ambassade te vinden. Er rijden auto's voorbij die rode modder op hem spatten. Hij had gedacht dat de Italiaanse ambassade hem zou helpen contact op te nemen met zijn nicht. Hij had misschien moeten zeggen dat hij in contact moest komen met een Italiaans staatsburger. De marineman die bij het hek van de Amerikaanse ambassade staat, salueert als hij langskomt. Hij beantwoordt de begroeting, een militaire reflex in zijn ruggengraat. *Gewoonten en gebruiken van de academie.* Dat is weg nu. Het is verdwenen. De wind heeft het weggeblazen. De Amerikaanse ambassade doet hem denken aan de lobby van het hotel in Athene waar hij werkte. Kroonluchters aan het plafond, marmeren vloer, een vrouwelijke telefoniste.

'Ik ben gevechtspiloot uit Oeganda. Ik ben opgeleid in Griekenland. Ik heb daar met Amerikaanse toestellen gevlogen', zegt hij. 'Ik heb hulp nodig.' De vrouw vraagt hem te gaan zitten en even te wachten, ze drukt op een knop, spreekt in de telefoon. Hij trekt zijn pilotenjack uit, gaat op een stoel zitten.

'Sir?' Hij kijkt op. Een man in een donker pak is naar de receptie gekomen.

'Ik ben politiek secretaris. Wilt u met mij meekomen naar mijn kantoor?' Ze lopen door gangen, komen langs wachten, dikke houten deuren die opengaan. Een kantoor. 'Gaat u alstublieft zitten, sir.' Gaat zitten. De ambassademedewerker zit in een enorme leren stoel achter een bureau, hij leunt erin

243

naar achteren en vouwt zijn handen voor zich. 'Zo. Wat kan ik voor u doen, sir?' Als P zijn verhaal vertelt en de Amerikaan hem gelooft, dan helpen ze hem misschien omdat hij in een NAVO-land is opgeleid. Als ze hem niet geloven, dragen ze hem misschien over aan de Keniaanse autoriteiten, die hem kunnen uitwijzen naar Oeganda of terugsturen naar Tanzania. Hij bijt op zijn onderlip en kijkt naar de man in de grote leren stoel. Dan begint hij zijn spullen uit de zak van zijn pilotenjack te halen: zijn paspoort, zijn insignes, de vleugels van geborduurd gouddraad, zijn vliegcertificaat – hij legt ze op een rij op het mahoniehouten bureau. De laatste voorwerpen van zijn universum.

De schommels op de speelplaats ver achter ons bewegen in de wind, de kettingen glanzen in het lage zonlicht. Peter en ik lopen langs de kant van de weg, te midden van het engelenhaar van paardenbloempluizen die ronddwarrelen in het rode licht. We zijn klaar met de eerste klas van de middelbare school, gaan nu naar de tweede. Ik heb een lange kunststof pijp, waarmee ik in het gras sla. Peter heeft de capuchon van zijn zwarte trui over zijn hoofd getrokken, hij zegt dat we een geheime ninjaclan zijn, de laatsten van een groots geslacht. Zijn moeder komt uit Kroatië, daar is hij vorige zomer naartoe gegaan, naar zijn thuisland. Hij is mijn beste vriend. Ik sta daar met de kunststof buis in mijn hand naar de speelplaats te kijken, maar de jongens die er daarnet waren zijn nu weg. Ik heb een van hen geslagen tot hij begon te janken. Mijn moeder vraagt waar ik ben geweest, en ik antwoord 'nergens'.

Zevenentwintig augustus tweeënzeventig. Idi Amin heeft een datum genoemd waarop de meerderheid van de Aziaten in het land zal worden uitgezet.

Ik ren met mijn armen gespreid als een vliegtuig. Er zijn een paar jongens die me altijd pesten, een van hen schopt bijvoorbeeld altijd mijn basketbal weg, en hun gezichten zijn als maskers van porselein. De bal zeilt langs de hemel. Ze hebben namen voor mijn kroeshaar, voor mijn lichaam, voor mijn huid, ze lachen en hun lach hoort bij dit land, bij de rijtjeshuizen, bij de bomen. Gisteravond heb ik een van hen geslagen en hij moest janken en kreeg een bloedneus. Er zit een beetje bloed op mijn trui. Peter zag het. Hem pesten ze niet, alleen mij. We balanceren over de middenlijn, er snelt een auto voorbij die lichtjes geeft en uitwijkt. Raak me maar als je kunt.

Achtentwintig augustus tweeënzeventig. Volgens Amin worden de Tanzaniaanse troepen die de Oegandese grenzen aanvallen, aangevoerd door Chinese officieren. Het lichaam van een man die werd beschreven als een Chinese kolonel, gekleed in Tanzaniaans uniform, werd publiekelijk getoond voor het Oegandese internationale congrescentrum.

Die zomer komt mijn vader bij ons op bezoek. Hij rookt op het balkon. Zijn kleren zitten in een grote sporttas in de hal. Hij woont nu in Gotenburg, hij gaat binnenkort weer terug. Ik lig op mijn rug naar de lucht te kijken en iedere keer dat ik naar de lucht kijk, denk ik aan mijn vader, die van daarboven komt. Peter roept dat er een auto aankomt en dat ik op moet staan en ik zie de lichten van zijn koplampen en ga staan en zie mijn eigen schaduw voor me uit fladderen. Hij rent.

Ik heb ook een vriend uit Afrika, hij heet S, hij woont naast me. Deze zomer spelen we soms samen. Zijn vader komt ook uit een oorlog in Afrika, en bij hen thuis staat de televisie altijd aan, ook als er niets op is, en zijn lach hoort bij zijn lichaam en bij het metaal van de frames van de fietsen, bij de afrastering.

Dertien augustus tweeënzeventig. Het uitzettingsbevel verbaast Groot-Brittannië. De Britse autoriteiten zagen generaal Amin als een redelijk mens met wie ze konden samenwerken. De Oegandese radio is begonnen af te tellen tot de uitzettingsdatum.

Ik blaas mijn adem op de glazen tochtdeur en schrijf mijn naam in de wasem. De binnenkant van mijn handen en de onderkant van mijn voeten is blank en ook daar word ik door de anderen mee geplaagd, ze zeggen dat ik op handen en voeten stond toen God mij schilderde. Maar God heeft mij lief.

Vier september tweeënzeventig. Zestien opgewonden en wanhopige Aziaten uit Oeganda landen in Londen en zeggen dat ze gevlucht zijn 'uit een levende hel'.

Passagiers die zijn geland op de vluchthaven van Entebbe zeggen dat ze het bevel kregen de gordijntjes voor de ramen omlaag te trekken, maar dat ze door de kieren keken. 'Ik heb nog nooit zo'n chaos gezien', zei een Indiase zakenman uit Kampala. 'Op het vliegveld renden mensen alle kanten op.'

Peter heeft met handenarbeid werpsterren gemaakt, heeft ze uit een ijzeren plaat geknipt en de hoeken geslepen. Hij gooit ze, ze rinkelen over de straat, we rapen ze op en gooien opnieuw, in het straatlicht glimmen ze als grote, logge sneeuw-vlokken van metaal.

In de laatste stralen van de zon draait Peter een ster in het rond, voelt aan de scherpe uiteinden.

S verzamelt speeksel in zijn mond en spuugt en zegt dat wij vuile allochtonen zijn en dat wij kapot moeten maken wat ons kapotmaakt.

Je houdt je sleutels vast als een boksbeugel.

De bladeren bewegen boven ons hoofd. Als mijn vader weer weggaat, wil ik dat hij me optilt en meeneemt. Dat wil ik altijd. Ik wil dat hij me meeneemt uit dit land dat mij haat.

Peter pakt mijn hand en zet de scherpe punt van de ster op mijn huid. We gaan ons bloed mengen. Ik laat hem de punt daar houden. Tegen mijn leven. Ik denk eraan hoe ik mijn vuist balde en sloeg. Dat was fijn. Ik kon voelen dat mijn hart nog in mijn lichaam zat. We zijn hiernaartoe gevlucht uit ons beminde Japan, we zijn de laatsten uit een grote clan, Peter en ik. Ik trok de andere jongen aan zijn haar, we schreeuw-den. Peter laat mijn hand los, hij laat me het bloed op de ster zien, ik krom mijn hand rondom de gemaakte snee, er valt een druppel bloed op het asfalt. Ik word duizelig. Het gras langs de kant van de weg golft door de wind. Nu zijn de oude dynastieën weg, zegt Peter. Als stof op de wind. Ze zijn de lucht die we ademen.

Vijf oktober tweeënzeventig. Sinds een paar dagen heerst er paniek en verwarring in de Oegandese hoofdstad. Er zijn overal militairen, vooral rondom de parlementsgebouwen. Pantservoertuigen controleren voorbijgangers, vooral Europeanen. Bij een afzetting zijn Aziaten beroofd van hun kostbaarheden. Tanzaniaanse troepen aan de grens worden teruggedreven. In Kampala zijn alle winkels gesloten. De uitzetting duurt voort.

S gooit zijn goudkleurige, lege bierblikje op de weg. Wij haten dit land. Niemand heeft ooit een hand naar ons uitgestoken. We zijn zeventien, we zitten op een bankje in het park. Ik haal een nieuw blikje bier uit mijn tas en geef het aan hem. Ik kijk naar zijn gezicht en alles krimpt alsof ik me snel naar achteren beweeg: de flatgebouwen, de bomen achter hem, alles verdwijnt, ik ben al bezig weg te gaan, weg te gaan. Maar hij is mijn broeder en ik zal mijn arm om zijn schouder slaan als we weggaan, of misschien naar huis, als dat bestaat, het enige wat er is, is vriendschap van metaal en bier dat we pikken bij het benzinestation, en cassettebandjes, die we opnemen met onze eigen stemmen en papa, die zegt dat ik net als mijn grote broer ingenieur moet worden, want er kan oorlog uitbreken, maar ik wil iets anders worden. Ik ben te lang om piloot te worden, zoals ik eerst wilde, maar iets zal ik worden. Schaduwen fladderen over de muren van de kinderkamer, over de versleten linoleumvloeren van de naschoolse opvang, over de voetgangerstunnels waarin we de namen van onze helden met spuitbussen op de muren schrijven. Schaduwen, vaders, afstand. De motregen van de herfst valt over de stad. S en ik zitten bijna iedere avond op dat bankje bier te drinken en slap te ouwehoeren en te rappen in de microfoons gevormd door onze vuisten, en ik hou van de roes die me troost en van mijn meisje dat van mij houdt en van de nacht die mij draagt en ik ben goed op school en S is slecht, en zo is het. Ik ga staan en doe of ik met hem boks, ik sla tegen zijn schouder, hij geeft me een harde duw en we lachen. Laatst heeft hij een of andere sukkel in de stad in elkaar geslagen. Hij vecht om iets binnen in hem waarvan ik niet weet wat het is en voor mijn jeugd. Ik laat mijn hoofd hangen. Ik wil mijn leven op het spel zetten. Binnen in mij is geen centrum, alles is gehaast, waardoor de wereld wazig wordt, bloedneuzen, ontladingen, vrienden, stompen, hangen, zwarten, hiphop, het leven, en ik ga naar huis terwijl de natte bladeren naar metaal ruiken en de regen in de open ruimte tussen de flatgebouwen valt en er is daar een verlatenheid die de mijne is, die ik zelf ben, ook. Ik ben marxist-leninist. Ik roep omlaag van een balkon. Ik ben Kwame Nkrumah. Ik ben het zwarte pauperproletariaat en sukkels kunnen mijn achternaam niet eens uitspreken en dit land heeft al onze vaders uitgekotst, zo is het. Ik trek een zilverkleurige lijn over een muur, trek met mijn spuitbus een heel lange lijn over de muur, als ik naar huis ga, of weg, als dat bestaat.

Er komt een fietser voorbij: zijn spiegelbeeld glijdt langzaam door de plassen. P houdt een stapel Keniaanse bankbiljetten in zijn hand. Die heeft hij van de Amerikanen gekregen. Hij staat tien stappen buiten het hek van de ambassade, terwijl hij daarbinnen zat te vertellen is de avond nacht geworden. Zongekleurde mangobloemen tegen de donker wordende hemel, bergjes samengewaaide kroonbladeren, omlaaggespoeld door de regen. Bij het geld één enkel advies: leef je in het witte deel van Nairobi, dan is het genoeg voor één dag, leef je in het zwarte deel van Nairobi, dan is het genoeg voor een maand. Hij trekt het pilotenjack aan en stopt zijn handen in zijn zakken. Ze hebben hem tenminste niet overgedragen aan de autoriteiten. Zwerft doelloos door Nairobi. Vlak voor zonsopgang gaat hij op een bankje bij een busstation liggen slapen, waar ook andere daklozen op bankjes en langs de muren liggen. Ochtendforensen komen langs. Ze kijken niet naar hem. Hij heeft het koud in zijn natte kleren. Hij kijkt naar zijn mooie schoenen, waar hij zo lang zo zuinig op is geweest. Waarom hebben de Amerikanen hem niet geholpen? Hij is opgeleid in Griekenland, dat deel uitmaakt van de NAVO. Hij zou naar de Verenigde Naties moeten gaan om zich te laten registreren. Dat is de voornaamste reden waarom hij naar Nairobi is gegaan. Maar hij weet niet hoe het werkt en hij is bang dat hij teruggestuurd zal worden naar Tanzania of Oeganda als hij naar de Keniaanse autoriteiten gaat. Hij koopt eten van een kraampje bij het station, een beetje vlees met rijst dat stomend in een papieren puntzak wordt opgediend. De zwarte buurt van de stad, daken van golfplaat die schokken in de harde, snel voorbijtrekkende regenbuien. Hij denkt aan zijn familie, hij bedenkt dat hij nu contact met ze kan opnemen, dat hij dat binnenkort zal doen. Als de avond komt, neemt hij een kamer in een goedkoop hostel, maar daarna slaapt hij toch weer op het busstation om geld uit te sparen. Soms drinkt hij bier, wankelt rond onder de nachthemel, zinkt ineen onder een boom, in bosjes. Hij houdt op te dromen van vliegen, in plaats daarvan dringt het kamp zijn nachten binnen. In zijn dromen loopt hij hard en valt, of zit tegen de muur van de slaapzaal te kijken naar de anderen die voetballen. Zijn cassettespeler verandert in een radiozender die het nieuws opvangt dat zijn familie is uitgemoord door de mannen van Amin. Waken en dromen vloeien ineen en het bestaan als dakloze in Nairobi wordt één met het leven in het kamp. Het is van hetzelfde materiaal.

Op een middag gaat hij naar een bouwvallig flatgebouw en klimt de trappen op. Komt uit op het dak. De wind koelt zijn bezwete gezicht, Nairobi krioelt aan zijn voeten. In de stadskern zijn enorme slums, en buiten de grenzen van de stad groeien grote krottenwijken die al in de eerste helft van de twintigste eeuw gevormd zijn, toen de Britten de boeren van hun grond beroofden waardoor ze hiernaartoe kwamen op zoek naar werk en woonruimte. Vogels scheren over vuilnisbelten. Hij staat daar lang. Het is weg. Hij weet niet meer hoe het voelde om te vliegen.

Vlak voor zonsopgang komt er een bestelauto die een stapel kranten, *The Nation*, op de stoep voor het busstation legt en soms haalt hij er een af voordat de man van de kiosk ze heeft kunnen pakken. De meeste daklozen in Nairobi komen van het platteland en zijn analfabeet en hij wil geen argwaan wekken en daarom houdt hij de krant ondersteboven om de indruk te geven dat hij alleen maar doet alsof hij kan lezen. De ochtendforensen wijzen naar hem en noemen hem een idioot, sommige zeggen vriendelijk en behulpzaam dat hij de krant andersom moet houden. De meeste, ook degenen die hem proberen te helpen, lachen en hij kan zien hoe er kleine gesprekjes over hem ontstaan, hoe mensen praten over die gekke dakloze man, die de krant ondersteboven leest. Hij is bijna een maand in Nairobi als hij op een dag onder een uitstekend dak het binnenlandse nieuws zit te lezen, dat vooral over Kenyatta's landbouwhervormingen gaat en over stammentwisten die verband houden met de naween van de Mau Mau-opstand. Op de buitenlandpagina ziet hij een bericht over Oeganda en herkent hij een gezicht op een foto. Het dreunt in zijn oor. Hij leest: *In een poging om de grensstad Mutukula te veroveren, zijn Oegandese dissidenten afgelopen donderdag Oeganda binnengevallen.* Op de foto ligt de medicijnman dood op straat, in een groen uniform. *De invasiemacht leed massale verliezen toen zij werd teruggedrongen door Oegandese infanterie en gemechaniseerde bataljons.* Hij vouwt de krant snel op en legt hem weg, want het voelt alsof hij zo dadelijk ontmaskerd wordt. Alsof hij zelf op de foto in de krant staat. Hij duwt zijn hoofd tegen de muur achter zich, haalt snel en heftig adem door zijn mond. Zijn ogen schieten heen en weer. Hij pakt de krant weer op, met trillende handen, leest nog een zin: *De slecht uitgeruste soldaten werden in de stad omsingeld en de hele nacht door artillerie en bommenwerpers bestookt. Ze zijn tot op de laatste man gedood.* Hij haalt zijn handen over zijn gezicht. Als hij met de andere daklozen praat, liegt hij meestal en zegt hij dat hij uit Soedan of Tanzania komt. Hij gebruikt valse namen. Hij laat de krant liggen en gaat weg. Witte hemel, de flatgebouwen verdwijnen in de uitlaatgassen. Hij gaat op een bank zitten, staart naar het verkeer. Hij is altijd bang. Hij is bang om ziek te worden en in een ziekenhuis terecht te komen, waar iemand om een identiteitsbewijs zal vragen. Hij is bang dat iemand hem op straat zal aanhouden en vragen waar hij vandaan komt, dat de politie hem zal oppakken. De aangestampte aarde onder zijn voeten is vol gescheurd papier, karton en afgevallen bladeren waar de wind mee speelt. Tot op de laatste man gedood.

Hij loopt met een gevlochten mand onder rijen abrikozen- en mangobomen door. Hij is ruim een half jaar in Nairobi en werkt als dagloner – er komen vrachtauto's van de fruitplantages buiten de stad die de daklozen bij het busstation ophalen en voor een paar shilling per dag fruit laten plukken. Hij plukt een abrikoos en bijt erin. Hij is zoet, de smaak van de zon. Hij denkt aan de jongen met de pet die gekochte sigaretten rookte, aan de oude politieman, aan anderen die hij in het kamp kende.

Op een nacht stopt hij zijn pilotenjack, zijn paspoort, zijn vlieglogboek en al het andere dat hij wil bewaren in een plastic tas, die hij begraaft in een park.

Als hij niet op de fruitplantages werkt, brengt hij de weken door tegen een muur, in een soort halfsluimer, in een vermoeidheid die hoort bij de straat en het stof en het voortdurende verkeerslawaai. Hij voelt draaikolken achter zijn voorhoofd, iets in hem wat hij niet zelf is, iets wat dood en zwaar en koud is, wat rond en rond geslingerd wordt.

Was hangt wapperend te drogen in steegjes waarin het rioolwater uit de huizen zomaar op straat stroomt.

Als hij 's ochtends in zijn lappen gewikkeld wakker wordt, denkt hij soms dat hij in een graf ligt. Zijn mond smaakt naar aarde.

De jongen. De man in de deuropening. De jongen roept iets.

Hij steekt een lange gedroogde graspriet in zijn hart, die uitgroeit tot een savanne van fladderende schaduwen. *Je moet niet bang voor me zijn. Ik ben je broer.*

Hij knippert met zijn ogen, de zon schittert op een ijzeren dak en blijft als het ware in zijn ogen hangen. Hij zit in de bus die wegrijdt uit Nairobi. Hij is al bijna een jaar in Nairobi en hij begrijpt niet hoe de tijd zomaar voorbij kan zijn gegaan. Als hij uitstapt worden zijn voeten vastgezogen in de modder, en hij valt, krachteloos, hij breekt zijn val met zijn handen, ze zakken weg tot zijn polsen, hij probeert te gaan staan, hij is heel dronken, hij heeft de hele busreis gedronken. *De slecht uitgeruste soldaten zijn tot op de laatste man gedood.* Hij is naar een van de sloppenwijken gegaan om dood te gaan, zich van het leven te beroven. De modder bestaat uit aarde vermengd met regen, urine en stront die een rivier hebben gevormd van stroperig materiaal dat de huizen in loopt en de gezichten van mensen bevlekt. Zijn benen worden moe en hij zakt tegen een muur van golfplaten in elkaar. Rondom hem is alles helder en scherp. De kartonnen dozen die mensen gebruiken als huis, een jongen met een beenstomp in plaats van een voet, die in de schaduw van gevlochten, halfverrotte palmbladeren slaapt. Een magere geit trekt mekkerend aan zijn touw. *Ik ben je broer.* Hij vraagt zich af wat hij in Nairobi had gehoopt te vinden. Hij raapt een glasscherf op, houdt de scherpe kant tegen de binnenkant van zijn pols. Hij heeft geen toekomst. *Je moet niet bang voor me zijn.* Kippen tokken. Geen toekomst. Zijn hand beeft.

Zijn moeder pakt een handje aarde. De hand is gegroefd, vast, mager. Ze strooit de aarde over hem heen, de aarde is droog, hij stuift in een dun straaltje tegen de donkere bewolkte middaghemel. Hij ligt in een gat in de grond en kijkt naar haar op. Zijn broers en zussen zijn er ook, ziet hij nu, hun starre gezichten met holle ogen buigen zich over hem heen. Ze huilen. Hij ligt in zijn graf. Een van zijn broers pakt een beetje aarde en strooit die over hem uit.

De tranen in zijn ogen voelen als smeltend tin, hij knijpt in de glasscherf tot zijn vingers beginnen te bloeden, probeert zijn hand te dwingen om te snijden. Ergens in de buurt schreeuwt een baby, het bloed uit zijn vingers vermengt zich met de aarde, hij houdt de scherpe kant tegen zijn pols, maar de baby schreeuwt, waarom schreeuwt de baby – hij kijkt op en ziet een vrouw op haar hurken de baby de borst geven, ze zit tot haar middel in de rode, stinkende modder en dan denkt hij aan zijn eigen moeder, zijn moeder die haar kinderen op haar vingers aftelde, hun naam zei, en blies …

De kustlijn onder het vliegtuig zinkt weg, heel ver weg zijn de buitenste archipels van het Griekse eilandenrijk zichtbaar. Hij opent de gashandel verder. Regenbuien in het oosten, de starttoren praat onafgebroken in zijn helmradio, morsecode, walvissen die zingen in de diepte: *Luchthaven Istanbul Internationale Luchthaven van Athene*
Luchthaven Rome-
Hij vliegt naar het westen. *Ik breek de formatie, sir, peiling 354-*

Zijn kleren zijn rood van de gedroogde modder als hij terugkeert naar het centrum van Nairobi, naar zijn slaapplaats op het busstation, naar zijn werk op de fruitplantages, naar zijn leven dat doorgaat hoewel het onmogelijk is, naakt als een stuk slachtafval op straat. Zijn hart gaat door met slaan, de boom van bloed groeit door zijn borst en door zijn armen, onmogelijk, hij zwerft rond, mager en straatarm en als hij ergens buiten zit en het begint te regenen, dan schuilt hij niet maar laat het zwarte water over zich heen komen, laat zich doorspoelen. Dampende pap in metalen borden. Maanden gaan voorbij. Hij vecht, hij schreeuwt, huilt, jaren gaan voorbij, ze zijn als zand door zijn vingers, soms lacht hij zijn parelende, oprechte lach als een van de andere daklozen een grap maakt, hij schreeuwt naar de sterren als hij dronken is van de zelfgestookte palmwijn. Soms droomt hij van een man die met zijn rug naar hem toe staat en meent hij dat God alleen maar een afstand tot alles is, een toegekeerde rug. Hij schrijft brieven naar zijn familie, naar John en naar F, naar de adressen die hij heeft, hij schrijft dat hij moet slapen op het busstation in Nairobi en dat hij geld nodig heeft, dat ze hem daar kunnen opzoeken als ze in leven zijn. Maar niemand komt. Hij slaapt in de schoot van de dood. Hij slaapt in de schoot van zijn broer.

Wilde honden scharrelen in het afval. De plastic zakken die ze op straat uit elkaar trekken, vullen zich met wind, stijgen op, slaan tegen de grond. Het is alsof alles en iedereen om hem heen wegglijdt in een steeds sterkere branding, een steeds heviger dreunen van golven op het strand.

Negentienhonderdvijfenzeventig. De laatste dag van februari. Duizenden mensen zijn door Amins militairen en inlichtingendienst vermoord: de kranten die hij ondersteboven leest staan steeds voller met alarmerende rapporten over massa-executies, over onbeheersbare stamconflicten. Hij loopt langzaam, zonder richting, het is ochtend, hij kijkt naar de lucht boven de kapotte daken en herinnert zich hoe hij daar vloog, in wat nu echt een ander leven is. Hij lacht zachtjes in zichzelf, is stil, blijft staan, raakt verward. Hoe deed je dat ook alweer, marcheren? Je duwde je hakken in de grond en zwaaide je lichaam rond, zo – hij lacht in zichzelf. Hij komt langs een bedelaar op een stoeprand, legt een handvol munten in zijn uitgestrekte hand. Blijft plotseling staan, voelt in zijn zakken. Hij heeft geen geld meer. Hij had brood willen kopen voor dat geld, het was het laatste dat hij had. Het was een ander leven waarin hij zomaar geld had gegeven aan bedelaars. Hij staat daar met zijn hand in zijn zak en wil omkeren om het geld terug te vragen.

'Jij slaapt toch altijd op het busstation?' De bedelaar laat de munten in zijn hand rinkelen. 'Ik heb je daar gezien. Op het busstation.' De man, die van P's eigen leeftijd is, toont een tandeloze grijns, staat op. 'Slaap daar maar niet vannacht', zegt hij. Daarna draait hij zich om en loopt weg en hoewel P hem naroept blijft hij niet staan, gaat een hoek om en is verdwenen. Het maakt indruk als iemand zoiets zegt en zich daarna gewoon omdraait en weggaat en verdwijnt, en er blijft iets van de merkwaardige ontmoeting hangen, wat die avond verandert in een onrustig gevoel, waardoor hij op weg gaat naar een hostel waar hij wel vaker een kamer op krediet neemt, hoewel de nacht die eraan komt zacht is en behaaglijk en juist het soort nacht dat hij meestal in het busstation doorbrengt. Hij neemt een kamer en belooft te betalen als hij werk heeft op de fruitplantages. Gaat in het raam zitten. Er hangt een klamboe voor en hij peutert twee spijkers los en leunt naar buiten en probeert een glimp op te vangen van de hemel. Hij ziet alleen maar gevels. Maar hij blijft lang zitten luisteren naar de stemmen van de vroege nacht. De klamboe waait op. *Slaap daar maar niet vannacht.*

Ergens die nacht wordt hij wakker van de donder. Hij ligt te draaien in de dungesleten lakens, ligt met open ogen in bed, straatlicht valt op de stenen muur tegenover zijn raam, kleurt het blauw.

's Morgens loopt hij naar het busstation om met de vrachtauto's naar de fruitplantages te gaan. In het vroege ochtendlicht stijgt een rookpilaar omhoog. Er zijn wel vaker branden in Nairobi. De straat voor het busstation is vol politieagenten in donkerblauwe overhemden met korte mouwen. Hij blijft staan. De politieagenten staan rokend te praten, een paar overvalwagens die langs de stoep geparkeerd staan, hebben hun zwaailichten aan, ze roteren stil en knipperen oranje-blauw op de gezichten van de politieagenten. Hij maakt zich zorgen dat de politie zijn paspoort zal vragen en doet een paar passen naar achteren. Het lijkt of het busstation is afge-brand. Een hand op zijn schouder – hij draait zich om. Een agent.

'Wat doe je hier?'

'Ik was op weg naar mijn werk.'

De politieman bekijkt hem van top tot teen.

'Dagloner?'

Een windvlaag waait dikke as in P's gezicht en als hij zijn blik opheft naar de palmen boven zich, ziet hij dat de droge bladeren verbrand zijn en zich als roetvlokken tegen de lucht aftekenen.

'Ja', zegt hij. 'Wat is er hier gebeurd?'

'Er is een bom geëxplodeerd die aan boord was van een bus. Er zijn zevenentwintig mensen omgekomen.'

Hij denkt aan de andere daklozen die onder de slachtof-fers moeten zijn. Er komen mensen langs, sommige huilen of schreeuwen. Hij heeft het koud hoewel de ochtend warm is.

'Een bom?' Hij zou niets moeten zeggen, maar hij kan er niets aan doen. Hij kijkt de hele tijd langs de jonge politie-man naar de chaos, de rook.

'Een paar meter van de bus hebben ze het onthoofde li-chaam van de conducteur gevonden.'

Wat een vreemd, heftig ding om te zeggen.

Als hij daar aarzelend vandaan gaat, liggen er tot op honderden meters van het busstation wrakstukken voor zijn voeten. Een paar dagen later staat er in een krantenartikel dat een beweging die zich Het vrijheidsleger van de armen noemt de bomaanslag heeft opgeëist. De bom heeft de bus over een lengte van meer dan twee meter opengescheurd, ruiten op meer dan een kilometer afstand laten springen. Een ooggetuige die op het busstation was toen de bom ontplofte, beschrijft het als 'een regen van lichamen die tegen de muur sloegen'. P slaapt van nu af aan niet meer buitenshuis of op het busstation. Hij reist op en neer naar de fruitplantages, kijkt naar de andere arbeiders die samengedrukt en met holle ogen op de schokkende laadvloer van de vrachtwagen zitten. Door de snelheid gloeien de askegels van hun sigaretten. De aarde vlekkerig in de schaduwen van de bomen. 's Avonds zitten rijen vogels in de nok van de golfplaatdaken. Hij ligt in zijn bed in het hostel en denkt aan het geluid van menselijke lichamen die als regen tegen een muur spatten. Hij denkt aan overleven. Als hij zijn ogen dichtdoet wellen er wolken op onder zijn oogleden. Schiphol. John F Kennedy International – in Griekenland had hij namen van luchthavens uit zijn hoofd geleerd. Hij had 's avond door atlassen gebladerd. Luton, Newark. Met zijn handen in zijn nek, ogen heen en weer schietend onder zijn oogleden, dwalend en verdwalend als bij een stervende. Witte bergketens. Zenata, Diagoras, Ministro Pistarini.

Ze was twaalf, dertien, ze huurde een kamer van een oude weduwe, zat op haar bed haar huiswerk te maken. Als ze klaar was, keek ze naar de straat buiten, naar de gevallen bladeren die door de lucht waaiden, sneeuw die omlaagdwarrelde in het straatlicht, de bloesemblaadjes van de vruchtbomen die in het voorjaar op de grond vielen. Ze was van de boerderij waar ze was opgegroeid naar een grotere plaats verhuisd om naar de middelbare school te gaan.

Slangenkruid.

Leverbloempje. Groot sterrenscherm.

Ze ging naar de sociale academie in een kleine stad in Midden-Zweden, in de gangen van de studentenflat hing informatie over socialistische jongerenkampen in Denemarken, Joegoslavië. Ze ging weg. Ze stond met een schop over haar schouder en rode banieren achter zich.

Klaproos. Ridderspoor.

Ze gaat met de bus van het vliegveld naar het centrum van Nairobi. Ze zit op een lawaaiige, warme avond voor het raam van het hostel naar de stemmen in de gang te luisteren, de stemmen op straat, de stemmen van de wereld.

Het geluid van langsrijdende auto's sterft weg. Hij knippert met zijn ogen. Hij gaat rechtop in bed zitten. Hij hoort voetstappen in de gang en het klinkt als klompen, hoewel hij weet dat Europeanen nooit naar dat deel van Nairobi komen, dat hij diep in de zwarte kern van de stad is. Toch zijn het houten klompen die daar buiten op de planken klepperen, en de enigen die op zulke schoenen lopen zijn Europese vrouwen.

Ze staat op rode klompen in de gang en praat in slecht Swahili met het personeel van het hostel. Ze heeft een wasmand in haar handen.

Ze wandelen langs stranden. Ze zien elkaar iedere week, later iedere dag. Acacia. LaGuardia. Waaiende kroonbladeren, ze tasten met hun handen voor zich uit, vlechten vingers door vingers. Klimroos.

Alles verdicht zich, alles wordt oorspronkelijk. Ze gaan samenwonen in een kleine flat, zetten er meubels in, zij ligt in bed te lezen en haar ogen zijn groenblauw, turkoois, als de kleur van een bewolkte hemel. Buiten zoemen insecten rondom een lantaarnpaal. Hyacint. Indira Gandhi. Ze zegt dat ze hier wil blijven, in Nairobi, dat ze van Kenia houdt, dat deze plaats haar thuis is. Ze zit in het raam te roken.

Sky Harbor.

De bladeren van de bomen zijn bijna doorzichtig van de droogte, als hij haar laat op een avond in het jaar negentienhonderdvijfenzeventig de twee foto's geeft die hij uit zijn Griekse album heeft bewaard: die waarop hij zijn uniform draagt en die waarop hij voor het vliegtuig poseert. Ze stopt ze in haar portemonnee. Hij vertelt haar over zijn leven, over zijn vlucht, over het vliegen. Hij schrijft weer naar John, hij schrijft dat het regent in Nairobi en ondertekent met alleen zijn initiaal. Hij schrijft zijn naam niet omdat hij bang is dat de Oegandese veiligheidsdienst de post van de familie leest. Hij is bang voor de wereld. Hij is bang voor de duistere krachten die keer op keer zijn leven hebben verwoest. Hij is bang voor zijn eigen lot. Hij is bang voor de mensen van wie hij het gevoel heeft dat hij ze ontvlucht is, hij vindt dat voetgangers te lang achter hem blijven lopen als hij 's avonds naar huis gaat, dat auto's te lang met draaiende motor voor hun huis blijven staan.

De trouwfotograaf is als een silhouet tegen de lucht, die vol stuifmeel en rondwaaiende rode kroonbladeren is. Ze zitten onder een boog van klimrozen. De camera klikt. John heeft zijn arm om hem heen geslagen.

John is naar Nairobi gekomen om de bruiloft bij te wonen en hij en P zitten daar in broeken met wijde pijpen, met een broederlijke lach.

'Bij het vallen van de avond halen ze de mensen op die ze gaan executeren.' John geeft een sigaret aan P, ze roken, hoewel P eigenlijk was gestopt. 'Ze worden nu ook op straat doodgeschoten. Ik ben er inmiddels zo aan gewend om schoten door Kampala te horen echoën, dat ik pas kan slapen als ik heb gehoord dat er iemand is doodgeschoten. Zolang ik dat niet gehoord heb, ben ik bang dat ze voor mij zullen komen.' John lacht bitter en zwijgt. Ze kijken naar de flits, wachten. John vertelt dat F door Amins veiligheidspolitie gevangen is genomen. P legt zijn hoofd in zijn handen.

'Ze hebben naar je gevraagd.'

'Wie?'

'De veiligheidspolitie. Ze vragen zich af waar je naartoe bent gegaan toen je uit Athene verdween.' Toen de foto werd genomen, had John zijn biertje weggezet, maar nu pakt hij het weer, neemt twee slokken. 'Maar wij hebben je begraven', zegt hij en hij lacht opnieuw die lach die helemaal geen lach is. Als hij het bierflesje op zijn knie balanceert, geeft de zon het de glans van een donkere, bruine lamp. 'Twee jaar geleden. We hebben een ceremonie gehouden. Mama wilde dat zo. Er is een soort schijnbegrafenis die we altijd houden als een familielid is overleden dat erg ver weg woont, of als er geen lichaam is om te begraven. Dan wordt er een speciale vrucht begraven in plaats van het dode lichaam.'

P knijpt zijn ogen dicht, kijkt dan op. Aan de overkant van de straat komen in de lauwe avondlucht auto's en voetgangers voorbij, schaduwen die wegglijden. Hij moet zo dadelijk terug naar zijn vrouw. 'Het is een stamding', zegt John. Ze hielden het ritueel gedeeltelijk omdat ze dachten dat P dood was, maar ook omdat ze hoopten dat hij leefde en dat als de Oegandese autoriteiten van de begrafenis zouden horen, zij zouden denken dat de familie nu zekerheid had over zijn dood en ze niet meer naar hem zouden zoeken.

Hij ligt in bed, naast haar. Het is bijna Oudjaar, John is teruggegaan naar Kampala, waar hij nu met zijn vrouw en kinderen woont. Er staat een televisie in de kamer, er is een sportprogramma waar P half naar kijkt. Amerikaans profboksen, zwart-wit, mannen die rondspringen in zwembroek en met een gezichtsmasker op. Nu ze getrouwd zijn, moet ze naar Zweden om haar sociale academie af te maken, en ze zijn allebei bang dat de politie hem in haar afwezigheid zal lastigvallen. Ze heeft beloofd hem iedere dag te schijven, om de Keniaanse overheid te laten weten dat hij gemist wordt.

's Avonds, om met hun handen door elkaars haar te gaan. Ze wil blijven. Ze gaat weg. Ze zit in een studentenflat en schrijft bijna iedere dag – een jaar lang. Vergeetmeniet. Hij leest de brieven, bewaart ze in een bureaula.

Begin negentienhonderdzesenzeventig, als zij nog in Zweden is, wordt hem door een van Johns vrienden een baan aangeboden. Hij kan als statisticus in dienst komen van een instantie in Dar-es-Salaam die toezicht houdt op de grote, Tanzaniaanse landbouwhervormingen die sinds een paar jaar worden doorgevoerd. Hij wil natuurlijk niet teruggaan naar het land dat hij vier jaar geleden is ontvlucht, maar hij wil ook niet in Nairobi blijven, waar hij alleen maar werk kan krijgen als fruitplukker. Johns vriend bezweert hem dat hij veilig zal zijn in Tanzania, en regelt bovendien identiteitspapieren met een andere achternaam. Hij gaat met de trein. Hij kijkt naar het golvende gras, krijgt een beklemmend gevoel.

Iedere dag gaat hij naar het grote, recent opgetrokken overheidsgebouw in Dar-es-Salaam en bestudeert diagrammen, afwijkingen, percentages. Hij gaat deel uitmaken van de grote landbouwcollectivisering. Hij rekent uit hoeveel zaaigoed er ingekocht moet worden om een bepaalde hoeveelheid mensen te voeden, en hoeveel arbeidskracht nodig is voor het zaaien en oogsten. Hij loopt in een overhemd met korte mouwen onder de acacia's. Hij deelt een flat met een jongeman wiens vader Europeaan is en wiens moeder een Tanzaniaanse vrouw. De man is zwijgzaam, studeert aan de universiteit, en zoekt weinig contact. Als ze op een nacht beiden niet kunnen slapen, vertelt de man zijn familiegeschiedenis. Zijn vader was Joods en woonde in Londen. Tijdens het begin van de Tweede Wereldoorlog dacht hij dat de nazi's heel Europa zouden bezetten en misschien wel de hele wereld en dat een voormalige Duitse kolonie in Afrika wel de laatste plaats was waar de nazi's een Joodse vluchteling zouden zoeken. De man verkocht al zijn bezittingen en reisde begin jaren veertig naar Tanzania, ging in een dorp op het platteland wonen en trouwde met een Tanzaniaanse vrouw. Toen de oorlog voorbij was, had hij hier al een thuis en een gezin, aan de andere kant van de wereld.

Hij zit in zijn werkkamer naar de lucht te kijken, de wolken die in een eindeloze witte stroom over de stad waaien.

Ze komt bij hem terug, tuimelt in zijn armen. Ze zegt dat ze nu in Afrika wil blijven, dat ze hier wil blijven werken. Maar hij praat steeds meer over haar land, Zweden. Hij zegt dat hij daarnaartoe wil. Hij is bang.

In augustus negentienhonderdzesenzeventig worden ze voor zijn flatgebouw aangehouden, als zij nauwelijks twee weken in Tanzania is. Twee mannen in burger vragen hen in een auto te stappen, ze worden naar het politiebureau gebracht, waar hun gevraagd wordt wat ze in Kenia hebben gedaan, wat ze nu in Tanzania doen. Ze vragen naar hun geschiedenis. Waarom ze samen zijn, een witte vrouw en een zwarte man. Ze liegen over P's tijd in het Oegandese leger, ze zeggen niets over Griekenland of over de gevechtspiloten-opleiding, ze zeggen niets over de kampen. De politie begint hun zakken te doorzoeken en vraagt hen hun portemonnees leeg te maken.

Ze vraagt of ze even naar de wc mag en wordt naar een betegelde ruimte gebracht met een afvoerputje in de vloer. Ze frommelt met de twee foto's die P haar gegeven heeft en die al hun leugens aan het licht zullen brengen, de wereld zullen vernietigen die ze hebben opgebouwd. Ze is koel op een manier die haar verbaast, helder en scherp door de angst. Ze verscheurt de foto's zodat ze ze door het putje kan spoelen, haar vingers werken als bezeten, scheuren, scheuren, ze trekt de witte snippers door en ziet ze in het donker verdwijnen.

Ze vliegen van Dar-es-Salaam naar het vliegveld van Kopenhagen. Hij kijkt naar de wolken die optorenen voor de ondergaande zon. Zijn laatste vliegreis was die in het vliegtuig met de Chinese militairen, een reis die hem de wereld mee uit had genomen. Hij heeft zijn reisdocumenten in de zak van zijn jasje, een soort provisorische pas die ze op het Zweedse consulaat hebben afgegeven, een lichtblauw boekje met zijn foto en naam, dat één enkele reis geldig is. Zijn oude pas was verlopen. Ze nemen de veerboot over de Sont, ze staan aan dek als het schip over de zee glijdt, hij grijpt de reling vast, de wind is ijskoud. Het is eind negentienhonderdzesenzeventig. Hij heeft het gevoel dat zijn leven achterstevoren wordt afgespeeld, dat deze reis naar weer een nieuw land met een nieuwe vrouw het spiegelbeeld is van de reis van Griekenland naar Italië, toen hij op een andere veerboot stond en K achterliet. Hij gaat terug in de toekomst. Hij sluit zijn ogen. De zware vleugelslagen in het donker. Hij is moe, hij kan niet denken, hij weet niet of hij zich veilig voelt of bang. Hij gaat naar het benedendek, waar de trein staat, gaat onderuitgezakt in de treincoupé zitten. Hij denkt aan de keer dat hij wakker werd in de trein naar Mwanza en niet meer wist wie hij was. Het slaan van de golven tegen de boeg klinkt dof en metalig, hij voelt de horizon schommelen. Hij denkt aan zijn jeugd, de nacht dat hij in het gras stond te schreeuwen dat hij weg zou gaan. Hij denkt aan God, dat God als een storm vleugelpennen is en als trappelende kindervoeten. Na een tijdje komt ze naar hem toe. Ze gaat naast hem zitten. Ze houdt zijn handen in de hare, die koud zijn van de wind, van de zee.

'Zeg je het als we de grens over zijn?' vraagt hij. 'Zeg je het als we in jouw land zijn?' Hij doet zijn ogen dicht, hij drijft mee met de stroom.

Als hij wakker wordt, rijdt de trein en vliegen er buiten naaldbomen langs zijn raam, schaduwen.

II

De tafel waar de mannen omheen zitten is van glas. De sneeuw die buiten valt wordt erin weerspiegeld.

Een man leunt naar voren en tipt zijn as in een half glas bier. Mensen komen en gaan in de flat omdat zijn vriend B, op wiens naam het huurcontract staat, zo'n fantastisch iemand is. Hij staat op uit de stoel, loopt onzeker naar de open balkondeur, steekt een sigaret op. Natte sneeuw die bijna overgaat in regen. Iemand die hij niet kent zet de stereo aan, elektronische, harde ritmes. Zelf houdt hij van Harry Belafonte. *Jamaica farewell*. Sam Cooke. Dat soort muziek. B komt naast hem staan, schenkt meer whisky in een groot waterglas. B is ook een Lango. Ze zijn elkaar een paar jaar geleden op straat tegengekomen, en hier aan de andere kant van continenten en zeeën is dat een klein wonder. Bijna alsof je een broer ontmoet.

P blaast rook de winternacht in, de deurbel gaat, er komen meer mensen binnen, ze stappen over de matras waar hij later op zal slapen, als de bedwelming overgaat in verdoofd duister. Ze doen hun schoenen niet uit, de sneeuw die ze meevoeren komt in zijn beddegoed terecht. Hij geeft een jongen een duw die met zijn hoge schoenen aan op zijn lakens staat en die eerst lijkt te willen vechten maar dan iets in zijn blik ziet, iets wat van staal is en afstand. Hij kijkt weg, kijkt omlaag naar de binnenplaats. Voorstad, duizenden identieke ramen. Een paar jaar na de scheiding. Ze komen aanvliegen uit Somalië, Oeganda, Gambia, Senegal, zetten hier hun vogelpoten neer, op de vloer in kleine appartementen. Voelen zich plotseling erg eenzaam tussen alle mensen. Net als toen ze klein waren. In hun eentje tussen alle gewelddadige mannen. Hij drukt een hand tegen het glas, ademt erop, haalt hem weg. Kijkt door de afdruk naar de nacht. Wat was het vliegen 's nachts mooi.

'Waar denk je aan, piloot?' B stoot hem aan en als hij niet reageert, begint zijn vriend met hem te boksen. Ze vallen samen op de grond. Later zitten ze tegen de radiator, B schenkt nog een glas whisky voor hem in, klopt hem op zijn knie.

'We hebben een taxi gebeld.'

De sneeuw jaagt voor de koplampen van de taxi langs. Hij rende over het kazerneterrein. Hij rende in het gras. B zit naast hem op de achterbank en het licht en de schaduw van de straatverlichting spelen over zijn gezicht.

'Binnenkort treedt Museveni af. Dan wordt het rustiger. We wachten.' P geeft geen antwoord. Nieuwe conflicten in Noord-Oeganda, het heeft te maken met Soedan, de erfenis van Idi Amin, stammenkwesties.

In negenenzeventig is Idi Amin ten val gebracht en vervangen door een serie militaire leiders, waarna Obote weer de macht kreeg. P was al een paar jaar van plan om misschien terug te gaan naar zijn vaderland, maar drie jaar geleden, in negentienhonderdvijfentachtig, werd Obote door Okello ten val gebracht en nog weer een jaar later werd Okello ten val gebracht door de raadselachtige, afwezige Museveni, voor wiens

intriges en geheimen Okello vanaf het begin van de jaren zeventig bang was geweest. Een paar jaar geleden was P op een
Oegandees feest in Bergsjö geweest. Daar had hij op een bank
tussen een oudere, Oegandese man en zijn vrouw over de politiek van hun vaderland zitten praten. P vertelde dat hij zowel Amin als Okello had ontmoet. De man met wie hij sprak,
knikte geïnteresseerd. 'Het waren allebei idioten. Okello liet
zich als een kind voor de gek houden.' Om hem heen zaten
mensen te drinken. Het was een avond in de herfst.

'En Museveni? Wat denk je van zijn mogelijkheden?'
vroeg de oudere man.

Museveni woonde in die tijd wonderlijk genoeg in Hjällbo,
een andere voorstad van Gotenburg. Sinds Okello's coup had
P zijn naam meerdere keren in de Oegandese diaspora gehoord en een groep Oegandezen had hem een keer gevraagd
of hij Museveni wilde ontmoeten om over de toekomst van
Oeganda te praten. Maar hij had het voorstel lachend weg-
gewuifd. Hij wilde niet terugkeren naar de oorlog.

'Museveni?' Nu hield hij zijn glas omhoog naar de lamp.
Het was bekend dat Museveni jarenlang militaire strijd had
gevoerd tegen Obote en hoewel Museveni nu in ballingschap
was, waren er in Noord-Oeganda nog steeds conflicten tussen zijn guerrilla's en Okello's leger, onder andere in de buurt
van P's geboortedorp. Je hoorde al zeggen dat Okello het niet
lang meer zou volhouden en dat Museveni Oeganda's nieuwe president zou worden.

'Ik heb in een gevangenenkamp bij Tabora in Tanzania
gezeten. Museveni was daar toen net ontsnapt.' P nam een
grote slok whisky. Sloot zijn ogen. Onder zijn oogleden joe-
gen takken en palmbladen voorbij.

De man met wie hij sprak had intelligente, harde ogen.

'Wacht even. Museveni was uit een ander kamp ontsnapt bij … Morogoro. Dat was ook een kamp van Okello. De mensen daar waren net overgeplaatst naar het kamp waar ik zat. Museveni is een idioot. Ze hebben me gevraagd of ik hem wil ontmoeten. Hij dacht dat ik mee zou willen doen aan zijn oorlog. Idioot. Idioot.' P maakte met zijn handen het gebaar dat John altijd maakte, alsof hij een grote deksel van zijn voorhoofd losdraaide. Idioten. Hij was geïrriteerd, hij dronk zijn glas leeg, keek naar de flatgebouwen die vaag zichtbaar waren in de motregen. Hij bleef bijna een uur met de oude man praten en schiep er een ondoorgrondelijk genoegen in allerlei beledigende dingen over Museveni uit te kramen. Omdat het kon. Omdat hij niet langer daar was waar zijn leven niets waard was.

Toen hij na het feest stond te rillen bij de bushalte, kwam een van zijn vrienden naar hem toe, die vroeg waar hij met Museveni over gepraat had. Het duurde een paar gedesoriënteerde, verwarde seconden voordat hij de link legde. Toen lachte hij en hoorde zijn eigen lach tegen de flatgebouwen stuiteren en door de nacht worden teruggekaatst. Het was Museveni geweest daar op de bank. Museveni had naar Museveni gevraagd. Museveni zou ruim een half jaar later in Oeganda aan de macht komen, na een coup met relatief weinig bloedvergieten.

De sneeuw in de koplampen van de taxi. Ze gaan een café in, een hele groep Afrikaanse mannen, ze drinken, spelen roulette, hij verliest zijn laatste honderd kronen, ze vallen om in een lege winkelgalerij, raken elkaar kwijt. Hij staat met zijn hoofd naar achteren naar een duif te kijken die verstrikt is geraakt in de eindeloze spiegelingen van het plafond van de winkelgalerij. Hij gaat zitten op een stilstaande roltrap. Ooit is hij een trap af gelopen met de beslissing zijn leven vaarwel te zeggen. Zijn blik volgt de vogel, die rondfladdert tussen de neonbuizen. Hij liet zich vallen op zijn matras, die op de grond ligt. Hij knippert met zijn ogen. Is het al ochtend? Ze lopen in de ijskoude motregen naar de bushalte. Ze werken in de haven. Zijn kinderen zijn verder weg dan de zon. Ze zitten in de bus, die om een rotonde rijdt, hij staart in het aardedonker, het licht. Hij schrijft soms brieven naar de kinderen van zijn broers, fluistert zijn naam in de wind.

In de haven lopen ze tussen opslagplaatsen en barakken, langs afrasteringen en containers. Ze laden in en rijden met vorkheftrucks en laadkranen. B is opgeleid als werktuigbouwkundige, maar zijn examen is Russisch en dus, net als al het andere, waardeloos in Zweden. Ze kaarten om geld, drinken blikjes bier die ze van vrachtwagenchauffeurs kopen. Ze gaan 's nachts met de bus naar huis. Het is de tijd van de uitbraak van de aidsepidemie en de eerste krantenartikelen wijzen de Afrikanen aan als ziektedragers, en soms voelt hij hoe de blanken hun blikken als gloeiende staaldraden in hem doven. Hij heeft het gevoel dat hij ergens had moeten blijven. Ergens anders dan hier. Arbeiders klimmen in het droogdok, hun lasapparaten flitsen als blauwe vuurvliegen tegen de geweldige structuren van staalbalken. En de raffinaderij gloeit als een neergestorte hemel. De gekoloniseerde wereld is als een in tweeën gedeelde wereld. Hij zit op zijn matras naar zijn Zweedse paspoort te staren. Hij kan uren zo zitten. Hij is gevlucht van de velden des doods. Dat was zijn leven. In de bibliotheek leent hij boeken over religie, leest over gnosticisme en het jodendom en de sneeuw regent weg in de motregen, die druppelt over wasruimtes op binnenplaatsen en over voetgangerstunnels. In een boek over boeddhisme leest hij over de mensen in de verre toekomst, die in een ander universum zullen leven, waarin het zal gaan om psychische energie, licht. Hij zoekt naar het ware geloof, het geloof van de eerste mens. De vrachtwagens rijden van de schepen af, hij veegt zijn voorhoofd af met zijn grove handschoenen, kijkt omhoog naar de rode hemel. De meeuwen krijsen in de ravijnen van containers. Hij knielt met gevouwen handen op zijn matras. De mantels van de afstand fladderen binnen in hem, de doornen ritselen in het donker. De priesters van het gnosticisme dachten dat ze zelf God waren, dachten God te worden. Hij las een merkwaardig boek waarin Judas, niet Jezus, de werkelijke Messias was. Hij rent door de jungle, de zware palmbladeren slaan in zijn gezicht. Hij doet zijn ogen open. Ooit was hij in een trein wakker geworden en wist niet meer wie hij was, waar hij vandaan kwam. Hij heeft tegen zijn vriend gezegd dat als hij doodgaat, het belangrijk is dat hij door een katholieke priester het laatste oliesel krijgt toegediend, maar hij weet niet of hij dat nog steeds gelooft. Gelooft in de rituelen van zijn jeugd. Die nu zo leeg en nietszeggend lijken. Uit de andere kant van de tijd.

Hij zit in bars en zegt dat hij niet bang is voor de dood. Bederft de stemming voor alle anderen.

Hij schrijft zijn naam op een lijst en leent een helm van hard geel plastic. De voorman vinkt hem af op een lijst en hij klimt in de truck, draait het contact om en zet de versnelling in zijn vooruit. De Ku Klux Klan verbrandt op televisie kruizen, die branden en flakkeren in de nacht, en hij zit op de bank met zijn handen gekromd in zijn haar en begrijpt het niet, waarom laat God hen het kruis gebruiken, *als hij Uw zoon is, waarom?*

Op een nacht ontmoet hij in een bar een man die zegt dat hij zich om middernacht van het leven zal beroven. Ze spreken af dat ze samen van de Älvsborgsbrug zullen springen. Ze moeten eerst alleen voldoende dronken worden. Ze zitten daar te drinken tot ze tegen de bar in slaap vallen.

Op een nacht is hij bezig een olietanker te repareren en is hij de enige in het hele droogdok. Hij last twee meter lange stalen balken tot letters, die hij tegen de smerige wand in de open ruimte tussen de binnen- en de buitenwand van de romp neerzet. Hij schrijft zijn achternaam, de naam van zijn familie. Daarna last hij de ruimte dicht. Op weg naar de halte waar hij de eerste bus van de dag neemt, blijft hij staan en ziet hij de sneeuwvlokken neerdwarrelen op het loodzware, olieachtige water. Hij staat daar te kijken naar de golven, een hele tijd. Hij had als kind ooit een vriendje dat verdronken is. Hij denkt steeds vaker aan de dood. Hij denkt er de hele tijd aan. Hoessein is dood. Gek genoeg stond dat in *The Times* toen hij net in Zweden was. Hij ging toen altijd naar de bibliotheek om Engelse kranten te lezen en een Britse journalist die een stuk over Amins bewind schreef, had het verhaal van Hoessein gebruikt als voorbeeld voor de waanzin die er toen in Oeganda heerste. Hoessein vloog altijd met zijn legerhelikopter naar een dorp in de buurt van de vliegbasis waar hij was gestationeerd, landde bij een bar, werd dronken en vloog dan terug naar de basis. Dat deed hij vaak en uiteindelijk sloeg hij te pletter tegen een huis.

Sneeuw die omhoogkomt naar het woelige oppervlak. Hij

vraagt zich af wat ze hebben meegemaakt. Zij die erbij waren. Die de staat van beleg hebben meegemaakt, de oorlog.

John is dood. Johns vrouw heeft het hem een paar jaar geleden in een brief geschreven. John is gestorven aan een longziekte. Zijn moeder is ook dood. Het is alsof iedereen daar gestorven is, op de velden des doods.

B koopt een computer, een tweedehands pc, en P zoekt de oude boeken en mappen op van toen hij aan Chalmers studeerde, de Technische Universiteit van Gotenburg, en ze leren zichzelf computerprogramma's te maken. De code stroomt over het zwarte scherm.

'Er moet een systeem zijn', zegt B, die een dikke map met alle lottoresultaten van vijf jaar geleden heeft. Ze zoeken naar vergelijkingen die die cijfers van de trekking van de volgende week kunnen voorspellen. Het is negentienhonderdnegenentachtig. Als het voorjaar wordt, houdt hij op met drinken. Hij krijgt een eigen flat en staat daar met de sleutel in zijn hand, in de gang, en zijn hele leven bevindt zich binnen in hem, die hele lange reis. Als hij naar binnen is gegaan en de deur achter zich dichtdoet, begint hij te huilen.

De Sovjet-Unie valt uiteen. Hij ziet beelden op het nieuws van tanks die zich door het winterlandschap bewegen en denkt aan het kamp waar het wemelde van de kleine, rode boekjes. Hij denkt aan de oorlog, de geschiedenis, aan de lichamen die in de maalstroom worden meegezogen en bezwijken. *Als de imperialisten erop staan een derde wereldoorlog te beginnen, zullen zich nog honderden miljoenen anderen tot het socialisme bekeren.* Hij loopt door het havengebied, de kranen steken af tegen de avondlucht, hij loopt tussen twee andere arbeiders in. Ze hebben hun helm in hun hand, hun fluorescerende hesjes bollen op in de kille, zoute Noordzeewind.

'God is rechtvaardig.' P gooit het eruit, want dit is de manier waarop hij nu met iedereen praat, wanhopig zoekend. Vorkheftrucks denderen voorbij, geweldig en langzaam als prehistorische dieren. Ze hebben hem zomaar op straat aangehouden en zijn geld afgepakt, ze hebben hem naar een kamp gestuurd, ze hebben hem opgesloten in een kooi, ze hebben hem gedwongen tegen zijn zin voor de mannen van Idi Amin te werken. Hij blijft opsommen wat hij gelooft, houdt zijn vingers in de lucht, er komen wolkjes uit zijn mond: God is almachtig, God schenkt vergiffenis, God straft, God is barmhartig – een van zijn collega's, een Marokkaanse man, legt een hand op zijn schouder.

'God houdt van je.' Boven hen een donker wordende maarthemel. Waarschuwingslichten scheiden gebouwen en schepen af van het eindeloze.

Hij struikelt uit een tram, iemand roept hem na, een stem die rauw en hard is als een bevroren stuk vlees dat is opgehangen aan een haak.

'Ga terug!'

Als hij zich omdraait, blaast de wind motregen in zijn ogen. Hij knippert en als hij zijn ogen weer opendoet, ziet hij een trap die zich omhoogstrekt, en iemand komt eraf lopen, een jonge luchtmachtcadet die daar op die vroege januarimiddag in zijn trainingspak loopt. 'Ga terug naar waar je vandaan komt!' Grijnzende skinheads verdwijnen in de regen.

Op een nacht doet hij de was in zijn nieuwe huis, hij draagt de witte handdoeken uit de wasruimte over de binnenplaats, blijft staan. In al zijn herinneringen aan de militaire barakken in Oeganda, wapperen rijen broeken, hemden en onderbroeken in de wind, omdat achttienjarige soldaten iedere dag een schoon velduniform en schoon ondergoed moesten dragen. Iemand haalde zijn was van de lijn en liep ermee weg, iemand die lang en stevig was als een boom, net als John. Hoe heette hij ook alweer? P weet het niet meer, maar ze waren een paar maanden lang elkaars beste vrienden geweest. Een gezicht dat wegwaait tussen de lakens.

De Koran is als een zee zonder stranden. Een rots om tegen te rusten. Hij zit er voor het raam in te lezen. Hij heeft het boek uit de bibliotheek gehaald. *Zijn belofte zal worden ingelost op de Dag dat de aarde zal veranderen in een andere aarde en de hemelen in andere hemelen.*

Hij gaat naar een Turkse gebedsruimte, had het adres gekregen van zijn Marokkaanse collega. Hij zit met zijn benen gekruist op een matje. Licht dat zachtjes door zijn hoofd stroomt. Vogels krijsen door het open raam. Het is een van de eerste dagen van het voorjaar. De mensen zitten in een kring om hem heen, een man zegt woorden, hij zegt ze na.

'Ik getuig dat er geen andere god is dan God.' Terwijl hij spreekt, kijkt hij door het raam naar de wolken en het grijze licht. Voelt zich alsof hij sterft, uiteenvalt. Geboren wordt misschien. Het licht prikt in zijn ogen.

Het laatste jaar in Kenia was hij een jonge, dakloze man tegengekomen die hem herkende. Het had enkele minuten geduurd voor hij zich realiseerde dat het de jongen was die in het kamp gekochte sigaretten had gerookt. De man vertelde dat, nadat ze de grens over waren gegaan, alleen hij en nog één ander het hadden overleefd. Hij had de nacht ervoor onder zijn militaire uniform zijn oude schooluniform aangetrokken en zo Amins troepen kunnen wijsmaken dat hij gewoon een schooljongen was die per ongeluk in het conflict verzeild was geraakt. De voormalig staatssecretaris had stapels bankbiljetten op zijn lichaam geplakt, geld dat hij op de een of andere manier had gespaard, en had zich losgekocht toen ze door de rebellentroepen waren omsingeld en door de gemechaniseerde bataljons werden beschoten. P luistert met open mond. Huilt. De wolken jagen achter het raam voorbij. Hij is ontsnapt van de velden des doods. Hij bidt met zijn voorhoofd tegen de vloer. Wil daar blijven.

Ik loop met de zwarte plastic zakken over de binnenplaats, maak mijn oude flat op Hisingen leeg. Ik heb het maanden uitgesteld. Ik draag boeken en kleren naar beneden en gooi ze in de afvalcontainers. Ik wil al deze dingen niet hebben, het is mijn geschiedenis en ik wil opnieuw beginnen, ook al weet ik nu dat dat niet kan. Ik zit op de kale vloer van de flat en haal een hand door het stof. Mijn vader had die middag gebeld. De kinderen van zijn broer hadden hem eerder die herfst via internet gevonden. Nu is een van onze neven in Oeganda omgekomen, in een andere oorlog. Iedereen in de familie schrijft en belt om troost te zoeken, want hij is nu het opperhoofd van de familie. Het is een stamding, hij is de laatste van zijn generatie, hij heeft de anderen overleefd. Hij is nu erg ziek, ik ga bijna elke dag in het ziekenhuis bij hem langs. Hij lachte toen hij vertelde over alle brieven over regen die hij opeens krijgt. Maar hij klonk ook verdrietig. Hij zegt ook dat de mensen die schrijven en bellen zoeken naar iemand die niet bestaat, iemand die hij niet kan zijn. Ze zoeken naar een patriarch. De Afrikaanse manier van denken. We zitten vaak en lang te praten, en hij vertelt nog een keer over zijn leven. Hij vertelt over zijn kinderjaren, over zijn broers. Hij vertelt over de luchtmachtacademie. Op een avond in het ziekenhuis laat hij me met de insulinespuit zien hoe hij had geleerd te schermen met een degen. Hij vertelt dat de geschiedenis als een waterval van verbanden is. Die lichamen met zich meesleurt. Als ik met de zakken over de binnenplaats loop, kijk ik omhoog naar het raam van zijn flat dat als een donker vierkant is, hoog in de nacht.

Hij sterft op een januaridag met open ogen. Mijn broer en ik staan aan weerszijden van het bed. Het is ochtend. Daar is het lichaam. Het heeft een zuurstofmasker op. De borstkas is opgehouden met omhooggaan, de ogen zijn opgehouden met zien. Hier is het lichaam. Het is van vergetelheid.

Ik ga naar het raam, trek de luxaflex op. Ik leun tegen de muur. Ik zeg een paar woorden. Ik ga naar het lichaam, raak het voorhoofd aan. Het is onwerkelijk dat dit lichaam hier nu ligt onder de blauwwitte ziekenhuislakens van de provincie, in het grauwe licht dat over de slangen en machines valt, over datgene wat ooit een gezicht was maar nu iets dat zichzelf heeft overleefd, van een materie is die op steen lijkt of marmer. Hij was achttien, hij sprong op zijn fiets en ging achter zijn vriend aan, naar het vliegveld en de selectie voor de luchtmachtacademie. Het heeft zijn geschiedenis. Dit ding dat een gezicht was.

Hier is het lichaam, gebeeldhouwd uit de dood, hier ligt het in een bed. Dit lichaam, dat voortkomt uit zijn leven.

Later, tijdens de begrafenis, zullen we in de regen en wind staan en onze voeten zullen uitglijden in de modder terwijl het lichaam in de aarde zakt en ik zal staan rillen in mijn zwarte pak en de wind zal luider zijn dan onze stemmen. Als we voor een laatste keer bidden voor de man die onze vader was, onze broer, die ons vertelde waar hij vandaan kwam en wiens woorden ons ontzetten, onze harten vervulden van vragen zonder antwoorden of trots. Wij bidden dat zijn zonden zullen worden weggewassen door regen en sneeuw en wij zullen omhelsd worden door anderen die hem kenden, later. Als zijn lichaam in het leem van de aarde ligt. Waar het thuis was. De vrienden uit de jaren na de scheiding zullen er zijn, grijze en verstomde en gebroken mannen zijn het, en collega's uit de haven en van de scholen waar hij heeft gewerkt, en velen uit de moskeeën in Gotenburg, en er komt een jongen naar me toe met roodbehuilde ogen, die zegt: 'Hij was namelijk mijn leraar.' En dan door de tranen niets meer kunnen zeggen.

Hier is het lichaam, het had zijn geschiedenis, het kwam uit een leven dat een ander leven had kunnen zijn. Maar er kwam een storm. Ik sta naast mijn broer. Zo dadelijk moeten wij op de alarmknop drukken en het vertellen. Maar we blijven nog een tijdje ieder aan onze kant van het lichaam staan. Ik haal het zuurstofmasker weg en hang het aan het bed. Er kwam een storm uit het paradijs. Die storm was het leven.

Andere titels van uitgeverij World Editions

GARY BARKER
Binnenvallend licht
Vertaald uit het Engels door Hanneke Nutbey
Roman

JEAN ECHENOZ
Flitsen
Vertaald uit het Frans door Martin de Haan en
Jan Pieter van der Sterre
Roman

PHILIPPE GRIMBERT
Het jurkje van Paul
Vertaald uit het Frans door Jan Versteeg
Roman

STEINUNN SIGURÐARDÓTTIR
De goede minnaar
Vertaald uit het IJslands door Marcel Otten
Roman

SJÓN
Uit de bek van de walvis
Vertaald uit het IJslands door Marcel Otten
Roman

ANNE SWÄRD
Poolzomer
Vertaald uit het Zweeds door Edith Sybesma
Roman

COLM TÓIBÍN
Het testament van Maria
Vertaald uit het Engels door Anneke Bok
Roman

RENATE VAN DER ZEE
Prostitutie. De waarheid achter de Wallen
Pamflet